2016 年春节中国作家协会主席铁凝与作者在亲切交流

作者向中国作家协会主席铁凝赠送书法作品

2010 年作者与原国务院台办副主任、
海协会副会长张铭清在厦门游艇码头合影

2014 年作者与中华文化促进会王石会长、凤凰卫视著名主持人阮次山
夫妇参加著名画家陈岩先生画展

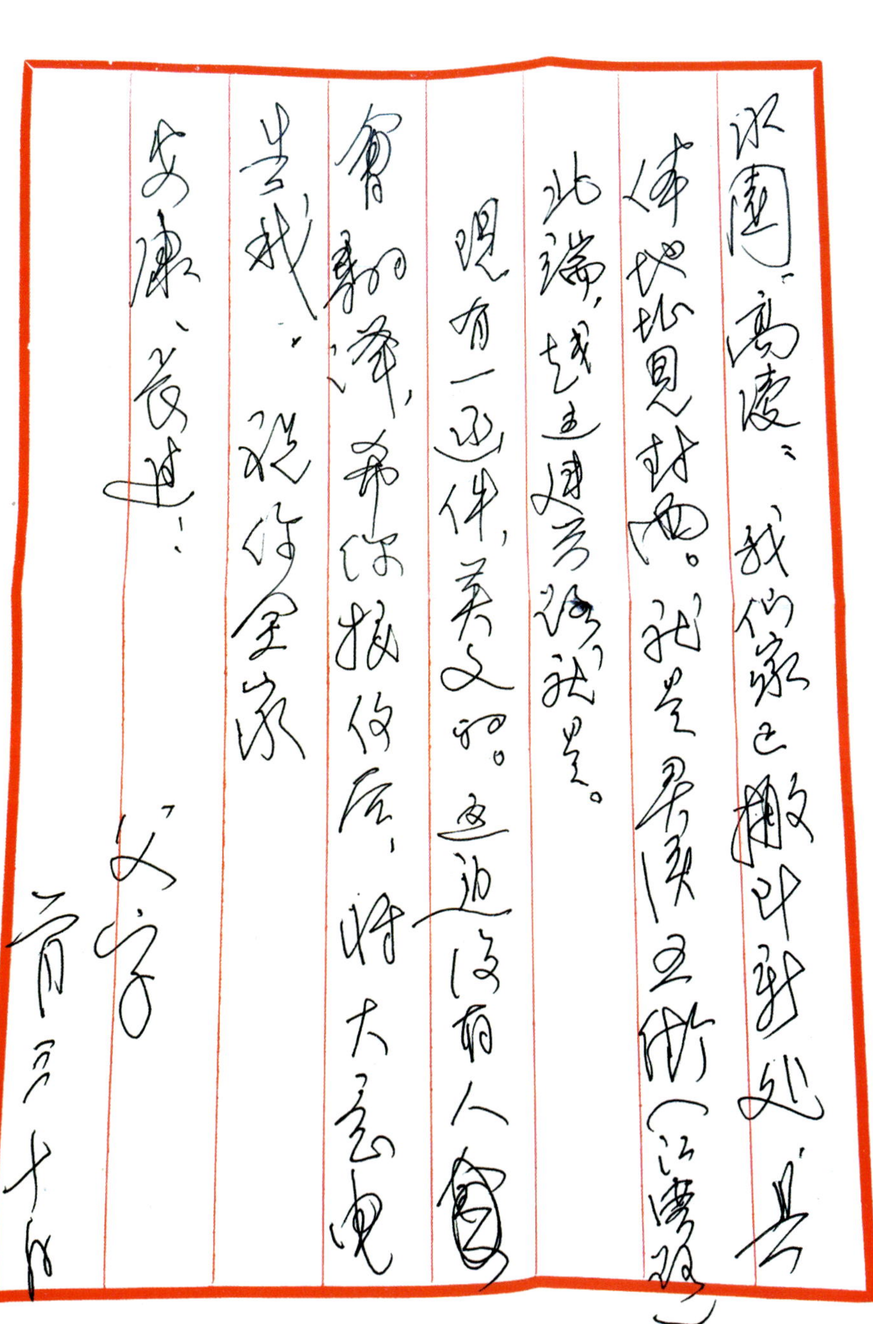

作者书信手迹

1994 年时任浙江省委常委、副省长刘锡荣给作者寄来的贺年信

2013 年作者与时任海军创作室主任黄传会少将，原中国书协秘书长谢云，金诚信矿业管理股份有限公司（603979）董事长王先成合影

摄于 1965 年的全家福

摄于 1970 年的全家福

摄于 2012 年的全家福

鄭立于文集

謝雲題

报告文学

第一卷

郑立于 著

浙江工商大学出版社
ZHEJIANG GONGSHANG UNIVERSITY PRESS

图书在版编目(CIP)数据

郑立于文集. 第一卷，报告文学 / 郑立于著. — 杭州 ：浙江工商大学出版社，2016.9

ISBN 978-7-5178-1696-6

Ⅰ. ①郑… Ⅱ. ①郑… Ⅲ. ①郑立于—文集②报告文学—作品集—中国—当代 Ⅳ. ①I217.2

中国版本图书馆 CIP 数据核字(2016)第 149008 号

郑立于文集

——第一卷　报告文学

郑立于 著

责任编辑　罗丁瑞
封面设计　叶　斌　林朦朦
责任印制　包建辉
出版发行　浙江工商大学出版社
(杭州市教工路 198 号　邮政编码 310012)
(E-mail：zjgsupress@163.com)
(网址：http://www.zjgsupress.com)
电话：0571-88904980,88831806(传真)
排　　版　杭州朝曦图文设计有限公司
印　　刷　杭州杭新印务有限公司
开　　本　710mm×1000mm　1/16
印　　张　153.25
字　　数　2725.2 千
版 印 次　2016 年 9 月第 1 版　2016 年 9 月第 1 次印刷
书　　号　ISBN 978-7-5178-1696-6
总 定 价　350.00 元(共 8 册)

浙江工商大学出版社营销部邮购电话　0571-88904970

《郑立于文集》参与人员

封面题签　谢　云

扉页题签　幻　邨

插页题词　刘锡荣　梁平波　韩享林

总 策 划　王先成　林森森

法律顾问　郑冰天　郑水园

统　　筹　黄祥源　郑萍野

参　　稽　郑霜枝　李晖华

摄　　影　钱盈盈　张　涵

郑立于文集

韩亨林题

千载砚都人与事

韩亨林题

作者简介

郑立于，字幻邨，1930 年中秋节生于温州苍南，中国作家协会会员，副编审。曾在文学、宣传、新闻、出版、方志等单位任编辑、副总编辑、主编、特约编审，凡六十年。著有《祖国的矾都》、《青春的火花》、《南雁锡南麂岛揽胜》、《百鸟诗集》、《郑立于短诗选》、《西湖楹联大观(上册)·名胜名联》、《西湖楹联大观(下册)·名人名联》、《郑立于楹联选集》、《不系舟渔集》(点校)、《郑立于文集》等十多种，约二百六十多万字，2014 年开始编纂出版《郑立于文集》。主编《平阳县志》，由汉语大词典出版社出版，被评为浙江省地方志优秀成果二等奖。其业绩收入《世界人物辞典》、《世界华人文学艺术界名人录》、《中国专家大辞典》、《中国当代名人大典》、《中华诗词学会人名辞典》、《中国作家协会会员辞典》等等。

回眸·沈思·展望

（自　序）

郑立于

欢庆金婚的美好日子里，我与亲密相伴半个多世纪的夫人黄丽容共同回顾了苏步青先生题赠"言志楼"匾额以来的长进状况，并对我自己走过的文学创作道路一些成就作了回眸。先后出版了《祖国的矾都》、《青春的火花》、《南雁荡南麂岛揽胜》、《百鸟诗集》、《郑立于短诗选》(中英文对照)、点校元代诗人陈高《不系舟渔集》、《西湖楹联大观》、《西湖楹联》(收入"西湖全书")结集出版了《郑立于楹联选集》，等等。同时还镌刻复制了四方"言志楼"匾额，分赠给两女郑冰天、郑霜枝，两男郑萍野、郑水园，愿他们读万卷书，行万里路，结万人缘，尽力成为有高尚道德之人，有文化素养之人，有专业技术之人。

十年，仅仅是一瞬间，又到了钻石婚大喜日子，同样与夫人商议。精选佳木，再复制了六方"言志楼"匾额，分赠"言志楼"第三代钱晶晶、钱盈盈、张涵、郑笑怡、郑雨桐、郑怡然，愿他们继续发扬"言志楼"求知、治学、创业之精神。如今，十一处"言志楼"藏书已达八万两千多册。同时将登刊于报章、刊物，以及其他文集上的各类文章，连同少量未曾发表的文章，汇集起来，约七十多万字汇出一册《郑立于文集》。

2012年初，温州市政协为温州矾矿申报世界工业文化遗产，由温州电视台做了一个专题节目。特邀北京大学城市与环境学院教授、北大世界遗产研究中心副主任阙维民先生出席主讲，苍南县政协主席张传君等领导参加了。我的老家就在矾矿鸡龙尖矿山北坡山腰西坑村，曾于五十六年前由浙江人民出版出版了《祖国的矾都》一书，次年修订再版，被评为"浙江建设新面貌丛书"的标兵书，并应邀参加了新闻节目，还在节目里讲了话。参加这一活动，真是让人感动。昔日苦难深重的故乡矾山，竟能得到了世界工业遗产委员会有关专家的充分肯定，这真是梦想不到的大好事。于是，我对自己文学创作的历程进行深思。决计将文集这七十多万字文章重新编排连同过去已出版的十多种书一起作为《郑立于文集》出版，分为八大卷，约二百六十多万字。

第一卷　报告文学

修订再版过的《祖国的矾都》列入第一卷，其封面是著名版画家赵延年的作品。将矾山籍的革命烈士陈百弓、谢婉、朱善醉等传记以及与矾都有关的文章都辑入《千载矾都人与事》，以凸显温州矾矿工业遗产文化底蕴。由于大部分作品都是纪实的，这一卷就称报告文学卷。

诗歌卷中有漓江出版社出版的《百鸟诗集》和香港银河出版社出版的，中英文对照并列入中外现代诗名家集萃的《郑立于短诗选》，还有长诗与其他诗作。

《西湖楹联大观》原由杭州出版社出版，当时给出版社的书稿将近七十万字，分上编名胜名联，下编名人名联。由于编幅过长，出版就只出了上编，下编以后出。这次编入《郑立于文集》，上下编都作了多次的补充修订。收入《西湖楹联大观》的下编名人名联，虽然是二十年前的旧稿，还是初次与世人见面的。

收进“西湖全书”的《西湖楹联》，是从《西湖楹联大观》中精选出来的，适当加以评论、鉴赏。现以原稿发排，恢复原来篇幅，前言后语仍按原稿，还其旧貌。《郑立于楹联选集》是 2008 年出版的。六年来，新撰许多联句，一并增补入集。

由漓江出版社 1993 年出版的《南雁荡南麂岛揽胜》一书，苏渊雷题签仍以原版收进文集散文卷。

《青春的火花》列入文集传记卷。其他传记文学归为一辑载入此卷。

现代京剧《浩气长存》，昔日只印演出本，这次也编入文集。点校元代诗人陈高撰写的《不系舟渔集》，2004 年由上海古籍出版社出版。后来又到陈高故里作了一番调查，写出调查报告《陈高故里行》。2014 年又由浙江古籍出版社出版的是再次订正过的新版本，编入“浙江文选”再次出版，这次也编入《郑立于文集》。

在翻阅旧稿与已出版书籍的过程中，我不时陷入沉思。仿佛闪着内人黄丽容为我擦煤油灯玻璃罩，为我摇扇子赶蚊子，为我准备夜点的身影。似乎耳畔正传来她作为新文学作品第一个读者反馈来的声音，多次与出版社交谈并送去书稿，她也抱着一些书稿交给责任编辑。这个文集每一卷每一页都有她汗水、心血的痕迹。世事无常啊！这么完美的贤内助却看不到文集的清样，无疾而逝矣，痛哉！痛哉！曾任中国书法家协会秘书长我的老同学谢雲于癸巳年秋挥泪题签“郑府黄丽容太孺人高龄仙逝纪念文集”这个纪念文集就置于第八卷附录里。

回眸一想，我始终认为，文学作品果然是个人的劳动成果，但从提供深入生活环境、积累素材，酝酿主题，到编辑的编排，印刷、装帧、题跋、配图、翻译，直至送到读者手中，都要经过数以百千计的人的智慧和劳作才能完成的。对他们的帮助，我深表谢意。尤其是刘锡荣、钱中贤、黄传会、郑志耿、曹启文、孙平、章志诚、林泽强、张传君、郑杰等等诸位贤达，或鼓励，或鞭策，或敦促，或稽正，或疏导，……使我永恒铭记心中。文集编排流程里，我居然记起刘英、粟裕等同志曾在矾山镇的高阳山训练过武装，打过游击战。我曾陪林辉山、刘锡荣同志去矾山矿区木鱼山慰问过革命烈士朱善醉的老母亲，朱善醉烈士传就编在“千载矾都人与事”专辑里，同时还有一辑是体现矾都人民崇尚孝行的文章，况且刘锡荣与詹黛薇伉俪又是尊重孝行的。于是就去信，请刘锡荣题写“千载矾都人与事”和“笃谨孝道”两个题签。刘君极其谦逊，推荐书法家韩亨林君题“千载矾都人与事”，认为矾都已在申报世界工业文化遗产是很重要的事情，他自己题了“笃谨孝道”四字。韩亨林君还意给我一本王荣生主编、海燕出版社出版的《韩亨林书法艺术研究》，一本《名家评韩亨林书法》，寄来的书法作品都写两副，让责任编辑有挑选余地。仅举两例，其余与本文集有关人士在已出版的后记中或《郑立于创作年谱简编》里提及，限于篇幅，就不一一说明了。

2016年春节，中国作家协会主席铁凝同志在厦门接见了我。我俩谈了中国作家协会主管的一个刊物——《中华辞赋》的有关情况。我送给她一本《郑立于楹联选集》，还将莫言在瑞典接受诺贝尔文学奖答谢辞中一段话用对联形式予以表达。她说，“您已87岁高龄了，还坚持文学创作，真不容易。”她在百忙中能与一个普通的中国作家协会会员交流，使我很受鼓舞。

展望未来，祖国前程光芒万丈，作者已达耄耋高龄，该封笔了。但又沉思数十年来走过大陆和台、港、澳地以及世界许许多多的名山大川，原准备写一册《中国四大佛教圣地纪行》。只能待今后再作一些努力，量力而行吧！

2014年3月28日于印度尼西亚、巴厘岛旅次

序　一

魏　桥

2011年新年伊始，我收到《郑立于文集》目录。见其目，知其文。其中有的文章过去曾经读过，并留下深刻的印象，现在汇集出版，保存了较为完整的历史记忆，并折射出时代前进过程中的诸多方面，无疑是一件十分有意义的好事。

对郑立于同志我早年知其名，后来通过修志知其人，晚年交往更知其平凡又不平凡的大半生。《文集》分十来个大门类，涉及面广，从中可以窥见一位老人孜孜不倦的勤奋人生。人在基层，胸怀天下，笔耕不辍，与时俱进，这里无庸多言，有文为证。

《文集》内容平厚，尤重写人。首列“报告文学”“传记速写”涉及诸多人与物，可以说全书贯串一条主线，有学者、革命家、有文艺家、爱国民主人士，也有普通人。普通人中有矾矿工人、撑筏工人、播音员、教养员、赤脚书记、老农、补锅匠、小牛娃等等，千姿百态，各具特色，在书中都有一席之地。其人其事通过作者笔下传情，留下十分深沉的时代印记和生动形象。

《文集》还突出描述了祖国的山川和自己家乡的一山一水，一草一木，一砖一瓦。如《祖国的矾都》、《青春的火花》，大量的报告文学、散文、随笔以及为寺庙道观留下的碑记、楹联、匾额。字里行间凝聚着浓浓的爱国恋乡之情。

编修地方志是郑君一生著述中重要的方面。当年在十分艰难的条件下，他毅然担任了《平阳县志》主编，历时七年，竭尽全力，团结一班人，终于完成了150余万字的全志。新编《平阳县志》，突出“两南”(南雁荡山、南麂列岛)，侧重人文，并对灾害性天气尤其是台风洪涝，历代历次皆详为记载，并探索其规律，纪录防御、救援的经验教训，为“资政”起了有效的作用。填补平阳县志断修70年的空白。被评为浙江省地方志优秀成果二等奖。在《文集》中留下新编《平阳县志编纂始末》这篇寓意深长，发人深思的文章。其实，他还有不少修志体会和方志理论探讨文章刊发于方志刊物上，以后也可另出专著。

写作可以是轻松的活，也可以是艰辛的事。郑君从事写作一贯是尽心尽力，注意收集大量相关文献，尤为可贵的是经常迈开双足进行实地调查。据我所知，他在编著《西湖楹联》、《西湖楹联大观》等书时，不顾年迈，挤公交车，走访景点，核对了不少楹联，纠正了一些误传和差错，对一位老人来说是十分难能可贵的。

《文集》就文风而言，称得上是不拘一格，多姿多彩。有平白如话，十分晓畅的白话文，也有引经据典，规范可读的文言文。古今不少文体作者信手拈来，挥洒自如，能够恰到好处，足见作者扎实的文学与文字功底。

当今坊间见到出版的文集并不少，有的人将秘书捉刀的文章，汇集在自己的文章之中，多的是套话，少的是真情实感，这与郑君的"文集"大异其趣。当然，一般来说，出书总不是一件坏事，不过出自己下过功夫有真情实感的书才是一件真正的好事。

我已年逾八十，落笔作文，常常心有余而力不足，以致难以成稿。可是面对老友毕生努力形成如此丰厚的文集，加上老友相约，盛情难却，写上这些话，只能算是对老友《文集》问世的一点真诚的祝贺！

（序文作者系原中国地方志学会副会长、浙江省社会科学院副院长、省方志编纂委员会办公室主任，中国作家协会浙江分会杂文创作委员会主任，著有《风雨四十年》、《志苑十二年》、《二轮修志说》等多种著作，参与编纂多种丛书。）

文化名人郑立于

（序　二）

黄传会

郑立于先生嘱我为其《郑立于文集》作序，令我如坐针毡，受之有愧，却之不恭，思虑再三，最后我只好说就权当我写篇读后感吧。

我与先生有着共同的故乡——浙江省苍南县一个名叫矾山的小镇，镇不大，名气却了得，这里因为盛产明矾，被誉称为矾都。

1958年，我还是个孩童的时候，先生的《祖国的矾都》一书已经出版，那是第一本写家乡、写家乡产业工人的书。我这个小学生自然不可能读到先生的大作，但校园里却传开了有个名叫郑立于的作家，写了本歌颂矾都的书，先生的大名从此留在我的心中。如果把《祖国的矾都》列入报告文学范畴的话，那么先生涉足报告文学这个行当早了我整整30年。

《郑立于文集》八大卷，洋洋大观260余万字，读其要目，传记速写、小说寓言、散文随笔、剧本鼓词、诗词记赋、楹联碑铭各种体裁均有涉猎，其内容之丰富，样式之多彩，令我叹为观止。

故乡，是每个人心中的精神家园。立于先生挚爱家乡这块土地，挚爱家乡的父老乡亲，先生的作品几乎都与故乡有关，他叙述的故事几乎都是发生在家乡的故事，他笔下的人物多为矾山人、苍南人、平阳人、温州人，当然也有少数的浙江人等。因此，每每读先生的作品，亲切、深切之感油然而生。那山，是我熟悉的山；那水，是我曾经喝过的水；甚至于连先生笔下描述的云和雾，都是故乡所独有的。先生笔下的许多人物，都是我所熟悉的或是曾经听说过的，读先生的作品，像是喝一杯用家乡的水酿成的米酒，清纯而甘甜，满足了我心中浓郁的思乡之情。

我们现在处于一个最容易忘记历史却又最需要历史的时代，因此，先生积一生之力，记录下的发生在故乡大地上的或大事或小事，或民俗乡规，或史料拾零，便更显得弥足珍贵。世间有些东西是可以再生产的，有些东西却是无法再复制的。先烈的丰功伟绩，先贤的大智大勇，还有诸如地方史志、民间传说、风土人情、碑铭楹联等等，不将它们用文字整理记录下来，说不准哪朝哪代、那年那月它们就消失了，试想，一个没有历史记录的故乡。就如同大地失去了月光，那是何等的不可思议？

以“作家”来称谓立于先生，显然是过于简单了。

立于先生出生于上世纪30年代，从小受过良好的国学教育。他在小学、广播局、文化馆、文联、宣传部供过职，办过报纸，编过县志，丰富的阅历，为他提供了丰厚的素材。先生是个杂家，他写散文、诗歌，又写楹联、报告文学，甚至还写现代京剧。先生是个业余作者，半个多世纪来，他把所有的业余时间都用在了读书与写作上，他为此付出的心血，常人不了解，也难以理解。

我的脑海中忽地跳出一个词：“文化人”。称先生为文化人我觉得是最为贴切的，先生一辈子做的事情都与文化工作有关，一辈子都在为文化工作而忙碌着。这种文化人不是谁想做就可以做的，让谁做谁就可以做得了的。这种文化人或是家传，或是后学，都有文化的根源；这种文化人懂得平仄，研习过“二王”，对家乡历史烂熟于心中；这种文化人天资聪慧，会写文章，能拉胡琴，遇到红白喜事，拿起毛笔或庆联或挽联一挥而就；这种文化人不善于为官，一般做的都是边缘化的工作；这种文化人酒桌上坐不了主位，但生活中却少不了他们；这种文化人读万卷书、行万里路、结万人缘……正是像郑立于先生这样的文化名人，撑起了家乡的文化天地。

在我的家乡有一批这样的文化人。我所敬重的萧耘春先生（郑立于先生同学），甘于寂寞，安于清贫，一生浸润在书斋之中。县文联原主席刘德吾，他的诗歌在当代诗坛也已经占有一席之地，不料英年早逝，令人扼腕。还有散文家杨奔、小说家张翎、摄影家萧云集等等。

郑立于、萧耘春等文化人高举着堪称“苍南知识分子的精神旗帜”，成为家乡一道亮丽的风景线。

《郑立于文集》出版，泽被社会，福及乡里，可喜可贺！

愿家乡有更多这样的文化人！

2013年盛夏于京城

（黄传会系中国报告文学学会常务副会长、中国作家协会第七届全委会委员、海军政治部创作副主任（文职将军）著有《雄风——人民海军纪实》《龙旗——清末此洋阀军纪实》《逆海——中华民国海军纪实》《将才铁军——抗日名将朱猛》《婚约》《中国贫困警示录》《托起明天的太阳——中国希望工程纪实》《为了那渴望的目光——希望工程二十年纪事》等十多种。）

序　三

郑朝阳

郑立于先生嘱我为他的文集写序，颇觉惶恐，原因有二：第一，郑先生在我心里是领导、长辈。他曾担任我平阳家乡的县委宣传部和县文联领导，在我还是文学青年的时候，有幸参加县里的创作会议，望着他坐在主席台上讲话，那是遥不可及、肃然起敬的感觉；后来他曾几次与我们一起，到县城的九凰山、南雁荡山等地采风，逐渐了解到他其实平易近人，有着爽朗的笑声，但终因年龄、地位、学识的悬殊，再加上同乡同姓，心里始终尊为长者。第二，后来我离开平阳家乡到温州工作，郑先生也退休了，一晃二十多年，没有机会常见面，也无缘拜读他的作品。去年底，郑先生写信嘱我为他的《郑立于文集》写序，这部文集有八大卷，二百六十多万字，是他七十多年来心血集粹的一部分，我一个无名晚辈，学识浅陋之人，怎敢为高寿贤达的大著去写序言呢？因此诚惶诚恐，不敢应命。但经不住郑先生恳切叮嘱，也不敢拒绝，只有硬起头皮，答应下来。好在郑先生体谅下情，知道我已来不及拜读他的全部作品，嘱咐只要掬其一二，不愈千言即可。

其实我最早是从我父亲口中知道郑先生，说他是《祖国矾都》的作者，这本书二十世纪五十年代非常轰动，我们家乡的矾矿，因为这本书而更出名。当时《祖国的矾都》(修订再版本)被评为“浙江建设新面貌丛书”的标兵书。我父亲是个勤恪好学，深谙乡情、县情的中层领导干部。他平时不大看文学作品，因为《祖国的矾都》是纪实的文学作品，当时特别有影响，所以他认真地读了。这本书，半个世纪了，如今父亲张口就能说出书名和一些矾矿矿洞、矾厂与出口栈的场景。他称赞郑先生的书写的好，也感谢他为家乡扬了扬名。我想，对一位搞文学的人来说，能写出一本轰动一时并让读者记住的书，那是一辈子的梦想，可郑先生以机关干部、业余写作的状态就做到了，不得不佩服。

郑先生为我寄来《郑立于文集》目录，看目录就不由得赞叹，因为目录上列着的文体有：传记、小说、速写、戏剧、散文、报告文学、评论、碑铭、序跋、诗词、楹诗等等，差不多是所有的文学门类了。我在脑子里尽量搜索，还有谁的文集涉及这么多文体？想不起来，倒想起郑先生在电话中自我总结的一句话：“坚持业余写作 70 余年。”坚持 70 多年不容易，坚持业余写作不容易，什么文体都能写更不容易。这三点也可看作是《郑立于文集》的三大特点。

据典籍记载：文化是“人们在社会历史实践过程中所创造的物质财富和精神财富的总和。特指精神财富，如教育、科学、文艺等。”郑先生毕生从事文化事业，取得卓越成就。解放初期近三百万字的《郑立于文集》的出版就是一例。整个文集蕴含草根的韵味，民族的气质，家园的情怀，亦闪现了未来世界新文化的曙光。他还参与编纂多种文化丛书解放初期带头献资新建矾山镇中心小学，以及其他公益事业等等。郑先生堪称当今文化名人，值得学习，值得尊敬！

郑先生以业余时间写作，但他的水平够专业。六十年代出手写了一个现代京剧《浩气长存》，由平阳京剧团连演 300 多场，口碑传开，引得浙南、闽北二三十个县的老区群众专程赶来看戏，盛况一时。著名版画家家赵延年和他的学生陆放等看戏后为之感动，专门创作了一组《浩气长存》木刻组画，刊登在《跃进画报》上。在组画的序言中，还肯定了郑先生对他们创作的帮助，尤其是为他们提供了组画脚本。郑先生的楹联专著如《西湖楹联大观》、《西湖楹联》(收入西湖全书)，以及《郑立于楹联选集》等更是很见功夫的书籍，内涵丰富，锻文炼句，相信经得起内行推敲和时间检验。不少风景名胜、纪念场所题刻着他撰写的楹联，其风雅已与山川同在。

(作者为中国戏剧家协会会员，国家一级编剧，浙江省文联副主席，温州市文联主席，2012 年春当选为温州市副市长。著有剧本多种。并多次获奖。)

不是序的序

（香港）巴　桐

当今之世从文不易。从文者必须有苦行僧精神，在荆棘满途的文学长路上艰难跋涉。眼下红尘滚滚，物欲横流，谁愿意匍伏在地、甘做毫无经济效益的“爬格子动物”？答案是：唯有傻子！但傻事总有傻人为。郑立于老先生就是这样一个文学“傻子”。他从少年开始钟情于文学，直到如今耄耋之年依旧痴心一片，矢志不渝。

郑老从文已逾一个甲子。他生于日寇侵华战火纷飞的30年代，经历了解放战争、共和国的诞生、历次的政治运动，如今顶着满头白发，昂然踏入改革开放的新时代。郑老历尽忧患，备尝艰辛，身世浮沉“雨打萍”。然而郑老的一生纵然跌宕起伏，但初衷丝毫未改。上个世纪三十年代的战火，没有焚毁他文学的幼芽，五、六十年代接二连三的政治运动风暴，没有动摇他爬格子的信念，八、九十年代经商的狂潮、拜金的浊流没有冲垮他坚持筆耕的精神坝筑。

一间陋室，一张书案，一杆秃筆，一叠稿子，便是他心灵的天地，精神的家园。他蛰居苍南，不惮寂寞，甘当垦荒的文牛，主持编纂出一百五十万字的卷帙浩繁的《平阳县志》。郑老是文学的多面手，举凡诗歌、散文、小说、评论、报告文学，以及传记、戏剧各种文学样式皆有涉猎。别小觑这个问题，以为都是舞文弄墨的玩艺，应是一通百通，这种看法实属门外之见。文艺门类如十八般武器，一个作家未必样样使得来。比如会吟诗未必能写小说，会写散文未必能编剧本，正如会舞大刀未必能耍花槍，会打三节棍未必能抡流星锤。刀枪剑，斧钺钩叉各有各的门道。郑老却样样精通，而且各类创作都有获奖作品，成绩斐然，不由得不叫人深为佩服。

我素来以为，文章是逼出来的，也是熬出来的。创作之艰辛犹如希腊神话里的西西弗斯：每天推着石块上山。山坡何其陡，石块何其重，但为到达山顶，必须竭尽全力，一刻也不容松懈。我们在郑老先生忆述夫人黄丽容的文中，看到了他爬格子的身影：多少个点燃油灯、伏案疾书的夜晚，多少个蚊蚋叮咬、废寝忘歺的工余，多少个挥汗如雨、仆仆于途的炎夏，多少个冷雨敲窗、寒风袭人的严冬……

一个文化的苦行僧、一个文学的傻子，一直在格子上匍伏爬行，从满头乌发，一直爬到华发如雪！

我曾听水园讲述他父亲蒐集考证历代西湖楹联的故事，令我对一位文化老人为抢救文化遗产的勇气与担当肃然起敬。那年住在杭州的水园姐姐郑霜枝把老父接过去休养，不料老人竟抛却安逸，立下一个宏愿：要让历代文人墨客吟咏西湖的丽词佳句重现丰采，让湮灭在岁月风尘里的"文字西湖"再展英姿。老人每天天刚濛濛亮就带上干粮出发，寒暑不歇，风雨无阻，独自逡寻于荒郊古寺，老街旧厝，巡觅于断垣残壁，桥洞野渡，累了倚在路边小憩，饿了啃几口馒头充饥。为核实匡正一词一字，他跑遍图书馆，查阅大量史书典籍，还去信请教名师。他不辞老迈之躯，在女儿郑霜枝的协助下，硬是以一己之力扛下了一个团队的工作量。耗时三载，历尽艰辛，一部 20 多万言，厚达 350 页的《西湖楹联大观》，终于呈现在读者面前。这部书不仅浸透了郑老的汗水，也凝聚着他渊博的学养和一丝不苟的治学精神。

如今我们欣然看到郑老先生"爬格子"的实绩，他的文学花圃中已结出累累硕果：迄今他已出版了《祖国的矾都》、传记文学集《青春的火花》、游记《南麂岛揽胜》(合作)，《百鸟诗集》、《郑立于短诗选》(中英对照)、《西湖楹联大观》等十几种书籍，以及在《星星》、《清明》等各地报刊上发表了各类文章，约有 300 多万字。还为浙闽各地风景名胜、佛寺道观撰写了不少楹联、碑记、古诗等。现在煌煌八大卷的《郑立于文集》又将面世，真是可喜可贺！郑老已年届 84 岁高龄，仍搦管不辍，文章更见筆力苍劲，文采丰瞻，不禁令人感叹"庾信文章老更成 ，凌云健笔意纵横"。

我与郑老前辈相识于 20 多年前。郑老的公子水园是我的忘年之交，那年夏天我从香港返乡探亲，路过厦门登门造访水园，邂逅郑老。老先生浓眉大眼，相貌堂堂，声若洪钟，我们一见如故，相谈甚欢。老先生敦厚笃实、豁达爽朗给我留下了深刻印象。联想到郑老"雨打萍"般浮沉的身世，看到眼前历尽劫波从容淡定的神采，俨然是一个修成正果的文学苦行僧。蓦然间我想起苏东坡的一首诗，略改结尾一句不正是郑老的写照吗？诗曰"稽首天外天，毫光照大千，八风吹不动，端坐书桌前。"郑老赠我以《百鸟诗集》，拜读之后，感佩良多，于是写了一篇评论题为《鸟国诗人一一郑立于》，刊于香港文汇报。

我在水园家看到一方"言志楼"的匾额，乃水园老家温州乡贤苏步青教授题赠郑老的。郑老复制镌刻了 10 方金匾，分别馈赠 10 位子女儿孙，黾勉他们秉持"求知、治学、创业"的精神，代代传承下去。不负郑老期望，现在郑老二男二女个个英才出众，事业有成。前年夏天，我在美国加州硅谷家中突然接到水园电话，他到了美国，约我一聚。我驱车前往，在史丹福大学椭圆形广场见到了水园伉俪及他们的女儿郑雨桐。原来，他们此行是送小女上纽约大学。令我讶然不已的是，郑雨桐抵美不到两年，竟从芸芸竞争者中脱颖而出，亮相于美国电视萤屏，成为华尔街纳斯达克交易市场的主持人。郑老的子孙个个都非常优秀，承继笃行郑老树立的优良家风，并將之发扬光大。郑老值得老怀开慰，我也由衷地为他感到高兴！

值此郑老文集付梓之际，嘱我写一篇序，我欣然命笔。序文是一部著作的窗口，是打开作者心扉的一把钥匙，也是读者阅读的向导指南。宋人王应麟在《辞学指南》中说，“序者，叙典籍之所作也。”我这篇短文不敢妄称序，只能说是感言吧，不是序的序即是开场白，犹如好戏开台前序幕将启时的一通锣鼓点子。然而文短意切，或许读者也能从中对郑老的为人为文豹窥一斑吧。倘若如此，便因应了我写此短文的初衷，幸甚矣！

2016 年仲夏于加州硅谷

（巴桐，香港小说家、散文家、评论家。香港中华文化总会副理事长、香港文学促进会名誉会长，厦门大学新闻传播学院、三明学院兼职教授）

目　录
CONTENTS

第一部分　祖国的矾都

第二部分　千载矾都人与事

第三部分　《柳家山的合抱枫》等篇

第四部分　戏剧曲艺

第一部分

祖国的矾都

一、明矾的著名产地

杭州工业展览馆里摆着好几个用玻璃匣子装着的“珍珠塔”，五光十色的六角形的珠子密密层层地连结着，闪烁着耀眼的光辉。珠子的排列是那么整齐、自然；结构是那么精致、瑰丽，真是巧夺天工。人们一定会问：那是什么东西呢？工艺师把这么多大大小小的珠子连缀成高达尺余的塔要费多少时间呢？道破了，却一点也不奇怪，它原来是我们日常所看到的明矾制的。制作过程也很简单：先把各种色彩的线均匀地扎在铜丝上，再把扎上线的铜丝扭成为塔的模型，把模型放到明矾结晶池里，经过一定时间后拿出来，整个模型就有无数晶莹皎洁的小珠子整齐地凝结在上面，铜丝上扎着的彩线通过小珠子的折射，映出绚烂的光彩。这就成了玲珑精巧供人玩赏的“矾塔”了。用同样的方法，还可以制成令人喜爱的“矾花篮”“矾亭子”“矾飞机”等等的工艺品。

明矾看来好像是一种很平常的产品，实际上它的用途大得很呢！我们日常生活上、医药上、工农业生产上、渔业上以及国防建设上，哪一处都不能少它。

有人称明矾为清水珠，因为在浊水里加明矾能使浊水澄清。这是什么缘故呢？说起来并不奇怪，因为明矾溶解在水里时能和水反应，生成一种棉絮状的氢氧化铝。氢氧化铝沉淀的时候，能把水中悬浮的杂质吸附在它的表面，带着一同沉淀下去。所以，上部的水就澄清了。家常饮水常用明矾澄清，大小城市里的自来水都是用明矾作沉淀剂。煎油条和做面包也少不了它，上海市每天光煎油条和做面包就需要二千斤明矾。

在医药上，可以利用明矾做收敛剂和防腐剂。《本草纲目》里说明矾有解毒生津、除风杀虫、止血定痛的作用，能治黄疸、血痛、齿痛、风眼、脱肛、疥癣等症。明矾甚至可以用来作治骡马中暑的药呢！

在农业生产上，利用明矾石制成大量廉价的钾氮混合肥料，对支援农业生产具有特别重要的意义。1958 年各地大办化肥工厂，供应农业上制肥料用的明矾的产量大大增加。化肥壅田不但肥效好，而且有些地方的农民在草子田里插秧，往往蘸上明矾，也能使秧苗早日转青。

渔民捕到海蜇之类的海产，也要加上明矾，防止它腐烂。

明矾在工业上的用途更大。造纸工业用了它能使纸质坚洁而美观，浸到水里不溃，双面印刷不会渗透；染织工业用了它能使所染的颜色经久不褪；制革工业用了它能使皮革柔软；做蜡烛时要使油脂硬白，也必须用它。此外，如镀金、制水泥、制糖、制橡胶、制油漆、制炸药等等方面都少不了它。明矾石经过特别处理可制出在化学工业中占首要地位的硫酸，炼油、人造纤维及磷肥工业等的发展，都须大量用它。

特别显得重要的是明矾在国防上的用处。明矾石可以提炼出便宜的氧化铝，同时还可制取廉价的硫酸钾和硫酸铵。苏联将明矾石列为制铝的重要原料之一。因为用明矾石生产氧化铝，甚至比从优质铝矿中取得氧化铝还要便宜。铝，坚韧、轻巧，是制造飞机的重要原料。从这里可以看出，明矾在国防上的用处多么重要啊！

我国是一个地下资源非常富饶的国家，辽阔的土地上到处蕴藏着丰富的矿产。我们有采不完的煤铁和石油，也有储量丰富位居世界第一的矾石矿。就在我国的东南角，括苍山脉东侧，瓯江与闽江中间的浙闽山地中部一带，很早就发现了大量的矾矿，那儿是明矾的故乡。现在已经开采的有浙江省平阳县的矾山、苔湖，瑞安县的仙岩、纱锅岩，以及福建省的福鼎县。其中矾山是明矾石储量最多、开采历史最悠久的一个。

矾山在浙江的南端，与福建省的福鼎县接壤，正在兴建的金（华）福（州）铁路经过这里。它在平阳县城西南六十七公里的丛山中，乘汽车可以直接到达。

矾山四周环绕着重重的苍翠的高山，形成一个葫芦形的盆地。地势很高，海拔三百米，四周的山峰海拔一般都在七百至八百米；东边的鹤顶山最高，海拔在一千米以上。登上山顶可以眺望东海上星罗棋布的小岛，顺风漂游的点点渔帆，以及屹立在远处海滨的温州市。围抱着的群山没有一个缺口，篮蓝的天空笼罩着盆地，仿佛是跟外地隔绝了似的。

矾山具有一派独特的风光。乍一望去，山麓山腰尽是白茫茫的一片，整座山像铺着厚厚的霜雪一般。横穿盆地中部的有一条溪，乳白色的溪流从东北方的溪涧里直泻到西南向的山涧里去，在阳光照映下射出雪亮的银光；倘若不是气候不同，初来的人真会误认它是沙漠地带中的冰河。重重叠叠的厂房就建在山腰上或溪流旁，林立的高耸的烟囱冒出一股股的黑烟或白烟，涂抹了青翠的山峰和蔚蓝的天空。如遇雾天，矾烟跟重雾弥漫着整个矾山，宛如沉没于雾海中；站在山腰，隐隐约约地只能看到工厂的烟囱和高大建筑物的屋顶。大大小小的矿洞散布在溪流西南面的矿山上，一个个矿洞口好像鼓鸣的青蛙。矿山上叮叮当当的铁锄头撞击矿石的声音和嗳啰嗳啰的劳动歌声，有节拍地伴奏着；不论白天黑夜，不时还可以听到震动山谷“轰隆——”“轰隆——”的爆破声……

矾山的矾矿是我国储藏量最多、质地最好的矿床。据勘探的初步估计，单从叮当岭经麂角岭、大岗山、水尾山、企龙堑、鸡笼山的九个平方公里的含矿地层里，储藏的明矾石就有两亿多吨。

矾山的矾矿不仅在国内居第一位，并且著称于世界，在外国的文献中也常常可以看到。据说这里明矾的蕴藏量不仅在全国占80%以上，而且在全世界也占到60%。新中国成立后，明矾远销到新加坡、印度尼西亚、越南、印度和阿拉伯联合酋长国等国，深受各国人民的欢迎和赞赏，我国明巩在国际上的声誉也就更加高起来了。

矾山矾矿的开采，据平阳县志的记载始自明朝初年，其实明朝以前就已经有人开采，它的采掘历史最少也有六百多年。新中国成立前，矾山也曾经历过一段漫漫黑暗的长夜，共产党来了，矾山才开始走上真正繁荣的道路。现在矾山工厂林立，工人骤增，共有职工四千多人，间接参与生产的有五万余人。明矾产量逐年增加，明矾的采炼过程正向着机械化跃进，空前繁荣的局面就要出现了。

矾山，真不愧是祖国的矾都！

平阳苔湖的矾矿开采始于清道光(1821—1850)年间，当时因矾窑冒出来的烟影响农作物的生长，清朝官府下令禁止开采。民国初年又恢复，由于反动政府不重视，不久又衰落下去。1941年，有所谓“明矾管理处”大兴浪头，在矾山刮了不少的钱到苔湖开矿、炼矾。苔湖人民也指望这一次该成功了，可是结果呢？没有多久时间，所有的资本都被“明矾管理处”的几个头子吞光了。没有资本，只得停产。他们唯一的“功劳”就是破坏了森林，流下的矾浆水毒死了南雁溪流里一群群新鲜美味的鱼虾。新中国成立后，国家为了有计划地开采矾矿，对苔湖的矾矿也作了勘测，并且正式设厂制炼明矾。第一座炼矾厂于1958年9月份投入生产，质量良好。

瑞安县仙岩狮子山和北山的矾矿是在新中国成立后才发现的。据所获地质资料初步分析，这个地方矿脉连绵达二千七百尺，仅据露头矾石估计，矾石的储藏量约有十余万吨。大跃进的1958年，这里采取边钻探、边开采、边制炼的办法，迅速投入生产。钻探队员安下钻机日夜不停地工作着，探索地下的秘密；第一座混料窑也于6月15日建成，17日开始煨石、投入生产。这里的明矾石，经化验分析，含矾量一般在85%以上。当前，正在大力建厂，仙岩将成为一个新兴的壮丽的工矿区。

福建省的福鼎县，毗邻浙江。新中国成立后，在熊岭、太姥山、吴家溪等地发现矾矿，虽然储藏量不很多，但也开始着手设厂采炼。

二、有趣的传说

矾山，这个地下蕴藏着丰富宝藏的地方，也是一个民间传说很丰富的地方。关于它的开发，工人中就流传着这么一个有趣的传说。

传说，宋朝末年，元兵侵入中原，连年不断的战争，造成无数人家破人亡，田园荒芜，社会秩序非常混乱。为了避免战争的浩劫，江北人民扶老携幼纷纷向浙南逃难，沿途讨些剩饭或挖些野菜充饥，过着饥寒交迫的流浪生活。

那时候，矾山还是个未开垦的处女地，方圆几十里内没有人烟。高山上长着密密层层的古树和野藤，豺狼虎豹常常在森林里出没。古树丛中非常阴暗潮湿，山谷里的溪涧传出湍急的溪流声。溪旁堆满乱石，石上满是青苔。通到山上去的路根本找不到。

有一回，有个避难的人带着妻子和两个孩子，挑着铺盖卷和残缺的用具路过那里。因为迷失了路途，一直走到山脚。突然，天空堆满黑云，天沉重得像要塌下来的样子，狂风刮过古老的森林像虎啸一般。看样子，马上就有暴风雨袭来，避难的人心中想：走回头路吧，刚才走过的几十里路没有见过一座房子，眼看暴风雨就要下来，半路上到哪里去躲呢？就在这里吧，这里又没有一个住宿的地方，阴森的林荫下，怪可怕的。正在进退两难的时候，大的孩子站在溪旁的高岩上高兴地对他的爸爸说，山腰那边有把很大的石雨伞，可以到那里暂时避避风雨。于是一家人就沿着溪涧，踏过溪旁的乱石，攀登到那里。石雨伞紧靠着高山的岩壁，下边有一根粗粗的石柱，上面盖着一块大岩板，边缘圆圆的，活像一把雨伞，石雨伞底下约有一个正厅那么大。他们准备就在那里过夜。到附近捡些枯枝干藤，在那里叠了几块石头作灶烧饭。荒僻的山野升起了第一缕炊烟。那天夜里，暴雨倾盆而下，山洪暴发，溪水的激流里伴着泥砂、石块，沿着陡峭的溪涧向山脚直泻。暴雨过后，接着又是连日阵雨，溪里水涨得很高，他们无法下山，就在石雨伞下住了好几天。这时候，避难人发现叠起来作灶的石块有些松散，当时他也不在意，天一放晴，便又沿着原路到别处流浪去了。

过了不久，避难的一家人又路过石雨伞，发现前次叠起来作灶的石块竟变成一堆银白色的细砂，细砂里间杂着一些冰糖似的小珠子（这是由于明矾石加热、风化结晶成的)。他又是惊奇又是欢喜。明明是整块坚固的石头怎么会变成晶莹的小珠子呢？他回想起前次烧饭时发现的石块松散的现象，于是，他大胆地肯定小珠子一定是作灶的石块变成的。把它拿到嘴里尝尝，味道酸涩；放到水里，混浊的水一会儿就澄得碧清。于是他就把这些小珠子取名叫做“清水珠”。直到现在还有人叫明矾为清水珠哩！

避难的一家人第二次经过石雨伞时，刚碰上炎热的夏天，长途跋涉，已很疲劳。到石雨伞时，第二个孩子发了痧气，啼啼哭哭嚷着肚子痛。在这漫无人烟的荒山上，哪里去找医生呢？哪里去找药物呢？眼巴巴地只好等死。情急智生，避难的想：清水珠是石头变的，放到水里水会清，这一定是宝，既是宝物就可以治病。眼看孩子肚子痛得厉害，不如用清水珠给他饮下试试看。孩子的妈就烧了一碗开水，在细砂堆里捡了一撮洁白的小珠子放到开水里拿给孩子饮。孩子饮下后，果然肚痛就慢慢地止住了；再过一会，孩子脸上露出了笑容，人也清醒了。避难的快乐地跳起来说：“清水珠能治痧气，真真出奇。”此后避难的如遇家里人身上发皮毒，就用清水珠洗一洗，很有功效。这位避难的就是最早发现用明矾石制炼明矾的那个人。从此以后，他就经常到这里来取宝，把清水珠带回去当药用。这个神奇的消息传出后，就接连有人到这里来采宝。明矾制炼业就此开始了。

石雨伞就在离矾山不远的新港的山旁，矾灵公路经过那里，那里就是开采明矾的起源地。石雨伞的岩石是优质明矾石，人们早就把它采来炼矾，现在已没有遗迹了。那个避难的人叫王景成，玉环县人(一说是四川人，名叫秦福)。

为了纪念这位开采明矾的始祖，后人奉拜他为“明宝爷爷”，或叫“窑主爷”。百余年以前，新港有明宝爷爷庙。后来矾窑向矾山发展，又于清同治年间(1862—1874)在矾山石宫建筑窑主爷宫，现在这座宫已改为学校。

三、矾山开发简史

宋末——草创时期

偏僻的矾山，过去一直没有引起人们的注意。相传在宋朝末年发现了明矾矿以后，就不像过去那么荒凉了。“采宝客”接连不断地从四面八方来到这里，他们开头是把布露在山上的石头胡乱拿来试炼。那些石头被火烧过会风化的就是宝，不会风化的就不是宝。后来慢慢地摸出经验来，凭目光就能辨认出哪些石头是矾石，哪些不是矾石，并且能估计矾石的好坏，含矾量的多少。他们每次来煎了一些矾，就带出去卖，卖了又来，来来往往，没有固定的住处。他们带出去的矾，运到上海、宁波等地方出卖，售价很高。“采宝客”们因此对这个出宝的矾山更加向往，有些人才准备长期在这里安家。可是，这里本是原始森林，古木参天，附近几十里没有人烟，“采宝客”毕竟是少数，常常有猛兽蹿出来伤害他们。他们为了防御兽害，就放火把山林烧掉，使猛兽没有藏身的地方。这样才有人在那里扎下茅屋长期住了下来。

经过这一次烧山，不但除了兽害，而且也煅烧了不少露在山面的矾石。这些经烈火煅烧的矾石满布在山上，经过日晒雨打，很快就风化成为矾砂，有的结晶成小珠粒。“采宝客”因此获得明矾的数量比过去大大增加，在这里安下家的人也逐年增加。

元、明——初具规模

到了元朝，这里大约有近百户人家。他们一边开垦荒山种植农作物，一边挖掘布露在土面上的矾石煎矾。那时候采矾石的工具很简陋，只能采些零零碎碎的矿石，碰到大块的矿石就没有办法把它敲裂。露在山面零碎的矾石不多，没有多久，就采光了。他们就东挖西挖，把整个山挖得像癞一样，人们就把这里定名叫做“臭头山”，这个“臭头山”就是矾山最早的地名。明朝建国后，因为开国皇帝朱元璋是个癞痢头，地主官僚们怕“臭头山”这个地名会触犯皇帝，于是就偷偷地把“臭头山”改为“赤垟山”，人们居住的山脚下的村子跟着也就叫“赤垟村”了。

“赤垟”这个地名一直沿用到清朝末年，才改名为“矾山”。

随着以采矾为业的人逐渐增加，采矾规模逐年扩大，布露在土面的矾石几乎挖光了，甚至连比较大块的难于开采的矾石岩也找不到了，以采矾为业的人就把矿山外表的黄土层挖开，架起柴塔烧石龙，采掘深埋在地下的矿石。直到现在，矿岩间还留着成千上万火疤的遗迹。这时候，矾山已有一个小集镇，古老而矮小的平房连接成街道。1375 年(明太祖洪武 8 年)有个名叫杨伯存的人还在矾山造过伪钞。这可见当时矾山这个小市集已经形成，而且相当繁荣，流通的货币也比较多。不然的话，为什么杨伯存要在矾山那个偏僻的山村里铸造伪钞呢？

在明朝，矾山明矾的产量也比过去大大增加，明矾的用途也逐步扩大。不仅在医药上用到明矾，而且有不少的手工业工厂作坊也需要明矾，市场上对明矾的需求量越来越大了。明朝永乐(1403—1424)初年，因为矾山的明矾输出困难，温州的染布业缺少明矾作媒染剂，不得不全歇工。在明朝，明矾业已经发展到这个规模，也可推知矾山的明矾业草创时期在宋朝末年的传说不是没有根据的，甚至还可以追溯到唐朝。这说明矾山制炼明矾的历史是多么悠久。

清朝——严重摧残

到了清朝顺治年间(1644—1661)，明末降将、镇守在福建的耿精忠部叛乱，耿精忠率领大兵由福建进入浙江。矾山处在浙闽交界的地方，首当其冲。耿精忠的兵马，来势很凶，每到一个地方，奸淫烧杀、抢夺掳掠，无所不为。矾山的居民非常惶恐，纷纷四散逃难，没有逃脱的人和牲畜都被耿精忠的贼兵杀绝，房屋也被烧得精光。这时，矾山又变成没有人烟的荒山，矾业也因而停顿。耿精忠叛乱被平定以后，炼矾的人们才陆续归来重整家园，停顿了将近十年的炼矾业又恢复了生产。

后来，又因为巩窑排出的矾浆水和冒出的矾烟损害邻近的农作物，清朝官员又下令禁止。禁令非常严酷，谁敢私炼明矾就要杀头，弄得人心惶惶。从此，矾民全部失业。有的开辟了田园从事农业生产，可是矾山山高地瘦，种田也不是好出路，很多人沦为乞丐，到处流浪。有一次，成群结队的人流浪到平阳县城，母亲背着孩子，青年搀着老人，一路上啼啼哭哭吵吵嚷嚷，要跟清朝的官儿们拼个死活。这些官儿看看势头不妙，随即办了公文陈报清朝廷，结果康熙皇帝下了圣旨:“赤垟矾矿，恩准孤贫渡食，而矾水必汇入海……”这道圣旨的内容当时刻在石碑上，现在这块残碑还竖立在矾山镇苦竹湾选区的白马爷庙里。自此以后，矾矿又继续采炼下去。可是“矾势”[①]年年冷落。由于封建统治者的苛重剥削，矾民们的生活极度贫困，大家都指着天唉声叹气地说：“老天啊！你太不公平呀！有钱人不用做工，却三餐鱼肉；我们干死干活，还糊不了一张口！”剥削者便欺骗他们说：“矾山地下都是宝，是个好地方，有出息？是你们命该如此穷苦。皇帝也说你们只有‘孤贫渡食’，你们还想过好日子吗?!”

清朝乾隆9年(1744)，上港(即新港，明矾起源地)的矾商亲自到苏州卖矾。苏州商人看到可爱的明矾，又听了关于开采明矾的情况的介绍，产生很大兴趣，便随身带着资本跟上港矾商一道前来，建立较大规模的煎矾厂。这座矾厂是矾山现在所知道的最早的一座厂，也是沿用了百余年的大窑厂的草创。这座厂每天出产明矾九担(九百斤)。现在新港地方有一个小地名叫“九担”，就是因此而得名的。

苏州商人来了以后，把煎炼出来的明矾运到各地投售，赚了不少的钱，矾山的明矾也就因此引起各地商人的普遍注意。不久宁波商人也来了。宁波商人带来比苏州商人更多的资本，在矾山到处投资设厂。泗洲佛窑、南山坪上下窑、大山内外湖窑、牛山老窑等都是在这个时期先后建立起来的，现在都有窑址的遗迹可寻。到这时，“赤垟村”也就正式改名为“矾山”了。此后百余年的时间，矾业完全操纵在宁波商人手里。窑户的资本都由宁波商人供给，明矾的价格也由宁商决定，所有利润都归宁商，矾民们仅获得一些最低的苦力代价，所以矾山有这么一首歌谣：

狮头山，
朝外看，
宁波商发财，
矾山人落难。

宁商的垄断，激起了工人的愤怒和本地商人的不满，于是到1911年，本地商人便利用工人把宁商赶跑了。

第一次世界大战期间——暂时的兴盛

第一次世界大战期间(1914——1918)，帝国主义国家忙于在欧洲战场作战，无暇东顾，因而暂时减弱了对我国的经济侵略，我国的民族工商业才得到抬头的

① “矾势”或“矾老势”，是指矾市的盛衰和明矾销路的好坏情况。

机会。明矾工业也同样得到暂时的发展。平阳矾山的矾窑增到二十八座，矾矿工人的队伍也迅速地成长起来。那时，每窑日产明矾一千几百斤，种类有白矾、红矾、杂牌三色，全年所产明矾值六十万银元。这时可以说是矾山历史上最兴盛的一个时期。巩山工人歌谣里也这么唱着：

且说一九一六年，
玥矾价格好无边，
明珠一包银十块，
碎珠粒子卖五元。[①]

就在这1916年，矾商朱慎思为了进一步操纵明巩石和专买专卖的特权，勾结了平阳劣绅王理孚、姜会明等十余人，办了一个振华公司，以三十万元股金向矿主们订下了三十年矾石专买的合同，把矾山的矾业全部垄断在他们手里。

在奸商们的垄断下，矾山的“繁荣”年代像昙花一现，不久便衰落下去。叮当岭窑建成后只经过一百十二天就关门大吉，后来成为废墟。其他窑厂的命运跟叮当岭窑也相差不远，短的不到一年，长的不过两三年，都先后倒闭了。到头来，工人们仍受着失业和饥寒的胁迫，矾山仍是一片荒凉的情景。

据国民党反动政府1933年的调查记载，那时矾山大小矾窑只有十八家。当时的明矾企业在官僚资本家、高利贷者和封建霸头的操纵把持下，连国民党反动政府的调查人员也不得不承认那些矾厂大都是“五十年不败之家”。大鱼吃小鱼式的掠夺、竞争、倾轧，使矾业无法发展，永远处在落后状态。有一部分矾商的资本，先向钱庄借贷，以贷物七折折价抵押，等到生产出来的明矾销售以后，才汇兑抵还；遇到明矾滞销，本息越累越多，往往破产。

1940年9月，伪中央政府经济部和伪浙江省政府以“确保国家资源”为名义，以三十万元的合资，建立了一个十足的搜刮机构——浙江省明矾管理处。伪浙江省建设厅长伍廷扬派陆希澄和丘捷为正副主任，带了三百多名伪军警，从温州到矾山沿途设立了几十个管理站。明矾管理处机构庞大、人员众多，又不懂经营方法，他对明矾采取统收统销政策。统收牌价是按月召开明矾评价会议，根据各有关机构意见，会同当地的矾业公会查报制矾生产成本，并参酌市场消涨情况而评定。统收牌价往往低于生产成本。明矾管理处的人员又不懂销售业务，无法管制运输，只得把承收来明矾仍旧转让给奸商承销，从中抽取11%作为管理

---

① 碎珠、粒子都是明矾的品类，质量比明珠差。

费。同时凭着“限制煎炼明矾的矾窑座数，留着以后慢慢地发掘”的反动论据，大大缩减了窑额。至 1941 年曾一度全部停煎。1943 年大窑缩减到只有十二座，比过去减少两倍多。这样做正投合奸商们的胃口，两相勾结，狼狈为奸。

由于官僚资本和奸商们的重重搜刮，明矾工业的发展遇到严重的挫折，弄得工人失业的失业，逃荒的逃荒，卖妻抛子，上吊溺水，惨不忍睹。

新中国成立前夕——奄奄一息

伪浙江省明矾管理处撤销以后，垄断巩业的头子们又设立了一个明矾联营处，把整个矾业的权力控制在自己手里。矾价高涨，工人的工资反而减低，工人们无法维持生活，只好向奸商们借高利贷度日，遭受苛重的剥削。

奸商们要的是利润，没有半点为工人打算，明矾出口畅销时，就多建几座窑；销路不好时，就停煎。明矾工业奄奄一息。

1947 年，随著革命形势的发展，党的地下工作同志在南宋、矾山一带活动，严惩了一部分土豪、劣绅、恶霸，反动派很害怕，驻在矾山的一小撮伪军警偷偷地逃跑了，于是反动政权也随着瓦解了。这时，奸商们看大势已去，竟使出了更恶毒的手段，于 1949 年春把大小二十余座窑厂全部停煎，准备运走所有存矾，企图转移资本。这时，矾山所有矾窑又全部停烟，工人们又受到失业的痛苦。

四、矾矿工人斗争史话

严重的压迫和剥削

矾矿工人过去所受的压迫和剥削是非常残酷的。

矾窑资本家往往兼矿主，又是封建的宗族头子。矿区内主要的矿山名义上是朱、卢等族的公产，实际上是被这些宗旅头子所霸持。工人要在他们霸占的矿山上开矿，不论是新矿还是旧矿，都要向他们缴山租。山租以矿石产值的1%照算，由矾窑扣款代缴。矾窑资本家不参加劳动，吸吮工人的汗血，过着荒淫无耻的生活。

矿主过去经营矿洞的方式大体上有三种：一是矿主不劳动，置备采矿工具，雇矿工开采，矿工每天仅得很低的工资，获利全归矿主；二是矿主邀集技师共同投资开采，剥削雇佣工人；三是采取合伙的方式，表面上由矿主、技师、矿工共同经营，盈亏照股数平均分摊，得到盈余，先优待矿主，实际上这是矿主耍的一种花招，对矿工进行变相的剥削。因为在投资的股份当中，矿主占了极大部分，矿工只占很小的一部分，矿主还是剥削了矿工的剩余劳动。

矾窑资本家除了矾山本地的以外，有很大一部分是宁波、温州等地来的，他门往往合伙经营，利用封建霸头和工头来压制工人，维护他们的非法权益。工人们受到重重的压迫和剥削，社会地位卑贱，生活极度痛苦。“吃尽无盐菜汤，困尽无脚眠床”“眠床钉档萝瓜架，棉胎当被两条纱”，这便是当时黑暗社会工人生活的写照！

尽管工人们的地位这么卑贱，生活这么惨苦，可是他们不忍离开这个由自己双手开发出来的宝藏，一直同统治者和剥削者斗争着。他们的职业常常是代代相传的。父亲是工人，儿子、孙子也是工人，世世代代都是工人。采矿或炼矾技术也是祖传的。一般上辈是采矿工人，下辈也是采矿工人；上辈是炼矾工人，下辈也是炼矾工人。有时竟连工种也是代代相传的。工人们一无所有，受生活所迫，只得以矾窑为家。他们唱的民谣里有这么两句“脚也干，手也干，田园种在窑门下。”

矾矿工人具有勤劳、勇敢、豪爽、率直的性格，富有团结、友爱、互助的精神。跟其他产业工人一样，有斗争性、纪律性、组织性和创造性。

工人们是矾矿的主人，他们流汗喋血、劈山凿岩，征服了自然，创造了财富，可是仍过着被压迫被剥削的奴隶生活；英勇的矾矿工人不甘忍受这种剥削压迫，他们跟阶级敌人进行了无数次顽强的斗争。

赶跑宁波商人

1911年，工人们赶跑了宁波商人，这是斗争的开端，揭开了矾矿工人斗争史的序幕。1911年正是辛亥革命那年，革命的浪潮波及矾山，争取民主自由的气氛逐渐浓厚起来。巩山的矾业自操纵在宁波商人手里以后，宁波商人利用矾山本地商人和霸头的势力，欺压工人，工人们被逼得透不过气来，准备用自己的双拳把宁商赶跑；同时本地的商人虽然受宁商利用，给本或者合伙经营矾业，但是宁商是后来的竞争者，本地商人的权益多少有些影响，他们之间也有矛盾。工人们要赶跑宁商，正合本地商人的胃口，本地商人就多方支持鼓励。宁商慑于工人的力量，只得暂时抽足退出去了。可是当宁商被赶跑了以后，本地商人朱慎思就被拢一批本地商人，以自运自销的方法来经营矾业，毫不费力地夺取了工人们的斗争果实，代替了宁商的地位。

和土豪劣绅奸商斗争

第一次世界大战期间，明矾的销路通畅，矾窑增加，价格也提高了，工人们总该有好日子过了吧！可是不然，明矾工业在土豪、劣绅、奸商主办的振华公司操纵下，工人得不到丝毫好处，反而受到更加严重的剥削。矿工群众忍无可忍，首先站起来反对，要求增加工资。振华公司的头子不答应，工人们就采用怠工罢工等方式进行反抗，斗争延续了一年多，问题还是得不到解决，罢工的浪潮越来越大。劣绅们看看局势不对，便于1918年勾结反动政府，派兵前来镇压，逮捕了两名工人。这一事件激起了工人群众的愤恨，久压心头的怒火，一触即发。就在6月13日这两位被捕工人送县的那一天，工人们摩拳擦掌，率领家属在后面追赶。追赶的工人和家属越来越多，起先只几百人，后来增到几千人，浩浩荡荡地赶到矾山附近的地方，工人队伍渐渐逼近反动军警。押送被捕工人的十几个伪军警，眼看后面追赶的人群像潮水般涌来，喊声震动山谷，心里有点胆寒，便加快了脚步。可是任你怎么跑，也比不过工人们跑惯山岭的两条腿。追到离伪军警只有几十步的光景，伪军警开枪示威，英勇的工人一股劲地蜂拥前去，吓得伪军警魂飞魄散，抱头逃窜，于是抢回了被捕的工人。

这一次工人的斗争，大大打击了劣绅和奸商的气焰。不久，振华公司也因市场的不景气，宣告倒闭了。

全国职工运动对矾山工人的影响

1921年中国共产党成立，中国的工人阶级从此有了自己的政党，开始走向正确的革命斗争的道路。中国的职工运动也走上了新阶段。

从1922年1月香港海员大罢工起，到1923年的“二七惨案”止，是中国第一次罢工高潮。在这十三个月的时间内，罢工的怒涛一个紧接一个，波峰一个高过一个。矾山虽然地处偏僻山区，可是高山堵不住时代的潮流，各地大罢工的消息也传到矾山，街谈巷议，工人群众被这种潮流的涛声所惊醒。现在，老年的矾矿工人们还普遍能记住“二七惨案”时林群谦同志英勇牺牲的壮烈事迹。在这一时期，矾矿工人虽然没有直接响应罢工，但也为以后筹备成立工会和罢工打下思想基础。

“二七惨案”以后，中国职工运动暂时转到消沉期。1925年以“五卅”运动为开端，中国职工运动又进入复兴期。“五卅”运动对矾山工人的影响最大，就在这一年，有部分工人也在工人群众中酝酿组织工会。

当时，资本家发给工人的工资都是耗钱，耗钱是又薄又小的铜钱，如果要换实钱——银元，起码要蚀一成以上。工人们领到的工资本来就少得可怜，加上是耗钱，生活确实无法维持下去。

农历1925年7月间，工人们要求资方把耗钱改为实钱，并且增加工资。经过多次交涉，资方始终不答应，工人群众很气愤，便集中了几千人(包括职工家属)举行示威大游行，打算赶到平阳县城请愿，跟资本家讲道理。游行的队伍直走到昌禅才回转。

可是工人对改善生活的正义要求却被资产阶级所利用，他们收买了工人中的败类，打着代表工人利益的招牌，于1927年建立了一个资产阶级式的工会。这个工会的理事干事全部是国民党员，有的是区分部的委员。

1930年建立起一座工会所，这座工会所是工人用自己的血汗建立起来的。那时工人中有个“万安众”的组织，每个工人每天省下一个铜元，投到窑厂里挂着的竹筒，再逐日收集起来储到“万安众”去。日积月累，经过几年的积储就成为一笔巨款。当时工人因为缺少一个开会活动的场所，便决议用这笔钱建立工会所，现在屹立在矾山镇内街五间雄伟而结实的楼房便是。现为职工业余学校。

1937 年的大罢工

1930 年，又有一批矾业奸商在明矾出口处的赤溪办了一个垄断矾业的机构——协隆公司，以低价收购明矾；在温州又设了一个万成公司，操纵明矾的销售。名义上是挂着“公平合理经营矾业”的牌子，实际上跟以前那个振华公司没有什么两样，工人们非但得不到任何好处，反而受到更残酷的剥削。工人们为了要求保障职业、增加工资，曾经进行了无数次的斗争。其中以 1937 年的一次罢工，规模最大，时间最长。

这一次罢工的主要原因是，工人工资低，物价飞涨，负贷累累；又逢年关，债主催债甚凶，工人们要求资方照惯例发给四十五天的庄银①，资本家故意摆弄工人，拖延不给。工人们迫不得已，于 1937 年 12 月 27 日早晨，鸣炮为号，全矾山举行总罢工，所有矾窑断烟。28 日有二十几个工人代表在胭脂宫开会，作出决议：宁可饿死，不达到目的决不复工。这一怒潮大大震惊了反动政府，反动政府遂于 12 月 30 日召集劳资双方代表到平阳协商。

这一年过春节，矾山的情景非常凄惨。工人没有饭吃，只好吃芥菜，芥菜吃光了，就挖些野菜吃。饥寒交迫，痛苦万分。而资本家却花天酒地，痛痛快快地过了年。

资本家嗜财如命，要想拔他一根毛也难，更不要想他加工资发庄银。资本家不答应，工人也就坚决不退让，直到次年正月上旬，问题还解决不了。这时候狡猾的资本家采取了极度卑鄙的手段，用三百元钱收买参加协商的工方代表，假称被捕，瓦解工人的罢工斗争。就这样工人们因为平时没有积蓄，将近半月没有工资收入，生活无法维持，加以协商没有结果，又受到工方代表被捕的恐吓，不得已，忍痛于正月 16 日复工，大罢工最后失败。

这次大罢工失败的主要原因，一方面是罢工时没有得到共产党的领导，事前没有作好周密的计划；一方面是工会组织蜕化变质，走资方路线，工会成为反动政府和资本家利用的工具。这次罢工虽然失败，可是通过将近三星期的大罢工，在一定程度上给了资本家一个有力的打击，加以后来工人的不断斗争以及奸商内部的明争暗斗，协隆和万成两公司不久也倒闭了。

党在工人中的活动和建立工会的斗争

1934 年，中国共产党就在工人中进行工作。这一年党派林辉山同志到矾山，与当时的资产阶级式的工会搞统战关系，利用了他们的内部矛盾，初步在工

---

① 庄银，预支工资，在以后工资中扣还。这是资本家统治、剥削工人的一种手段。可是，工人们生活维持不下去，过不了春节，也只得拿，这真是哑子吃黄连，有苦说不出。

人中做了些革命宣传工作。1935年在鸡角岭(在南宋和矾山交界的山上,那里有矿洞、矾窑,但为数不多,离矾山街有六七里路光景。)与工人李知永联系,并吸收他入党,组织了工会小组。不久李知永也出来打游击了,后来在斗争中牺牲。同时林辉山同志又与个别工人联系,动员一部分工人参加了红军游击队,壮大了革命力量,这些人后来也在革命斗争中牺牲了。

1933年至1937年期间,党在矾山镇虽然还没有建立支部,但是先后已有几个党员在那里活动,暗中宣传革命道理,联系工人。工人受党和红军的影响很大,一颗颗赤诚的心向着共产党和红军!

1936年冬和1937年春,敌人聚集兵力"围剿"我矾山地区游击队达八个月之久。敌人强迫老百姓在矾山周围的山上筑堡垒、开战壕。当时矾山镇伪镇长苏振西十分反动,以"剿共"为名派军队,布特务,到处搜捕、屠杀共产党员和无辜的百姓。林辉山同志的弟弟林尚派就是被苏振西杀害的。

尽管环境如此险恶,但是工人们始终热爱党和红军。他们冒着生命危险保护党的工作人员,为党递送情报。

1937年7月抗日战争爆发,国民党反动派被迫接受国共合作的要求。这年10月,党在矾山镇便公开进行活动。当时林辉山、郑丹甫、陈百弓、欧阳宽等同志经常在工人中进行宣传活动,影响很大。现在有的工人还能回忆起当时陈百弓同志(前中共鼎平县委书记)在工人中进行宣演说时的声音笑貌。从1937年开始到1941年,这一时期党在矾山是半公开的活动。

1938年林辉山同志在内山(靠近福建省,离矾山有五里左右。)建立党支部,这是党在矾矿工人中建立的第一个支部。随后党又在半山窑、王西坑、白沿、石门头等地方建立了党支部。这些支部党员的人数,多的十余人,一般只有六七人,有的支部下面还有党小组。毗连内山的狮头山水尾龙地方,还建立过党的特别小组,参加者大都是矾矿工人。

这些工人入党后,在党的教育培养下,阶级觉悟提高很快,他们积极参加党的革命活动,经常在黑夜里集合在矿洞或古庙里秘密开会。现在内山有一座小庙,据说当时就曾举行过不少次的会议。当时,每月规定应缴的党费是三枚铜元,这些工人在生活相当困苦的情况下,仍能按时缴党费。

自林辉山等同志在矾山工人中做了许多宣传、组织工作以后,接着又有朱善醉同志(前中共鼎平县委宣传部长)和刘发善同志在工人中进行活动。工人们在党的领导下向资本家进行了多次斗争。

为了更好地团结工人向资本家和矿主进行斗争,在内山党支部建立的同一年,成立了真正代表工人阶级利益的工会。虽然因为当时环境十分恶劣,党的力量还不强，群众发动面不广，但是有了党的积极领导，有了工人自己的工会组织，工人们便有了力量，敢于向资本家进行斗争。

1939年，党领导工人和资本家进行了斗争，其中有两次比较重要。

一次是为了增加石价。工人们把从矿洞里开出来的矾石挑到矾厂去投售，厂里按矾石品种的优劣给价。那时厂里的司秤大都是霸头，持有宗族权势，往往借此胡乱“呼秤”①，使好石也只卖低价，从中苛刻地盘剥工人。在这种情况下，工人为生活所逼，迫切要求增加石价，于是工会便召集工人开会决定罢工，不把矾石运到厂里去。结果资本家只得答应增加石价。

另一次是为了反对开夜工。矿工们终日在阴暗潮湿的洞道里进行劳动，过着牛马般的生活，常因洞道塌下来而粉身碎骨，同时开采的工具又极落后，因此，工人的劳动已经非常艰苦。但是贪得无厌的矿主和资本家，还要工人增加劳动时间，以获得更多的利润。工人们坚决反对开夜工。

一个夜晚，资本家不得不和工人代表在窑主爷宫进行协商。朱善醉同志当时以小学校长的身分，参加了这次协商，并且暗中指示工人同资本家进行斗争。经过一场尖锐的舌战，工人们又获得了一次胜利。

灾难的日子来到了。

1941年鼎平地区的党组织由于叛徒出卖被敌人破坏了。敌人在内山等地到处搜查、捕人。被捕的工人和家属，受尽毒刑，但他们始终没有把党的秘密泄露给敌人。有的工人由于受不了敌人的威胁和迫害，就只好逃奔在外，过着非人的生活，几年不敢回家，有的就死在外面。

1941年5月，陈百弓同志在平阳江南项桥被捕壮烈牺牲后，由组织部长欧阳宽同志继任鼎平县委书记。不幸，7月间欧阳宽同志也被捕牺牲。留下的一部分干部，奉特命令撤离鼎平到福鼎地区坚持斗争。从此，矾山的对敌斗争就失去了党的领导。

革命的烈火是永远扑不灭的。1942年5月间，闽浙边区党委派郑衍宗和王烈评等同志到鼎平地区继续工作。当时仅在南宋垟②周围一部分老区如领头、尚港、昌禅、四大王等地恢复了工作，当时党的力量薄弱，在工人中的活动面不广。直到1947年消灭了反动头子叶菁以后，我党的力量才开始壮大起来，工人的斗争也随着沸腾起来。

---

① 呼秤，即一百斤的矾石按品种优劣，分别呼为“五百斤”“六百斤”“八百斤”等等，售阶按“呼秤”重量计算。

② 这里距离矾山有十八里路，只隔一座大矿山。矾灵公路经此。这里也有矾矿、矾厂，属平阳明矾厂矿联合公司。

捣毁伪浙江省明矾管理处

1940年伪浙江省明矾管理处建立后，工人们在官僚资本的掠夺下，痛苦更深。明矾管理处不但在经济上剥削工人，而且有强大的武装力量统治工人。工人们稍不驯服，就要挨受枪杆毒打。特别是运输明矾的挑工，往往要遭受管理处沿途设立的检查站的伪军警的无理盘问和殴打。工人们一提起管理处，恨不得咬他一块肉。一场激烈的搏斗就是在这样的情况下爆发的。

1943年的一个夏天的中午，猛烈的阳光照射着地面，地面上热气腾腾，路上稀稀朗朗的没有几个行人。这时明矾管理处早知道工人要攻打他们的消息，像迎击劲敌一样，层层设防，大门前安下机关枪，大门内是步兵队伍。

工人们怒火填胸，不管什么机关枪、牛腿枪(即步枪)，一声“冲锋呀!”工人兄弟从四面八方直向明矾管理处的大门口冲，喊声震撼天地。

大门口的机关枪瞄准着工人。

“兄弟，饿死不如枪打死，不要怕，要死让我先死!”有两位工人急冲上去用胸膛堵住机枪口，高声大骂:“你们这班活阎王，弄得我们好苦，坐在家里等死，不如死在这里干脆。好！好！你们开枪吧!”

吸血鬼们不敢开枪，工人们蜂拥而进。

打进了外门，迎面有一队伪军警防守在阶沿上，手里拿着枪，目光直盯着工人。

工人们连喊冲锋，蜂拥地向他们猛扑过去。

正当双方搏斗最激烈的时候，又有一百多名人高马大的工人赶到。伪军警一看工人越来越多，声势越来越大，便胆怯了，一个个都悄悄地溜走。工人们乘胜冲进明矾管理处的办公室，捣毁门窗墙壁和桌椅，然后才散去。

这是一次工人激于义愤自发起来的斗争。赤手空拳的工人们，在斗争中表现出勇敢、大胆，富有自我牺牲的精神。这一场斗争大大地打击了当时代表官僚资本主义势力的明矾管理处的气焰，迫使明矾管理处迅速撤销。

黎明前的斗争

1947年，随着解放战争的胜利进展，鼎平地区党的革命斗争也活跃起来。鼎平县委书记郑衍宗同志积极想办法联系工人，并先后派吴荣地、陈勉良等同志到矾山工作，矾矿工人的斗争进入了一个新的阶段。

斗争是从消灭反动头子叶菁开始的。1947年，国民党伪区署派财建指导员叶菁到矾山主持“选举”事宜。叶菁是南宋垟人，国民党区分部委员，是一个反动透顶的家伙。

6月16日叶菁来到矾山。我党同志知道他将在选举结束后的晚上回到南宋垟家中去，就派陈明等八位同志，带了三支短枪，埋伏在由矾山到南宋垟必经之路的鸡角岭，准备收拾他。

16日的月亮又圆又亮，鸡角岭死一般的寂静。陈明等八位同志一声不响地埋伏在大树下面的草丛里。时间将近一更了，可是还不见叶菁的影子，他们八人心里真有些焦急。

不一会，岭脚突然出现了两个人影，人影由小而大，渐渐向岭上移动。陈明等八人就目不转睛地盯着这两个鬼鬼祟祟的黑影。将走近时，陈明等八人看得出那个个子矮小、肩上扛着一把小雨伞的就是叶菁，他们便作了紧张的准备，把身体往前移动一下，这时草丛里传出沙沙的响声。

叶菁听到草丛里有声音，猛然一惊，急忙对勤务兵说："快把手枪给我！"

不等他说完，"砰""砰"两声，叶菁颠颠倒倒地跑了几步，倒下去了。那个勤务兵赶紧逃之夭夭。

消灭这个反动透顶的家伙，对敌人是一个很好的警告。

同年8月，我党同志将矾山劣绅郑友直抓来。郑友直是个资本家，曾当过伪乡长，并积极参与筹备组织过矾山民众自卫队。为了和矾业资本家搞统战关系，以扩大政治影响，经过教育，我们就把郑友直释放了。这样做，实际上是给资本家一个严重的警告：谁敢在工人头上动土，就对谁不客气。从此，工人的斗志大振，更敢于向资本家斗争了。

9月8日，福鼎县反动头子魏必乾，召请矾山民众自卫队到前岐镇共商反共计划。第二天，民众自卫队在返回矾山路上的企岭溪，遭到我党王烈评同志带领的武装部队的袭击，敌人狼狈逃窜。不久，自卫队也解散了。

伪民众自卫队解散后，矾山这个反动派盘踞的基地基本上被击破了。虽然当时还有伪乡公所、警察所、稽征所等几块招牌存在，可是这些反动分子再也不敢抛头露面。因此，我党的革命活动更深入一步，召集工人中的先进分子秘密开会，宣传党的方针政策。工人们受到党的教育，觉悟大大提高，积极替我党同志带路、送信、打听消息，还有一部分工人毅然投奔革命，党的队伍逐渐壮大起来。

1948年10月的一个深夜，我党领导工人群众悄悄地把矾山伪警察所后面高南山上的堡垒拆掉了。第二天早晨，敌人发现后面山上的堡垒被拆掉了，感到非常恐慌，争先恐后地纷纷逃脱。随后我党又镇压了罪大恶极的周桂林、徐必箴、卢兴龙等反动特务、恶棍分子。工人们兴奋地说："压在我们头上的大石头翻倒了！"

1949年春，奸商们眼看大势已去，把大小二十余座明矾厂全部停煎，准备运走所有存矾，企图逃脱资本。

这时，革命的红旗已高高地插在矾山山顶，党便召集工人开会研究，组织了强大的工人纠察队，封闭矾厂的存矾，使奸商们的阴谋无法得逞。党领导工人纠察队，于1949年2月攻打和解放了明矾海运出口处的赤溪，后来还配合浙南游击队解放福鼎的巽城[①]等地。矾业资本家在党的教育和工人群众的监督下，开煎了五座矾窑。当时工人们还不能全部复工，只好暂时用输流工作的办法来维持生活，表现了矾矿工人高度的阶级友爱和团结互助的精神。

工人们站起来了

过去，在漫漫长夜里，矾矿工人跟反动统治阶级和奸商进行了无数次的斗争。上面谈的仅是无数次斗争中规模较大、影响较深的几次。据老年工人王世郑的回忆，他在矾厂做工的三十余年时间中，罢工就进行了十五六次，其中有五次罢工的时间较长，声势较大。七十多岁的老工人陈宗蛋也说："封窑（即罢工）在过去算常事，次数也记不清楚，总之，年年都有，有时一年内罢工好几次，不过时间长短不同，长的一月半月，三天两天，短的只有个钟镜头。"

新中国成立后，矾矿工人进入了新的时代，在伟大的中国共产党的领导下，工人们组织了真正代表工人阶级利益的工会。从此，工人们揩净了满身血污，挺起胸膛，站起来当主人了。目前采矿和炼矾的工人共有四千一百多人，1957年工人曾呈波还光荣地上北京参加全国工会第八次代表大会。现在这支久经锻炼的工人阶级的队伍，正高举红旗为加速我国社会主义建设，贡献出更大的力量！

① 巽城是福鼎北部的一个县，与平阳接壤。

五、探宝客的足迹

旧中国的探宝客

矾山这个闻名中外的明矾矿，很早就引起人们的注意了，矿山上留下了千千万万的探宝客的足迹。

过去，国内地质矿学专家到过矾山考察的也有不少。最早到来的要算宋雪友和屠宝章。1927 年他俩在探勘浙南矿产时，到矾山实地考察过，并于 1928 年写出了考察报告①。矾山的地质调查从这时开始。

1929 年冬天，叶良辅在浙江沿海考察地质，他对矾山的明矾矿很感兴趣，曾经亲来矾山考察。对明矾石的分布状况和成因作了研究，并带回各种样品的矾石标本。经过长时间的观察和比较，以及李璜的明矾石的化学分析，张更的比重鉴定，估计明矾石储量为二十余亿吨。1931 年写成"浙江平阳之明矾石"一文②。文章里对明矾石的经济价值及世界各洲的明矾石矿床情况的介绍，较为详细。特别是各种品类的矾石在显微镜下观察研究的结果，更加详尽，附有插图十二幅，其中有显微照相八幅，非常精美，可以说是过去中国地质界不可多得的杰作。这篇文章发表后，惊动了当时国内外的地质学界，引起了国内外人士对矾山矾矿的更大注意和兴趣。

1934 年，叶良辅、张更、丘捷和陈恺到矾山作第二次实地调查，估计矾山储藏明矾石有二亿六千多万吨，同时采集了明矾标本五千多斤，由王学海、温学斌、李璜等人进行化学分析，至 1935 年完成矾石完全分析七十种，关于矾石提炼纯粹氧化铜和混合肥料的研究，著有论文九篇。

平阳藻溪人章涛，过去也曾从事十余年时间的明矾石化工试验，写了两篇论文。

尽管过去也曾有不少的地质人员为调查和勘察矾山的矾矿而辛勤劳动过，

---

① 浙江学术讲演集第一集(1936 年 12 月)。

② 伪中央研究院西文集刊第十一号。

在矾山各个山头的悬崖峭壁上印过足迹,滴过汗珠,也曾写了文章呼吁过。可是得不到反动政府的支持和重视(反动政府当然不会支持重视),这类勘探成果和研究论文也不过是纸上谈兵而已。

钻探机的歌声

解放炮声一响,矾山进入了新的纪元。1949 年夏,党就采取种种有效的办法扶持明矾生产,并重视矿山的勘测和明矾利用的研究等工作。人民久所盼望的探宝客来了。中共温州地委特地在矾山创办天成矾厂(中共福安地委同时也在矾山设立工成矾厂),其目的除促使矾山明矾业生产迅速恢复外,还派遣江光钊、薛竞华两同志在天成矾厂作了改进土法炼矾的尝试。在党委的支持下,江光钊和薛竞华做了许多关于明矾的工业分析工作,如明矾石煅烧减量的测定,结晶池中母液成分和浓度的测定以及废砂中含矾量的测定等。同时在实验室中试制脱水明矾和细晶明矾,著有论文一篇。因为得到党委的支持和帮助,他俩又深入工厂实验,做到理论与实际相结合,所以收效很大,对改进练矾方法有很大参考价值。

为了详细勘测矾山的矿床地质,估计矾石储量,测量并绘制矿区地形图;选择适当的钻眼和探窿的位置;采集供化学试验的矾石标本;以及了解炼矾方法和程序,明矾的产销情况,为地质钻探和发展明矾生产工作做好准备,1949 年冬浙江省地质调查所派章人骏携测绘员高德芳、测工孙山河到矾山调查明矾矿。一到矾山,巧逢冬春之交、风雨连绵,他们为了完成上列光荣任务,大多冒着风雨工作。在矾山工作期间得到当地党组织和江光钊、薛竞华两同志的协助。到 1950 年 3 月 8 日完成上列任务,写了一间"浙江之平阳矾山街矾石矿"的调查报告,一般估计,矾山街现有矿山储有明矾石六千一百万吨。

1956 年 1 月初,华东地质局组成了数百人的地质勘探队到达矾山,他们来自十七个省。他们为了探清矾山的地层性质和矾矿储量,供以后有计划的开采,便在高山上和山麓边建成一幢幢房子住下来。

自从来了勘探队,山顶上升起了红旗,山岗上矗立着七级浮图似的钻探机。"轧!轧!轧!"清脆而雄壮的机声打动了矿山的心脏。入夜,浓浓的云雾萦绕山腰,钻探机的灯光辉煌,仿佛是天上的星座。勘探队员们夜以继日地操作着。三号钻探机在一个只有碗口那么大的钻井里,利用升降钻具,提引钩吊出了十条几丈长的钻管,最后提引出一条岩心管,在这条管里,取出了一米多长的岩心。勘探队员就是天天要这样的岩心大做文章的。用钻机钻出的岩心进行分析鉴定,可以知道矿层的地质状况。这岩心离地面有几十丈深,要钻上来这样的岩心是不容易的。八小时一般只能钻三十厘米，钻深一米要四五十元成本。我们国家为勘测矾矿所支付的经费，数量多么可观！

水尾山的山面上划成无数“井”字形的小沟，这也是勘探地质的一种方法，能够知道矿岩绵延多长。这样采取多种查勘方法，就能正确地得出明矾石的储藏量。

每一个山尖，每一个险崖绝壁，都是查勘人员的工作地点。不论是严寒的风雪天，或是火烫的夏天，他们都从来不停止工作。自然界对于勘探人员有很大的吸引力，他们在什么地方发现了矿藏，就不舍得离开那个地方，而深深地爱上了那个地方。矾山，这个世界闻名的矾石矿，对他们是多么有诱惑力！

由于地质人员的辛勤劳动，钻探勘测结果，矾山矿区含矾地层北起叮当岭，经鹿角岭、大岗山、水尾山、金龙堑、鸡笼山的九平方公里的含矿地层里，就储有明矾石二亿多吨，矿体成半弧形分布，矿质优良，开采的前途是无限广阔的。

对明矾石的综合利用的研究工作，一解放就开始了。几年来，参加这项工作的已从两三个人发展到百余人；研究的单位也从一个增加到十多个。许多过去没法办到的事情，都办到了。如中国历史上从来没有过的钟氮混合肥料，现在已经制成了。特别是大跃进的今天，工人群众打破迷信，解放思想，投入了明矾的综合利用研究工作和试验，新产品不断诞生，表现了工人群众无限的智慧和创造能力。

最尊贵的客人

矾山人民特别感到光荣和永生难忘的，是 1956 年来了一位探宝客——苏联专家列别金采夫同志，他是矾山从古以来第一位最尊贵的客人。

那年，矾山还没有通汽车，列别金采夫同志是乘船到藻溪，再从藻溪步行到矾山的。藻溪到矾山有长长四十余里的羊肠小路，沿途尽是危崖陡岭。可是，列别金采夫同志不顾山高路远和旅途劳顿，仍然精神抖擞地步行到达矾山。

第一天，列别金采夫同志上山考察明矾矿石。这次他上山考察的矿洞有两个，一个是半山窑矿洞，另一个是企龙堑矿洞。考察企龙堑矿洞是一件很艰苦的事。通到洞口，要经过山顶边的悬崖，一条小岭，只容一个人走，两旁是几十丈高的深渊。进洞去的时候，洞底尽是黄泥浆，又溜又滑，洞道越走越小，一个人才勉强通过。列别金采夫同志身材较高大，可是他并不以为然，侧着身体挤进去了。他是一位矿业专家，具有丰富的采矿专门知识和实际工作经验。对每一个炮眼，每一层的矿石，他都作了详细的考察，从来不肯轻易放过，观察非常仔细。

当苏联专家由华东地质局总工程师、平阳明矾厂矿联合公司负责同志陪同走出矿洞时，骤然下起雨来，山路又不好走，同志们劝专家不要再上山考察，但是他仍然要继续工作下去。他说：“只要那里有矿，不管它有多大困难，也得下去看看。”黑云密布，冷雾袭人，雨越下越大了。在同志们再三劝阻下，列别金采夫同志才冒雨下山。上山时，没有带雨具，专家的衣服打湿了，裤子上溅满了泥水。

列别金采夫同志回到办公室以后，大家建议他先换了衣裳，吃过中饭再研究工作。他却说：“没有什么，先把工作研究好了再换衣吃饭也来得及。”他考察后认为矾山的矿藏很丰富，发展前途很广阔，并提出今后巩山发展的方向，应该是“逐步发展，综合利用”。现在呢，主要是在现有的基础上加以充分利用。他还指出：开矿石应该有个全面规划，例如矿洞，就要考虑到排水问题，像刚才走过的矿洞，有泥有水多么不方便呀！他还建议把矿洞向上开，里高外低，水就容易流出来。

列别金采夫同志待人非常诚恳，对同志们提出的问题总是很耐心回答。生活很朴素，厨师准备一些较好的菜肴，他感到招待太周到了，每天只吃蕃茄、啤酒、面包。吃东西的时候，总是让同志们先吃。有一天上山考察，带了些苹果去，一个同志先拿给他吃，他诚恳地说：“你为什么不给他们先吃呢！”接着，他把苹果一个一个递给随来的同志。

列别金采夫同志很关心工人生产的安全。有一次，他发现采矿工作面上有几块不牢固的浮石，他马上建议先把它弄掉，再进行生产。

这位来自伟人盟邦的客人在矾山住了一个星期。晚上，他细心地研究白天了解和实地考察的情况，一直工作到深夜。经过好几个不眠之夜，列别金采夫同志为矾都写下了一份建议书，并对浙江平阳的矾矿作了这样高度的评价：

“平阳矾矿是具有巨大国民经济价值的原料基地，在这里不但可以提取明矾和硫酸铵，也可以提取氧化铝和钾铵肥料，有条件时还可以取得大量的硫酸，不但使国家能取得重要的工业原料，而且可以使农民取得价廉物美的肥料。”

苏联专家带来的崇高友谊和伟大的国际主义精神，将永远铭刻在矾山每个人的心里。

六、怎样取宝

采　矿

有人说矾山是“象穴”，山中的矿石挖出后，经过多少年以后又会生成，像象的身上割去一块肉以后会慢慢地长成一样。这种童话式的传说，当然不足信，但是也可以说明矾山的矾矿蕴藏量很丰富。

矾山矾石的色有白、灰白、灰蓝、灰绿、翠绿、粉红、铬黄、灰黑、暗黑等多种，五彩缤纷，异常美观。矿工们为了分别矿石的种类，把它们叫做生子、大仁、大花、细花、虎斑、乌溜、白腊、白玉等等。凭他们的经验，就可以用肉眼大体上辨认出矿石的好坏，即矾石含矾量的多少。

最早的时候，矾石布露在山面，采矾石只要用很简单的工具就可以了。后来，山面的矿石挖光了，就得挖开山面的黄泥，开洞采掘矿石。矿石很坚硬，碰到岩壁用锤敲击或钢锥挖是没有办法的。于是矿工们另外找到窍门，用柴架起来烧，俗称“烧火龙”。“烧火龙”就是把整块的岩壁烧裂，再用铜钻钻，铜锥挖，矿石就可以采下来。

“烧石龙”要靠经验。最要紧的是做“火门”。“火门”做得好，矿石就容易烧裂；“火门”做不好，任你怎样烧也不相干。做“火门”要掌握节理①。由于长时间采矿经验的积累，矿工们对岩石中的节理都非常熟悉，善于利用节理来开采矿石，使工作效率显著提高。矿工们通常叫矿岩的节理为“kuò”②。矿岩隙缝中填有泥土的叫做“土 kuò”；隙缝中有涓涓细流的叫做“水 kuò”。“烧石龙”不但顶石、边石可以烧，就是底石也可以烧。烧底石同样是把柴火架在岩石上边烧，利用火门将火力导向底层，底石就会烧裂。矾岩烧裂后，再用钢锥挖，铁锤敲，把矿石采出来。

采用这种古老的开矿方法，矿工们也积累了不少的经验，出现了不少开矿的

---

① 节理，就是矿岩的纹路。

② “kuò”是矾山土话，音犷。

能手。据说，过去有个名叫朱良笃的矿工，他在大岗头山开矿，挖“天花”（矿洞顶的岩石）出了名。天花岩很高，非用十三级高的木梯便挖不到，但是站在木梯上挖，巨大的天花岩掉下来会折断木梯，伤了身体。于是，他想出了一条办法：站在木梯顶挖，采掘时细心倾听岩隙走动的声昔，等到天花岩将要掉下来时，他很机灵地拉住木梯，猛力一跃，连梯带人移靠到另一边的岩壁上。这样天花岩采下来了，人却平安无事。还有一个矿工名叫陈大旺，狮头山人，很早以前他在柴桥洞采石。他家里很穷，负债很多。大年近了，家里还没有一个铜板，怎么还得起债呢？他想不出别的办法，最后只好到矿洞里去采矿石。时间这样紧迫，矿洞里又没有容易挖的矿石，只有一大块不容易挖的天花岩，把这块天花岩挖下来值不少钱，能解决不少问题。

他坐在天花岩下端详了好久，长长地叹了一口气说：“天花岩挖得下来，就是一只拇指保不牢！”这是什么意思呢？原来天花岩挖下来时，他自己可以避到旁边一道岩隙里去，只是一只足拇指无处躲避，露在外边，会被岩石打碎。他因受生活所追，没有别的办法，只好冒着这个危险把这块天花岩挖下来，果然打断了一只足拇指。

尽管矿工们有何等高超的开矿技术，创造了难以数计的财富，但旧社会总是免不了落到“死了的人没葬，葬了的人没死”的悲惨命运。因为矿主和资本家珍惜的是金钱，并不是工人们的生命！

用火药爆破炮眼的采矿方法是最近几十年来的事。听说，在1927年，有个名叫老李的北港人，带来火药在水尾山矿洞首先试用。接着，有个名叫占孔挺的矿工在鸡笼山“看牛大王”矿洞里试用。从此，便普遍采用这种方法。用火药爆破的采矿方法比过去烧石龙进步，效率大大提高，所以大家一直在使用。现在已用炸药代替火药，既方便，爆破力又强。

过去，矿主单纯追求利润，矿洞没有计划地进行开采，也根本没有什么安全设备。所以矿洞里跟地狱一样，黑洞洞、湿漉漉，有的矿洞常常积水，洞道又深，排水的工具很落后，只是用木桶挑，积水永远排不干。矿工们为了不饿肚皮，有时只得在冷冰冰的水洼里工作。在深暗的矿洞里，过去照明用煤油灯，煤烟熏得矿工个个像包公，洞里空气非常混浊，严重地影响了矿工的身体健康。有的洞道小得要爬才能进去，洞里的砚石运出来，要用肩挑，碰到狭小陡急的洞道，甚至于要脚先伸出来，然后身上担着笨重的砚石慢慢地蠕动着出来。矿工的安全问题更不用谈，有时洞口塌下来，成群的工人活埋在里面；有时天花岩掉下来，打得粉身碎骨，死亡时时威胁着工人。十多年以前，在砚山一个坍塞了的老矿洞里，就发现有二十多具尸骨堆着，有的手骨还拿着钢钎和锄头等工具。所以矿工中流行着“早上吃饭不知黄昏暗”的说法。矿工们过去受过多少苦难，不用看别的，只要看看他们的手脚和肩背就够了。老矿工的手脚没有一个人没有疤痕，没有一个不是驼背歪肩的。

这就是旧社会残害工人的罪证！

新中国成立后，矿洞的面貌跟过去截然不同。在共产党的领导下，1955 年进行了全矿山的改组工作，把原来由矿主掌握私人开采的经营方式进行彻底改造，并采取了整顿劳动组织，训练培养技术工人，贯彻操作规程和操作方法等一系列措施。1957 年又有十几位工人到浙江矾矿去学习机械操作。现在除改进了旧洞，开辟了许多新的工作面以外，还开了五个平洞，有两个平洞安上了压风凿岩机。用压风凿岩机凿眼，出眼率比手工操作提高二十四倍。平洞里很宽敞，又平坦，挺胸昂头跑来跑去也没有关系。平洞的运输用斗车在小铁轨上推，很不费力。不论白天黑夜，洞道两旁灯光辉煌，宛如地下的皇宫廊道。

在矿洞的安全设备方面，新中国成立后做了许多工作：把危险的矿洞有的封闭了，有的建了石墩护墙，有的用顶坑木顶住了；进矿洞戴上安全帽，穿上工作鞋和工作袜；在峭壁上打眼时缚上保险带。据统计，从 1956 年到 1957 年 3 月，矿洞里共有设备顶坑木二千三百五十二枝，安全石墩三百五十三个，安全铁钬七十二把，安全带五十条……此外，还修理了洞内运道。国家用在这方面的投资相当巨大。矿工们得意地说：“过去进矿洞提心吊胆，现在进矿洞安然自在！”

新旧社会的矿洞生活截然不同，从下边这首民歌里也可以看出来：

鸡笼山顶光秃秃，
险暗矿洞是房屋；
吃尽山间无名草，
冰冷岩板是床铺；
老年残疾逃荒去，
少年枯瘦背如驼；
死去百年没钱葬，
葬了三天还半活。[①]
矿工过去如牛马，
千言万语苦难诉。

① 新中国成立前，矿洞常常塌下，矿工往往活埋在里面。

鸡笼山顶插缸旗，
钻探机声震天地；
平洞宽敞如廊道，
装上新式开山机；[①]
电光辉煌夜继日，
轰隆炮声把山移；
劳动保险百年寿，
轻微皮伤也就医。
同声感谢共产党，
不忘恩人毛主席！

炼矾

炼矾最原始的方法是露天煅烧，后来改为灶形炉和不连续式小窑，渐渐发展为连续式大窑，这种窑的形式已沿用了百余年。现在除还留有一座外，其余全部改为混料窑。为了使炼矾工业向机械化跃进，1956年年底，又新建了一座机械炼矾中间试验厂，现在已投入生产。

从明矾石炼成明矾，大体上要经过煅烧、浸出、风化、分解与溶解、结晶等几个过程。

矿洞里爆破下来的矾石，由运输工用手车运送到炼矾车间的工厂里，用铁锤打碎，按大小分成数类。然后再把这些矾石装到窑里煅烧，煅烧用的窑，是间断式的混料窑，有装十吨、十五吨等数种。窑的下部有用砖砌成的炉栅，上面有扒石口，这口在装料煅烧时，用红土和石块堵塞。扒石口的上都装有石门一扇，在煅烧时用铁板掩盖。装料时，先在炉栅上铺上稻草、木炭或橼等引火物，然后，再上一层烟煤，一层矿石，交叉装叠直到满窑，每层矿石数量约一吨。每次装石完毕，就在炉栅底部点火，任它自然煅烧。大约经过二十四到三十个小时，就能烧熟烧透。烧透的矾石好像烧红了的铁块。

从混料窑里扒出来的熟石，立即放入溶解池，烫热明矾溶液，同时使熟石骤冷，以便于粉碎和风化。熟石从溶解池中捞出后，用铁锤打碎成七八厘米的小块，再放入风化堆中，不断泼水风化。风化堆是一个长方形的大坑，一般长十公尺、宽五公尺、高五公尺，四壁及底部全用石块及红土砌成。熟石吸收水分以后，体积骤然膨胀，就不断碎裂成细粒，再经过一段时间，这些细粒便变成银

① 开山机，矿工们把压风凿岩机叫做开山机。

灰色的矾砂。

将风化后的矾砂，取出一定微量，放入木制的浸泡箱内，加水浸泡一整夜，然后，将矾砂及溶液陆续取出，放入洗砂设备中浸洗，分离杂质，使明矾悬浮或溶解于溶液中。

积聚在溶解池中的溶液，可用来烫石。当溶液温度提高到摄氏七十度以上时，细粒明矾就能全部溶解。溶液达到一定的浓度，就可将溶液流入结晶池中结晶。

结晶设备分为两种：一种是田片结晶池；另一种是明珠结晶桶。田片结晶池的形状像一只椭圆形的碗，直径是五至六厘米，用红土填实后制成。溶液流入池中结晶，十二天后取出明矾。结晶时，如在池中挂数条草绳，使溶液在绳上结晶，就是吊珠。田片结晶池的产品有田片、吊珠、碎珠三种明矾。明珠结晶桶的直径是二点五厘米到三厘米，高三厘米，周围用青石板筑砌，用石灰勾缝，底部用红土填实制成。溶液流入桶中结晶，十四天后就可取出明矾。明珠结晶桶的产品有大明珠和碎珠两种明矾。

以上两种结晶设备中的结晶母液，均可陆续流入洗砂设备的系统中，与水混和后清洗矾砂，循环利用。

说起来很简单，其实得用很复杂的操作技术。新中国成立后，工人们发挥了积极性和创造性，改进了不少技术。如保养矾砂，过去是露天保养的，露天保养的矾砂受风吹雨打容易腐烂；现在砂场盖上大草篷，采用室内保养。同时在保养矾砂方面，工人也积累了不少经验。养砂工卢生孝，他保养的矾砂的质量很好，能正确掌握矾石出窑的时间、气温而决定浇水的份量，使矾石均匀地风化；同时又按矾砂风化的程度用淡液水或浓液水①去保养。他这样细心保养的结果，每天可增产二百二十斤明矾，推广这一经验，全年可以增产明矾八万多斤。

在溶解方面，现在采用了温度计和浓度计，正确地掌握了明矾液的温度和含矾浓度，使明矾液能全部结晶。曾评为省劳动模范，具有三十余年工龄的老工人苏廷瑶，于1956年创造了“快速炼矾法”，不但大大地提高了工作效率，也提高了明矾质量。

在煅烧方面，焊石②工卓文生、林合本两人于1957年创造了“多层焊石法”，保证焊石质量，减少燃料的消耗。创造这种工作法可不是很容易的事，要根据矾石的受火量来确定放煤的数量，每一层放多少矾石，加多少煤，都要经过多次的

① 淡液水和浓液水是以含矾量的多少来分别。

② 焊石，放到炉里煅烧的矿石叫做焊石。

试验才能成功。如果没有党的支持和群众的帮助，没有他两人的刻苦钻研和辛勤劳动，这个工作法是不可能创造成功的。

此外，结晶池用青石板筑成，上面加盖，使明矾结晶得更洁净，这也是新中国成立后新改进的。

新中国成立后，在炼矾技术改造方面显得较突出的，就是把古老的用木柴煅烧的窑灶改为新式的用煤煅烧的混料窑。这对发展明矾生产起了很大的作用，首先是解决了严重的燃料问题。古式的大窑，每天每窑要四千斤几十年才能长成的大柴头，三千五百斤左右五年以上成长的柴枝和一部分草。新中国成立后，窑厂曾加，燃料来源渐趋枯竭。大柴头都是从好几十里路外挑来的。长此以往，不但影响造林，而且来源也将断绝，不少的人为燃料问题担心过。改用煤烧的混料窑后，煤的来源较为充沛，燃料的问题就基本解决了。改用新式窑灶后，简化了操作过程，减低了劳动强度，提高了劳动生产率。此外，车间的温度也适当减低，空气较为流通，这对工人的身体健康有很大好处。

将古老式的大窑改为新式的混料窑，这不过是技术改造的第一步，机械化的炼矾厂是今后发展的趋向。混料窑炼矾，从煅烧到结晶一般要六十天到九十天；机械化的炼矾厂，从矾石碾碎到明矾出厂一般只用二十天就很够了。这样，就大大地提高了明矾的生产量和加快了资金周转速度。

以上这一系列的技术改进都是在党的正确领导下，工人群众智慧的结晶！

七、工人生活的今昔

四幕悲剧

新中国成立前，矾矿工人的生活非常痛苦，随时都受着失业、饥饿、死亡的威胁。现在一提起新中国成立前的生活情况，工人们就会回忆起过去自己所演过的四幕悲剧。过去的日子不是生活，简直是在演戏。那四幕悲剧的名称就是"大补缸""陈子龙打败兵""南天门走雪"和"八幅金裙拆散"①。

过去矾窑常常停产倒闭，矿工开采出来的矿石没有人要，开矿的技术没有地方使用。为了寻找生活出路，矿工们只得挑着锤、钻等打石工具，四处替人端石磨、打墓石，过着流浪的生活。这一剧，工人们就呼它"大补缸"。

矾山是一个工矿区，在旧社会既没有渔盐之利又不是务农的好处所，所以每当矾势衰落，工人失业时，大批工人就没有办法在矾山生活下去，只得成群结队到外地替人挑担子。有时挑不到担子，只得挨饿，背着扁担，唉声叹气地走回家，跟"陈子龙打败兵"一模一样。

有劳力的人到外地去干些苦力，勉强度过苦难的岁月；年老力衰或者生病的工人，他们的遭遇就更加悽惨。抗日战争时期，工人叶高族生了重病不会做工，资本家怕他死在厂里雇人掩埋要多费钱，便拿了两元钞票打发他回去。两元钞票对一个生重病的人有什么用呢？叶高族横了心，嘴里咬着两元钞票，上吊死了。不走叶高族这条绝路的人，便背着布袋破席出外讨饭，常常因饥寒交迫在雪花飘零的路上死去，悲伤的情节并不亚于"南天门走雪"！

工人们用"八幅金裙拆散"这幕悲剧比喻过去卖妻鬻子、家破人亡的惨痛情景。

老矿工张笃贞，1941 年失业，卖掉老婆，他的四岁女孩也跟着去；但买主不喜欢女孩子，又把她退了回来。张养不活她，只好狠了狠心，把亲生的女儿扔到桥下摔死。

---

① 以上四幕悲剧的名字，都是在平阳一带流行的旧戏曲中群众较熟悉的戏名。

工人林叔鹏，家里原有十八个人，因遭到失业，没法养活一家人，卖了妻子和三个孩子，两个兄弟被迫去当兵。有一年，家里贫病交加，在五天内死去三人；三弟当兵脱逃同来，看到家里如此凄凉的情景，加以反动政府的追捕，也被迫跳潭自杀。十八口的大家庭最后只剩下六个人。

工人石贵凤，一家六口，受生活所迫，妻子改嫁，一个孩子卖给人家，两个孩子去投靠亲戚，一个女孩被摔到大潭里，自己在万般穷困的情况下死去。

类似这样悲惨的情况过去触目皆是，工人们回想起往事，往往痛哭流涕。

地狱变天堂

新中国成立后，在共产党的领导下，人间地狱的生活一去不复返了。

就谈林叔鹏吧，现在他家里从六个人增到十六个，新盖了四间漂亮的房屋。家里有五个人当矿工，每月全家的工资收入就有二百七十余元，生活过得挺如意。

共产党使无数工人的家庭破镜重园。石贵凤虽然死去，他的三个儿子回来了，都愉快地走上劳动岗位，结了婚，生了儿女，盖了四间宽敞的住房，三兄弟还去迎回了久别的母亲欢乐团聚在一起。

西坑村（现在是矾山镇第八居民区）过去有一百三十六户居民，除了少数几户是地主、资本家外，其余都是工人。过去矾势最环的年头里，卖老婆的、卖儿女的、饿死的共有一百三十六人。小小的村子被愁云惨雾笼罩着，不是这家因母亲改嫁儿子牵衣大哭，就是那家因死去亲人全家号啕。新中国成立后，在原有一百三十六户中就增添了二百二十八人，新建房屋三十间，整个村子到处呈现着繁荣、欢乐的景象。

新建车间一百一十五户工人，新中国成立前饿死的五人，冻死的两人，被迫自杀的五人，无家可归的三十一人，卖光家产的三十二人，卖妻鬻子的二十一人，吃野草和菜叶度日的五十九人，被迫坐牢的二十六人，被迫当兵的三十人。新中国成立后，他们摆脱了人间地狱的生活，走向幸福的天堂。有四十五位工人当选或提拔为工会、车间、工场的干部；有五十六位工人结了婚；新建了三十七间崭新的住房；添置了呢料、卡其衣裤二百六十五件，毛绒衫二百一十九件。此外，还购置了许多家具、用具。

据 1957 年 4 月份的调查统计，矾山镇新建民房有了六百多间，新婚工人有二百六十对。

民国三十三，
三头并做两头担，
中午难等太阳正，
黄昏难等日落山。

这首歌谣反映了过去工人每天只能吃两餐饭的痛苦生活。现在可不同啦！随着生产的发展，工人的生活大大改善，购买力也迅速提高。1953 年矾山市场的营业额是七十七万余元；1954 年是一百零三万余元；1955 年是一百五十二万余元；1956 年是二百四十七万余元。拿 1956 年跟 1953 年比就提高了两倍多。新中国成立前更无法和它相比了。新中国成立前，因物价飞涨，币值暴跌，有一个工人做了三个月的苦工，结果只买了二十个豆腐包呢！

神奇的浮钟

从新中国成立前后工人生活的巨大变化中，老年工人又会想起“神奇的浮钟”来。

矾山在高山环抱之中，有一条溪水，从东北向西南流去。溪流将出矾山境地，两岸山岩壁立，高岩底下有个深潭，这就是“钟潭”。

钟潭有过这样的传说：很早很早以前，溪旁山上建立一座寺院以后，“矾势”就兴旺起来。有一天。山洪爆发，寺院里有口钟被洪水带到潭底，于是好几座矾窑就倒闭了。以后碰到大雷雨，钟不时会慢慢地浮上来，如果发出嗡嗡的响声，那么这年头“矾势”就会一度好转。后来，有一个和尚在潭边念念有词，沉在潭底的钟忽然浮了上来，钟缘碰到岩石，发出嗡嗡的响声，一会儿又沉了下去。从此，浮钟不再浮上来，“矾势”也就日益衰落下去。

“钟浮起来了，响起来了，矾山的‘矾老势’好转了，我们不再熬苦了！”无数工人等待着这个愿望的实现。可是，一年、两年、三年……不知多少年悄悄地过去了，沉在潭底的钟一直没有浮上来。

推翻了清朝皇帝的时候，有人听见钟浮上来响了一声，可是“矾势”并没有好转，工人们的生活仍旧很苦。

赶跑了日本鬼子的时候，有人听见钟浮上来响了三声，工人们指望这回该会出头啦。可是这以后的“矾势”更加恶化：窑厂倒翻，工人失业，又遇饥荒，被迫走投无路，不少人投入钟潭自杀。工人家属胡花和罗凤花妯娌俩，就是手牵手跳下钟潭而断送了年轻的生命的。

解放以后，没听见人说钟浮上来过，可是，矾山的“矾势”却日益好起来：崭新的厂房和住房建筑起来了；工人成为矾矿宝藏的主人，不少工人的胸前挂上劳动模范的光荣奖章。早晨，矾厂烟囱冒出的烟遮住了阳光；晚上，矾山的全景像满布星星的云海。从广播喇叭里发出来的音乐声，突破了钟潭沉寂的空气；牛乳般的矾渣水随着溪流填满了钟潭；矾灵公路上穿梭的汽车在钟潭一旁的山坡上驶过。

现在，人们只知道公路近旁的高岩底有个钟潭的遗迹，至于钟潭底下的“浮钟”，早被人们遗忘了。

八、矾都的恢复和建设

从恢复到发展

共产党挽救了矾矿工人的悲惨命运！共产党领导工人医治了矾都的创伤，使矾都走向繁荣！可以说，没有共产党，就没有今天的矾都！

新中国成立前夕，矾商有意识地逃脱资金，致使矾窑全部停煎。党，最重视工业生产、关怀工人生活，想尽办法动员资本家开煎了五座矾窑。从此以后，由于党的正确领导，经过整修、扩建、新建、技术改造和生产改组，矾厂逐年增加。1955年完成了对资本主义工商业的社会主义改造，全部矾厂纳入国家计划，由平阳明矾厂矿联合公司统一经营管理，这是个大跃进、大转变。据1959年4月份统计，现在采矿方面有四个工区，共二十一个采矿场；炼矾方面有五个车间，共四十九个工厂，此外，有一个电机车间、一个机械炼矾实验车间（包括亚硫酸纳工场）和一个化工厂。矾都能进入这样繁荣的局面，在新中国成立前是根本想象不到的。

矾山过去的固定资产真是少得可怜，总值只有十四万元。新中国成立后，单1955年到1957年短短的两三年中，国家投资用于改建、扩建窑厂、矿洞和修建公路、手车路、小铁道的清仓就达一百五十二万元，相当于新中国成立前原有固定资产的十一倍。随着国家工业建设的发展，明矾需求量还将大量增加，因而国家又拨出七十七万元资金用于发展明矾生产。两者合计总数达二百二十九万元，相当于二万二千九百两黄金的价格。国家用于勘探地质每年拨出五十万元的大量资金还不包括在内。

明矾产量和质量大大提高

新中国成立后，明矾产量的提高非常显著。过去，每天工厂日产量最多只有四千多斤；现在，日产量达到两万余斤已不稀奇。杉山车间第二工厂日产量达到三万斤，比解放初期增长了七倍半，和1957年第四季度比较也增加了三倍。回收率（指一百斤矾石提炼出来的明矾数量）1959年第一季度平均达到28.5%，高的达到63%。明矾逐年产量的增长是非常惊人的。如果以1951年的产量为100%,则1952年为113%;1955年为173%;1957年为210%。1956年的产量是三万四千二百多吨,1957年的年产量是四万五千一百吨,大跃进的1958年,明矾总产量又比1957年曾长37.2%。

新中国成立前,明矾的质量是很差的。当州有所谓"四六矾",就是六成矾掺四成砂,实际上是四成矾掺六成砂的。资本家只要钱,信誉是不顾的。新中国成立后,明矾的质量大大提高,品种也合乎规格。现在出品的有特珠、甲珠和乙球三等品种,晶莹纯净,得国内外人民的欢迎。因为明矾的制炼还是全用手工操作,所以成品中含有少最的红、黑点。有人提出意见:

明矾亮晶晶,
到处受欢迎,
可惜有黑点,
必须要纠正。

勇于接受先进经验,虚心听取批评的炼矾工人听到这么一首快板后,马上开动脑筋改进。经过他们刻苦的钻研,终于找到了门径:凝结吊珠用的草绳子改为竹杆子;溶解时细心地把杂质洗净;结晶水流到结晶池时用描棕毛和布条滤过。结果,红黑点不见了,工人们也写了一首快板回答说:

明矾亮晶晶,
到处受欢迎,
消灭缸黑点,
包包是上品。

矾灵公路通车了

矾山在群山环抱之中,没有江河湖海,从来没有到过外地的人,就一辈子也看不到船。水运不通,明矾输出是个最大的困难。历代都是用人工挑运,翻越崇山峻岭把明矾送到赤溪、藻溪、流石、沿浦等地出口。1890年以后,明矾多由福鼎县的前歧镇出口。这些地方除前岐离矾山是二十五千米外,其余各地离矾山都在三十五千米以上。沿途山高路险,不便行走。单是矾山到藻溪就要经过桦岭、大险、小险、乌鼠梯(观在叫老鼠路,意思是只容一头老鼠跑的路)、坠魂涧等处。听到这些地名就够人胆寒,何况是挑着重担通过这些地方呢?过去,不知有多少人挑着担子摔下深渊而丧了命。矾山人民多么渴望造一条车路啊！

国民党反动派统治时期，也起了几次浪头要筑公路，曾四次进行测量，到头来，仍是一句空话。

1955 年浙闽公路通车，通到矾山的公路只要灵溪接上支线就可以了。矾山到灵溪也隔着好几座山，造这条路，要打很多的石方和土方。1957 年春节前全线已基本完成，就只是到矾山的水尾地方有座高崖挡住，必须打许多石方。为了及早完成通车任务，几千筑路工人在春节时也不休息，赶着工作。预定在 1957 年“五一”节通车的矾灵全线，终于提早在 4 月 16 日就通车了。

矾灵公路通车的消息，很快地传遍了整个矾山，连远离矾山一二十里路的山里人也知道了。他们从四面八方赶求看第一辆开到矾山的汽车。

4 月 16 曰清早，浓重的烟雾笼罩着矾山，高大楼房的屋角和工厂的烟囱隐隐约约地还能看到。片刻，烟消雾散，灿烂而温暖的阳光照到洁净而平坦的公路上。公路两边早就站满了看汽车的人们，他们一清早就在那里等候了。将近晌午的时候，汽车喇叭响了，一辆汽率从水尾山那边飞驰过米，欢呼声震撼山谷，看车的人群沸腾起来了。

当天下午，矾山镇举行了四千多人的矾灵公路通车典礼，在鞭炮声中一辆扎满彩色绸带的丝车徐徐地通过高高的丝牌，带领着大队满载明矾的货车开出了矾山车站。

矾灵公路是矾都的重要建设之一，它对发展矾都的经济和文化事业有着重大的意义。

矾灵公路通车后，明矾输出的困难问题解决了。过去挑矾大都是农民，不但费时间，而且遇上农忙季节或风雨阻挡，明矾还要堆积在矾山，不能及时运销外地，影响生产和资金周转。1950 年，矾山陆运到藻溪，由藻溪水运到温州，再由温州运到金华，每包明矾运费就可买一百三十五斤米，比成本高一倍七。通车后，不但运费减少，时间也大大缩短，从矾山运到鳌江只要两个半钟头就够了。邮递的便利也促进了矾都工人的文化生活。过去温州出版的报纸需时三天才能寄到矾山，现在当天就能和读者见面了；杭州出版的报纸也隔日就可到达矾都。

金华到福州的铁路干线提前在 1958 年兴建的喜讯传出后，铁路沿线的人民都沸腾起来。矾都人民为了家乡将被建设得更美好而格外高兴！

这条铁路干线原来是第二个五年计划后期的建设项目，为了适应工农业生产大跃进形势的需要而提前兴建。1958 年 8 月上旬，矾山到青田段已由中央铁道部第四设计院第四勘测总队正式开始勘测，准备完成勘测任务以后，马上正式投入建设。矾山地势除峻、山峦起伏，需要开劈高山峭壁，凿穿很长的隧道才能到达矾山,建设工程非常艰巨。

铁路通车后,矾都的经济将进一步繁荣。今后大量出口的明矾将由这条铁路担负运输任务。温州化工厂制炼钾肥和硫酸钾厂提炼硫酸钾的主要原料明矾石,以后也要靠这条铁路来运输供应。这条新建的铁路将把矾都的宝藏源源不绝地输送到全国各地。

文教卫生事业

矾都除了明矾工业飞速发展外,其他各项事业也都欣欣向荣,到处是一片新气象。

溪流的南面基本上是工矿区,大部分的矾厂矾洞都集中在那一边,层层叠叠的厂房就建在山腰上,烟囱一个高过一个。整日烟雾弥漫,机声轰鸣,有一种工矿区所特有的风光。

溪流的北边,出现一条街道,因为一切都是新的,所以就叫"新街"。这里有各行各业的商店,摆着琳琅满目的物品,货物充足。商店虽然是木构的小巧楼房,可是也很整齐。书店不很大,但书籍很多;书柜内整齐地排列著《岩石学》《地质学》《钻探手册》等等一类自然科学的书籍和其他政治、文艺书。每逢星期日,书店里挤满了工人,他们兴高采烈地选购着自己需要的书籍。

随着社会主义经济的发展,国家用于职工福利设施方面的费用,据 1958 年统计,总数达二十九万四千多元;新建了工人俱乐部、工人保健院、工人理发室、工人食堂、中小学和公司大楼;并且在风景幽美、空气清新的牛头山麓兴建了工人住宅区——幸福新村。

工人俱乐部是 1957 年 2 月落成的。建筑物极宏伟壮丽,里面有图书室、阅览室、乒乓球室;后面有一个可容一千多人的大礼堂,专业剧团和工人的业余剧团常常在这里演出;工会自己也办了电影队,放映员是工人中培养起来的,平均每个月可以看到七、八次电影;外边还有宽广的篮、排球场。工余时间,工人们大我都来到这里看书报、拉胡琴、打球、唱歌,消除一天的疲劳。

工人保健院那个地方,新中国成立前原来是死尸满地,荒凉阴森的"胭脂宫"。现在变得那么洁净、雅致。这个保健院内拥有四十张病床的病房、一座崭新的手术室,还有内科室、外科室、检验室等等。工人邱合锦全身被沸腾的矾汁烫伤,在过去,十有九死;可是在党的关怀下,经医师的精心治疗,终于痊愈,仍旧回到自己的工作岗位上去工作。1957 年工人保健院还免费用爱克司光普查了工人的肺部。特别是手术室于 1957 年 9 月份建立后,到现在治愈了六十多名在过去无法医治的病人。

工人理发室替工人免费理发。工人食堂的建立使工人能随时吃到热饭、喝上茶水，保证工人的身体健康。

矾山中学是1955年建成的，现在有学生五百余人。俱乐部前方的山坡上有几排新房子，四周长满树木花草，那是1951年建筑起来的小学。这座小学校舍的建成，工人们流了不少汗，挑石、运砂、打地基，甚至到藻溪去抬木料，都是工人义务参加的。现在有学生一千四百余人，里面附设有幼儿班。为了有计划地培养技术人员，除抽调工人到外地技术学校参加学习外，1958年公司还开办了一所中等工业技术学校，就地取材，就地培养，技术员到学校兼课，学生一面劳动，一面读书，做到教育与劳动生产相结合。现在有学生二百余人。以上这些学校的学生，绝大部分都是工人子弟。工人文化教育方面，几年来通过抽调脱产学习和业余学习，工人们已经摆脱了过去文化相当落后的状态。全部工人摘掉了文盲帽子，有一百多个工人提高到中学程度。有些工人，过去目不识丁，现在会读几何、代数，懂得科学原理了。

此外，还有广播站、《矾矿工人报》。它们是公司党委向工人进行政治思想教育和宣传鼓动的重要武器。矾山是个葫芦形的盆地，矿山上、车间里装了喇叭，营乐声一起，整个矾都每个角落都能听到。清早，昂扬的乐声件随着工人的步伐走向矿山、车间；晚上，悠扬的歌曲送工人回家，使矾都充满着欢乐、愉快的气氛。《矾矿工人报》，自1955年8月份创刊以来，很受工人群众的欢迎。它及时地贯彻了党委的意图和反映了矾都时刻涌现的新人新事。同时在报上时常能看到工人们创作的歌谣。这些歌谣表现了工人们冲天的干劲和豪迈的气概，能及时配合当前的政治任务，爱憎分明。工人卢立鹏在反对美帝国主义侵占台湾的政治运动中便写下了下面这一首好诗：

美帝侵略罪滔天，
白日做梦想登天，
横行霸道暗无天，
台湾同胞苦连天，
我们斗志冲破天，
解放台湾见青天。

大跃进声中，矾都工人创作了无数的歌谣、快板、相声，现在编有一集《矾矿工人大跃进歌谣》，收有五十多首好诗歌。现在的矾矿工人不但是出色的劳动者，而且正在成长成为文化的主人。

九、矾都在跃进

长江后浪推前浪

1958年是大跃进的一年，矾都和全国各地一样正在经历着一次巨大的变化。工人在党的领导下，经过整风、双反运动以及社会主义建议总路线的教育，政治思想觉悟空前提高。过去落后的车间现在跑到最前面，成为先进车间；过去落后的工人，现在成为先进工人。先进的人物、先进的事迹，像春天开放的百花，开遍了每个矿区、工场、车间。昨天你起过我了，今天我又赶上你了。长江后浪推前浪，这种相互促进的革命竞赛，推动着工人们的思想和生产不断地向前跃进。

就以西坑车间第四工场来说吧。这个工场在整风前，一部分工人闹不团结，坏分子拉拢落后分子，打击积极分子，从中进行分裂活动。可是通过整风运动，处理了坏分子，划清非界线，端正了政治方向以后，正气就大大发扬。工人们响应了党提出的十五年或者更短的时内铜铁和主要工业产品方面赶上和超过英国的号召，掀起了一个生产高潮。他们用简易的手工操作，制造出细明珠，并且最早攻破了日产两万斤的大关，在矾都升起了第一颗炼矾高产卫星。

原来思想比较落后的杉山工区矿工小组长朱道兵，以前生产不积极，干起活来慢吞吞，迟上班，早下班，还嫌五级工资太少。通过双反双运动，朱道兵思想土插上了红旗，赶上了先进。开矿用的雷管缺乏，他就开动脑筋，用电管代替，效果很好。为了扩大采矿工作面，提高矿石产量，他连星期日也顾不得休息，冒着危险到“水洞”里去探看矿石，成为矾山工人中相互传谈的一段佳话。

原来这个“水涧”是一个古老的矿洞，传说曾经出过“妖怪”（这当然是迷信），已经封闭一百余年了。听说里面矿石很好，可是人们不知道它有多深，里面到底是怎么样子，一直没有人敢进去。朱道兵为了扩大工作面，增加产量，星期天独自一个人冒着危险去探矿。他拆掉洞口的挡墙走了进去，里面黑压压的，什么也看不见。他点上矿烛，踏着久积的泥油，听者岩隙的淙淙流水声向前行进。走着走着，洞道越走越窄，要弯着腰才能爬进去，约莫走了半个钟头，洞道渐渐开朗。到洞底，里面有一个大厅很大，大厅的一边有个水池，水清如镜。朱道兵细细地瞅了瞅岩壁，发现了优矿，心里一高兴，脚步踏不稳，滑了一跤，矿烛被扔到水池里。洞底立即变成一片漆黑。这样深的洞底怎么跑得出去呢？他摸了摸衣袋，幸好还有一盒火柴，就点燃着撕下的衣服照明，好不容易才走出矿洞。“水洞”的谜揭穿了，优质的矿石发现了，朱道兵的动人事迹也被山平阳越剧团搬上了舞台。

矾都在整风运动以后，工人思想上和生产上的巨大跃进，也可以从下面一张歌颂党委领导的大字报上看出来：

矾山党委领导好，
全体职工觉悟高，
鼓足干劲争上游，
生产擂台真热闹。
工人团结又互助，
个个都把决心表；
比先进来赶先进，
决心要把规划超。

矾山党委领导好，
全体职工干劲高，
破除迷信敢作为，
新的创造木佬佬。
铁索绞车手车道，
运输效率大提高，
劳动强度得减轻，
彻底消灭用肩挑。

矾山党委领导好，
全体工人钻劲高，
为了生产大跃进，
人人都把窍门找。
排炮爆破威力大，
炮炮都能超指标。

杉山工区第九组，
深眼扩底放大炮，
炸下三千七百吨，
有史以来算最高。

波澜壮阔的技术革新运动

随着工人社会主义觉悟的迅速提高，敢想敢说敢做的共产主义风格的发扬，一个群众性的技术革新运动在矾山掀起了。人人动脑筋，想办法，发明创造人人都有，要写是写不完的。

先说一说采矿作业。杉山工区有个采矿工、共产党员朱道诸，他创造性地推广了复土爆破法，把这种爆破法使用到炸石坯、炸盘缝、炸浮石等六个方面，工作效率提高两倍半，钢材消耗节约了45%；并且还创造了交叉采矿作业法，矿石产量大大提高。他领导的这个小组，1959年2月份曾创造过每人日产矿石三万零五百七十九斤的纪录，是矾山有史以来的最高纪录。1958年还创造了边建边采的先进工作法，保证了安全生产。全组四年多没出事故，朱道诸自己十六年来没有受过伤。工人群众都夸奖朱道诸小组为“火车头”。

杉山工区赶到前面去了，水尾工区能落后吗？他们带头采用了先进的扩底爆破法。这个办法，是先打了炮眼，用少量炸药作扩底爆炸，连续几次，眼底逐渐扩大，然后用较多的炸药爆炸。采用这种爆破法，爆破力提高二至五倍，凿眼时间和钢针消耗都大大减少了。这个办法，现在已在全矿山推广。

后来溪光工区也赶上来了。这个工区第十一组矿工雷赵加创造了双眼操作集中爆破法。他试验钻一百二十五公分的平眼两个，装炸药零点八三千克，能燃破矿石一千三百十八吨，老办法采矿只炸二十吨，提高效率将近六十六倍。后来，有的工区采用多眼操作集中爆破法，即排炮爆破，爆破时，山崩地裂，威力很大。杉山工区一次排炮爆破，炸下矿石三千七百吨；水尾工区在1958年9月份有一次爆破，炸下矿石五千吨，平均每人每日的开采最高达一百五十吨。工人们自豪地唱道：

铁钟一挥山动摇，
拼炮爆破山崩掉，
揩了汗珠露微笑，
宝石堆满半山腰。

采矿工跃进了，锻钻站也跟上来。杉山工区锻钻站为了配合采矿工人实现跃进指标，把原来“一”字型的针头改为“十”字型的针头；同时推广了针头排列经验，因而提高工作效率一倍多。

此外，溪光工区试验成功利用吸管长距离排水的新办法，从古以来一直不曾解决的排水问题也解决了。

由于矿工们大胆革新技术，扩大工作面，矿石开采率普遍地提高，各个工区平均每人日产万斤的万斤小组，已很普遍。1958 年 8 月份水尾工区十六组创造了日产六万四千斤的高产纪录，成为全矿山的一面红旗。

再来看一看炼矾方面的技术革新，也是万紫千红，百花争艳。水尾车间兴工小厂有个煅烧工卢立鹏，学习了另一车间工人卓文生的多层混料煨石的经验以后，经过多次的钻研，于 1958 年 6 月 21 日试验成功了不用木炭和木头，单用煤煅烧的操作法，解决了木炭和木头供应紧张的困难。全年可以节约木炭木头五千多吨，合人民币十五万六千元。

工厂操作过程中，溶解部门用的明矾液，原来是用肩挑的，现在改用直升手摇抽水机抽，使炼矾的用水基本土不用肩挑，也杜绝了明矾水的无形浪费。

为了减低运砂过程中的劳动强度，提高工作效率，于是新源工厂工人创制了手摇运砂机。这种机械是木头构造的，操作只需两人。从砂堆下面将矾砂盛入砂斗，转动飞轮，矾砂就一斗一斗地转上去自动倒出。工人们高兴地说：“有了这个宝物，我们不用天天爬‘无头岭’了！”后来电动齿轮式和螺旋式洗砂机也试制成功。

在大跃进中，工人们大胆改革生产工序，打破手工不能生产细明珠的迷信思想，制出了一种新产品——细明琳。第一个细明珠生产工厂在新建车间，1958 年 5 月 15 日生产了第一批二千斤细明珠，质量很好。接着，各工厂普遍推广，产量逐日提高，每个工厂日产细明珠达到五千斤，连同原来的田片、大明珠①两种产品，日产量超过万斤。杉山车间还创造了日产量三万斤的高产卫星。

细明珠的制成，使明矾结晶周期从十二天缩短到两天，回收率大大提高，它开辟了明矾工业生产的新的途径，是大跃进中一项有重大意义的创举。制造细明珠，产量高，质量好，使用便利，将来在国际市场上定能享有崇高的荣誉。工人为赞美细明珠还写了一首诗：

---

① 田片和大明珠都是明矾的品牌，大明珠质量较纯，精品较大。

细细明珠似白糖，
畅销全国各地方；
制造化肥肥效强，
农民兄弟齐赞扬；
农业丰收有保证，
增产明矾即增粮。

电机车间工人王梅荣，打破了炭油合用是造反机器原理的迷信，把九十四马力的柴油机改为炭油合用，全年可为国家节约柴油二十六万二千八百斤，合人民币八万三千多元。王梅荣起先把这件事跟技术员商量，技术员对他说，古今中外的文献里就没有采用炭油合用的机器，还是不要梦想吧！王梅荣并不灰心，在党委的支持下，先把一部三四匹马力的柴油机改成，然后再改好那部九十四马力的，在事实面前，技术员只好服输了。

电机车间钻制组工人还于1958年7月19日试制硬模钻制硬质合金针头成功，采用这种针头，工作效率可以提高二倍半。

充分利用废物，为国家创造财富，这也是矾矿工人在技术革新运动中的一项创举。他们从废弃了的矾砂中取回明矾。西坑车间第五工场每天从过去被人抛弃的废砂中取回二百五十多斤明矾。他们采取的办让是把田子池[①]改为浸砂池，放两个浸砂锅，每天把洗净了的废砂放进浸砂池加一百担水浸一夜，第二天早晨再洗一遍，就能在一百担水水中取回二百五十多斤明矾。

废矾浆和废矾砂是提炼明矾后的矿石废渣，从古以来被认为是没有用的东西，在窑厂的附近堆积如山，每因山洪爆发，砂堆崩溃而淹没房屋，伤害生命。现在经过试验，用50%的废矾浆，20%的废矾砂，加15%的蛎灰和10%的石膏，磨成细粉，经过摄氏七百度的热煅烧，便成为很好的水泥。过去祸害人们的东西，现在却为人民造福。

矾窑厂里冒出来的矾烟，过去白白让它逃跑了，其实，它可以制造亚硫酸钠。1958年5月1日第一座亚硫酸钠厂建成，这座厂是吸取新建车间各个工场的矾烟做原料的，估计年产亚硫酸钠一千二百吨，值六十万元；全公司都推广，年产亚硫酸钠可达四千钝，每年可为国家增加二百万元财富。现在各工场都在试验，采用小型的附属工具提取亚硫酸钠。

把亚硫酸钠厂的吸烟槽下面积蓄起来的焦煤油，放到灭火机里加热，灭火

① 洗砂的池子。

机的出剂孔中就会喷出重柴油，经过蒸馏提炼便成为轻柴油，剩下的就是柏油。

自从公司党委提出“综合利用、合理发明”的口号后，经过全体职工群众日以继夜的苦战，从废烟、废砂、废水中试制成功的产品有亚硫酸纳、硫酸铵、轻重柴油和柏油、稀硫酸、食盐钾肥、低标号水泥等多种，使公司从原来生产单一产品而发展为生产多种产品的企业，为国家增加了不少财富。

1958 年 10 月，由上海化工研究院、浙江省化工研究所和平阳明矾公司研究室联合组成的矾山钾肥现场试验组，用土法石灰处理明矾石，用食盐法处理明矾石，以制取钾肥方法已经试验成功。这对支援农业生产大跃进，具有重大的意义。

特别值得一提的是矾山运输工具的改革。这是广大工人的迫切要求。我们只要读一读下面这首歌谣便明白了：

旧社会，真凄惨，
回忆起来实痛心，
反动集团良心狠，
统治剥削咱工人。
矾山开发到如今，
日日扁担压在身，
生老病死无人问，
歪肩驼背谁怜悯？

这首歌谣是矿工朱良聘回忆过去工人被扁担压得肩歪背驼的惨苦情景。现在可不同了。站到矿山的山顶，可以看到婉蜒曲折的手车踏布山坡，宛如一大卷银灰色的带子抛在那里。工人们拉着满载矿石或明矾的车子跑来跑去，川流不息。从这一山头到那一山头，从这一地段到那一地段，还架设了铁索网，这也是大跃进中的新事儿。矾都已经实现车子化，从此“千年扁担一旦抛，工地运输变轻巧”了。据统计，在矾山工矿区共架设铰索六千六百米，竹轨、木轨七百十九米，轻便铁道三百七十米，修建手车道一万三千三百一十米，简易公路一千八百六十米。第一部土洋结合的矿内电动纹车已装制成功，一天能运输矿石一百五十吨。

明矾工业从采矿到炼矾，从炼矾到成品出厂，运输过程与整个生产过程的百分之七十五。以这些新型运输工具代替人工运输矿石、明矾和燃料后，效率可以提高五至十四倍。把工人的肩膀从扁担下面解放出来，工人们是多么高兴，他们情不自禁地唱出了这样一首歌谣来歌明运输工具的改革：

铁索好，铁索好，
铁索滑车真正好。
南洋工区企龙堑，
架空铁索有两条。
一篓装石百余斤，
滑过深溪仅几秒；
只需三人来看管，
等于三十人用肩挑；
胜过扁担十一倍，
运输效率大提高；
劳动强度大减轻，
保证生产超规划！

轰轰烈烈的技术革新运动，揭开了明矾工业史上光辉的一页，从采矿到制炼，从制炼到运输，每个过程都有重大的改革。因此，矾都在浙江省首次工业交通大检查中，获得了技术革新优胜项目的大锦旗。

在一日千里的大跃进的形势下，矾矿工人就是这样坚毅不倦地劳动，为国家和社会创造着财富，创造着奇迹，使矾都的面貌日新月异。新中国成立前没有的现在有了；昨天没有的今天有了；今天没有的，明天将会突然涌现。童话式的变化，如果不是亲眼看到，真使人难以置信。

十、美丽的远景

伟大的1958年，在党的正确领导和社会主义建设总路线的光辉照耀下，祖国的矾都经历了一次伟大而深刻的变化。工人们用无数惊人的奇迹，在辉煌的史册上写下了不朽的诗篇。1959年的巩都又有千千万万的奇迹出现。不过，这些变化，还仅仅是开始。矾都跟全国各地一样，它的前途远比今天更加雄伟、美丽！

炼矾方面：现在小规模的用手工操作的工厂，已不能适应形势发展的需要了。将来每个车间都会与现在的机械炼矾实验车间一样，用机械化生产代替笨重的手工操作。炼矾厂的规模将比现在更加宏大，厂里的设备将更加先进、完善，从矿石进厂到成品出厂的每个过程都实现机械化、自动化。到那时，每个厂的明矾年产量将比1958年全矾都的总产量增加两倍、三倍，甚至更多。如果把它全年生产出来的明巩堆积起来，便成为一座高大的白玉山！

炼矾厂的扩大，炼矾技术的提高，明矾石的需要量也将大大增加，不仅供应矾都的炼矾厂，还要供应其他各地化工厂。温州化工厂制烛钾肥和硫酸钏厂提炼硫酸钾的原料——矾石，极大部分要依靠矾都供应。

机械制造修配方面，将扩建一座机器制造修配厂，厂里有各种车床，能生产鼓风机、电动机、压风机、凿岩机，并能修配各种复杂的机器和工具。

大量的明矾石和明矾的输出，将来运输的任务一定更加繁重了。1958年金华经温州、矾山到两州的铁路已经开始兴建，到那时，这条铁路早已建成，艰巨的运输任务就交给它来完成。

要开采这么多的矿石，仍旧用老办法开采是不行的。到那时，就要叫矿山翻身，洞底朝天，开辟几个露天大矿场，生产机械化。有了大规模的采矿场，还要建一个面积很大的选矿场，把开采来的矿石，经过选择，直接送到工厂里去。

明矾是一种综合性的工业原料，矾都将要大力创办大型的业硫酸钠、硫酸、水泥、化肥、硫酸铵、氧化铝等卫星工厂。或许，将来的炼矾厂不是单纯提炼明矾，而是综合性的大工厂，提炼多种产品。

开采这么多的矿石，制炼这么多的明矾和其他产品，厂的规模又扩大，如果仍旧用绞车、小斗车、手拉车等工具运输，问题是解决不了的。那时候，在厂里就可能要用小火车、电机车、电耙等运愉，在厂外要用火车来运输。

机械化以后，电力的需要量很大，或许每天至少要供电一万千瓦。这么大的电力光靠火力发电也不行，要依靠附近的水电站来供应。

可以想到，随着生产的发展，工人的物质、文化生活将有更大的改善。

这里说的远景，并不是十分遥远将来的事情，这幅远景有的正在逐步实现。第二个五年计划期间兴建的钾肥厂和炸药厂已经投入生产，金华级温州、矾山到福州的铁路已经开始兴建，明矾石综合利用的试验工作已取得较大的成就。可以预料得到，再过三五年后，矾都又会以崭新的面貌呈现在人们的眼前！

在祖国建设一日千里发展的形势下，矾都的远景不是现在所想象得到的。可以断定，矾都的远景将比今天要好上几十倍、几百倍！

矾都的远景是一幅灿烂、瑰丽的图画，在伟大的中国共产党的领导下，矾都人民将以更坚定更雄健的步伐，加速社会主义建设，走向共产主义更幸福的明天！

后　记

矾都是我国明矾的著名产地，矾都的明矾世界闻名。明矾在国防上、工业上、农业上和日常生活上都有极其重大的用处，是祖国丰富的资源之一。它吸引着国内外人们的普遍注意。

矾都是我的家乡。在新中国成立前我亲眼看到它满身血泪，历尽无数苦难；新中国成立后我亲眼看到它在共产党的领导下奔腾前进，欣欣向荣。每当我看看眼前，想想过去，就有一股热泉在周身奔流，就有一种力量在鞭策着我：拿起笔，把家乡的新面貌描绘出来吧！几年来，我就是凭着这一股热情，多方搜寻有关矾都过去和现在的资料，编写了这本书。其实这本书，并没有把矾都的面貌描绘出其万一，特别是新中国成立后大跃进以来的新面貌。

这本书从1957年秋天开始编写以来，曾先后修改了四次，每次写好时，都感到不满意。特别是“矾都在跃进”这一章，因为刚刚把它写好，矾都又跃进了一大步，写出来的东西又好像有些过时了。这里编写的材料一般是到1959年“五一”节为止，“五一”节以后的巨大变化，只好留待下次再版时再补充了。

关于矾山开发和工人斗争这方面的历史，因为过去遗留下来的书面资料不多，所以大都是靠调查、访问，根据老工人的回忆整理的。这方面的史料还是很不完整，今后还准备进一步加以收集补充。

这本书是在党委的支持下写成的。在收集资料和图片的过程中，得到平阳明矾厂矿联合公司党群部门陈传成、卢立辉、黄忠盘、陈慕雄、林文浩等同志的帮助；书中有九幅图片是平阳明矾厂矿联合公司工会供给的。特别是中共上海市新成区委会林辉山同志和中共上海有线电厂委员会郑衍宗同志，在百忙中挤出时间写来了当时党在矾山领导工人斗争的有关重要史料。编写过程中得到卢声亮、徐新对等同志不少的帮助。写好后，又由朱为松同志对全文作了校正，在此一并致谢。

恳切地希望读者指正。

郑立于

1959年5月12日

附录

《祖国的矾都》是怎样写成的

《祖国的矾都》记述了世界著名的明矾产地——矾山的发展和斗争历程。新中国成立后以及大跃进以来矾都的新面貌。这本书虽然字数未超过十万，可是从初稿到出版却有一个曲折而艰巨的历程。

写这本书的准备工作可以说一解放就开始了；不过当时并不是为了写书而搜集资料。矾都是我的家乡，在新中国成立前我亲眼看到它满身血泪，历尽无数苦难，新中国成立后我亲眼看到它在共产党的领导下奔腾前进，欣欣向荣。每当我看看眼前，想想过去，就有一股热泉在周身奔流，就有一种力量在鞭策着我：拿起笔，把家乡的新面貌描绘出来吧！几年来，我就是凭着这股热情，多方搜寻有关矾都过去和现在的资料。偶尔也写一些文章在报刊上发表。可是通过这些文章，并不能把矾都的面貌和斗争完整系统地介绍出来。前年秋天，我整理了所收集起来的资料，足足有一大叠，大约有二百多万字，感到把它编写成一本书也不错，于是，就动起笔来写了。

去年春天，初稿写成寄给浙江人民出版社，出版社对我的初稿逐章提出了具体的意见，叫我修收补充，并且多次写信来鼓励我。为了深入了解矾矿工人的斗争和矾都的建设成就，县委宣传部两次介绍我到矾都去实地调查访问。一到矾都，党委和工会领导非常重视，审阅了初稿，供给资料并介绍我去访问七十多岁的老工人陈宗蜜。他对矾山的情况懂得多，但是他的听力很差，为了向他了解过去工人的罢工情况，我与他谈了半天话。通过访问，不但收集了工人的斗争史料，从中得到了教育，同时也掌握了工人们富有生命力、非常生动的语言。矾矿工会主席陈传成和工会干部卢立辉等都详细地给我介绍情况。为了使该书能做到图文并茂，工会还给了五十多幅的照片，这些照片有的是从玻璃柜里临时取下来的。几次来往后，收获很大，收集了不少过去未曾掌握的资料。回来后，经过较长的思想酝酿，调整章节、另拟提纲，准备重写。这时，刚碰上第四阶段整风学习，既要认真地参加整风学习，又要搞好业务工作，业余的时间很难挤出来，思想上产生了畏难情绪。这时，县委办公室主任徐新对同志在整风学习会上表扬了我大胆写书的行动，并且鼓励我一定要把书写成功。我想，这是个政治任务，一定要完成。当时报社工作很忙，每天工作到晚上九点多钟，有时干到十一二点。于是，我放在深夜写，每每写到鸡啼，就伏在桌上睡着了，笔尖的蓝墨水浸透了稿笺也不知道。醒来时，喝一口冷开水，又拿起笔来写。重写后的稿子由县委宣传部有关同志对全文作了校正。

出版社对我的帮助非常大，去年10中旬，出版社派钟友山同志到平阳现场编稿。钟同志对书稿的政治思想性十分重视，他纠正了我对资产阶级式的工会代表人物陈步银的错误估计，在“矾矿工人斗争史话”一章中要强调突出党的领导作用。编稿时，有些章节先由他提出意见后给我修改或重写，写完后再由他审编过；他对全文作了加工、调节，一个字一个标点符号的差错他也不轻易放过。只用三天时间就编好厚厚的一大本书稿。现场编稿好得很，它既保证书稿质量，又是培养作者的积极性和提高写作水平有效的办法。

定稿时，钟友山同志认为“工人斗争史话”中仅提到林辉山、陈百弓、朱善醉等地下革命同志在工作中的活动，可是没有具体情况，是一个大缺陷，稿子请徐新对同志看时，他也有同样感觉。为了解决这个问题，县委办公室特地写挂号信到上海市新城区党委会问林辉山同志。10月22日从平阳发信，26日马上接到回信。信中写来了当时党在矾山领导工人斗争的有关重要材料，并指出我对资产阶级式工会建立的意义估计的偏高。后来，出版社又把书稿有关章节清样寄给他，他看了清样后，又补充了一些材料，提出了不少宝贵的修改意见。为了解新中国成立前后，党在矾山的统一战线工作及矾矿、矾窑演变发展的有关情况，我又寄信给在上海市供职的郑衍宗同志，很快就收到好几页的来信，随后又接到他的来电。在这同时，我又把原稿拿给当时在矾都当过党委书记，现在是平阳县长的卢声亮同志审阅。稿子送去时，恰逢他将赴杭州参加会议，他就把稿子带在路上看。到了杭州后出版社得到信息，又派编辑钟友山与卢声亮同志交换意见，回来时，他立即叫我面谈，帮助我分析问题。林辉山、郑衍宗、卢声亮、徐新对等同志都是领导干部，工作很忙，可是他们能给我帮助，使我十分感动。

党对我的培养，我永生难忘！

总之，这本书从初稿到出版，一直是在党委的重视和支持下进行的。这本书的出版，好像是一棵幼苗的成长。幼苗没有阳光，不会成长；该书如果没有党的支持和重视，也拿不出来的。幼苗没有园丁的培育，不会长大；该书的出版如果没有出版社和群众的帮助，也是会发生难产的。这本书的出版完全归功于党和参与这本书工作的同志们，我在这里仅仅只是出了一分力量。

我向党保证，我不敢骄傲也不应该骄傲，要继续努力，实干巧干把《祖国的矾都》修改得更完整、充实，并且要写出更多对党的事业有益的书来，

《祖国的矾都》出版后，深受各界的好评。有不少读者写来或出版社转来书评和读后感。出版社决定于1959年增订再版。原用照片为封面的改用著名版画家赵延年创作的“矾都新貌”（木刻），增加了不少篇幅。增订再版后的《祖国的矾都》被评为“浙江建设新面貌”丛书的标兵书。浙江人民出版社还提出这套丛书的质量要求。

下面是刊发我这篇文章的《浙江出版通讯》的编者按语：

大力提高出版物的质量，发挥图书对读者的更大更好的教育作用，已经引起了广大作者的重视。为了进一步交流大家在这方面已经取得的经验，解决目前尚存着的一些问题，我们特组成了这次笔谈会，希望作者们都能围绕如何提高书稿质量这一中心问题，提出问题，发表意见。

标兵：“祖国的矾都”

一、内容应是综合性的。无论工厂、企业、农村、学校，既要写出今天的生产建设，经济文化、文化生活状况和下农群众的精神面貌，也要写出它历史的发展过程，特别是有革命斗争传统的更不能忽略。使人们不仅看到今天所取得的巨大成就，也知道我们所走过来的艰苦曲折的道路，从而更热爱今天。

二、内容从纵的方面看可划分成三部分：过去、今天、未来。重点应放在描述今天的面貌，其次才是过去的历史，未来则是轮廓的展望，为人民画出一幅美丽的前景。

三、无论写过去的革命斗争历史，或今天建设巨大成就，都要深刻地写出党的领导作用，写出根据中央和毛主席的思想制定的政策方针取得的巨大胜利。

四、除了共同的要求外又要根据各自的情况来选择重点，要充分反映出它的地方特色。比如浙江大学应着重写学生运动史、知识分子的思想改造运动和教育同劳动相结合、科学研究方面取得的成就；黄坛口水电站应重点描述一下两条建设路线的尖锐斗争；都锦生丝织厂着重叙述党对资本主义工商业社会主义改造的伟大胜利，和工人群众卓越的艺术创造；四明山强调四明山人民的革命斗争历史，新中国成立后经过土地改革、合作化、公社化，山区面貌发生的巨大变化；复兴耐火器材厂强调白手起家这一方面；大陈岛要深刻地揭露敌人的暴行，和人民坚强的意志，重建大陈岛的英勇的劳动。

五、文字力求生动，尽可能多运用一些文艺笔调。如对四明山、乌溪江、大陈

岛等处景色的描写，勤劳勇敢的劳动人民的斗争生活的描写，优美的丝织艺术的描写，以及围绕着主题展开的故事、传说、歌谣。

六、每本书都要有照片，做到图文并茂；像都锦生丝织品更要用彩色精印。

七、文字要流畅生动，使具有初中文化程度的工农读者都能读懂，专门术语、生辟字眼尽可能避免，必要时应加注解。

（此文系浙江人民出版社总编室特约稿，原刊《浙江出版通讯务》）

祖国矾都

——致郑立于先生

王孝稽

矾都，祖国透明的心脏
向左一点黄金，向右一点白金
唯独在这里种树栽花，树根晶莹，花瓣剔透
他看见月光爬到后花园，在那里遇见栽花女子
用铜丝制成骨架，辅以彩色丝线，置入结晶池
六十年后，结出一颗钻石，挂在祖国心脏里
按响快门，拍下了六十年前浪漫岁月
把姓氏、脾气、时光留给了对方

（作者系中国作家协会会长）

第二部分

千载砚都人与事

从《将才铁军》想起朱德同志的来信

黄传会、黄海贝著述，人民文学出版社出版的《将才铁军——抗日名将朱程》一书，已在朱程的故里——矾山镇内山村举行了隆重的首发式，这将在浙闽边界乃至全国产生深刻而久远的影响。

接到作者题签并用快递从北京寄来的这本书，在杭州旅行的我感到十分欣慰，即刻翻开浏览。作者用了廖廖数百字别开生面的自序，接下去就是正文。正文分三章，一求索，二抗敌，三献身。这册大 32 开本、近 300 页的作品，我一口气把它看下去，较少间断，对感兴趣的小段还重复看了两遍。

这部传记文学总的感觉是真实、真诚、真勇，拨动心弦，永久不忘，是部合格可以传世的作品。

由此我想起中国人民解放军总司令朱德亲笔撰写的向朱程家属慰问的信。1950 年春节前夕，笔者在浙江省平阳县矾山区（现属苍南县）中共矾山区委会书记吴长军同志的办公室兼卧室里，刚好邮递员送来一封信。吴长军同志拆开信，看到朱德二字，就高呼起来："是朱总司令的来信，太高兴了！"他将信交给我，叫我高声念一念（因为吴长军同志是新四军的老干部，识字不多）。这是用红色十行笺毛笔竖写的信，信的内容主要是讲二方面，一是肯定朱程烈士的功绩，二是叫区委代为慰问烈士亲属。于是吴长军同志就敲着隔间板壁，叫朱程烈士的媳妇陈格非（就是朱思共的母亲，在矾山区当妇女干部）来看信。同时先后来的还有区长王景象，区委委员邱金侃，干部吴加馆，民政干事张世雍，区委秘书陈余贵等人。

事隔六十多年了。笔者怕记不准，想找一位当时在场的同志证实一下，上述几位同志除陈余贵外，都已作古。笔者经过反复寻查，才找到如今已八十六岁的当时区委秘书陈余贵同志。笔者与他通电话后，他说："我是 1950 年到矾山区里的，当时区委和区公所就在矾山镇南下村桥头那幢五间的地主征收楼房里。我就住在吴长军书记的隔壁，陈格非同志就住在楼梯头那间。当时大家都很兴奋，山区能接到朱德总司令的亲笔信，实在是太难得。区委书记吴长军还说，此事要向平阳县委、温州地委作及时回报，并将原信给他们看。此事如今矾山镇七八十岁的老人还有很多人知道。但此信原件如今存在哪里，那要花功夫去寻找。如能找到，可将原件放在博物馆、档案馆里，复印件可放在朱程纪念馆里，传记著作者待朱程传记再版时可将这些重要的情况予以补入。

朱程，这位一辈子在红色路程上奋斗，直到流干最后一滴血，真不愧是“抗日真勇士，民族大英雄”。1943 年 10 月 13 日，朱程牺牲后，天津日伪区《庸报》第一版刊登日军战地记者采写的《关于华北抗日民军朱程司令员战死》的报道，描述了王厂之战战况的惨烈。“朱程司令员从上午十时，胸部就中了机枪，子弹穿透伤口，竟坚持到下午三时还亲自指挥战斗”。日军记者不得不承认：“在朱司令员的决死抵抗指挥下，苦战八小时，日军受到重大损失。朱司令员立场之坚定，毅力之坚强，真是惊天地而泣鬼神！”

现借传记作者此书最后一页里的话：我们为有朱程这位同乡而自豪，他用自己 33 年短暂的生命为我们诠释了一种精神，矗立起一座丰碑。

（此文刊于《今日苍南》副刊）

陈百弓、谢婉烈士传略

陈百弓(1906—1941),原名发铿,又名伯恭,化名金戈,原籍浙江省平阳县矾山镇(今属苍南县)。1906年9月25日出生于福建省祸鼎县前岐镇溪浦村。毕业于福建省立第二中学(在福州),学生时期,他成绩优异,尤爱阅读革命书籍,特别是鲁迅的著作。他善于口才,而且对书法、篆刻艺术造诣较深。

1932年陈百弓受聘为前岐小学教员,与时任校长的地下党员王宏文成为莫逆之交。次年县当局认为王宏文有"共产党嫌疑",准备撤换他。于是陈百弓与校内进步教师一起,发动学生上街张贴标语,予以抵制,未成。陈百弓以辞职表示抗议,随转到县城桐山小学任教。他在认真教学同时,主编《福鼎》半月刊,在创刊号上发表题为"三问"的署名文章,质问福鼎县当局有关教育的三件事文章触到当局痛处,被迫停刊。同年冬陈百弓又重编《福鼎》月刊发表"复刊宣言",又因攻击当局,再次被迫停刊。1936年前岐小学校长易人,陈百弓又回到前岐小学。

1936年,刘英、粟裕率领红军挺进师在闽浙边界活动,在柳家山、王家山等地多次打败敌人。这给陈百弓以极大的鼓舞,他毅然奔到柳家山参加庆祝胜利大会。1938年1月底,早已参加中国共产党的好友郑丹甫邀请陈百弓到中共闽浙边临时省委机关——平阳县凤卧乡过春节,并得到刘英、粟裕等领导同志的接见与教诲,随由郑丹甫、林辉山介绍加入中国共产党。是年秋,党指派陈百弓与林永中等到武汉八路军办事处参加训练班学习并得到曾山同志的接见。根据指示,因时局紧张仍回闽浙边区坚持斗争。途经平阳时,警察以"共党嫌疑"扣留他们,由平阳县长徐用亲自审问。被扣者据理力争,申明正义,陈百弓还隐约透露徐用有个儿子与吴毓的秘密关系,已由党介绍到武汉转往延安,徐用是明理人,深为同情,便把他们释放了。

1938年9月,时任鼎平县委统战部长的陈百弓,不顾个人安危,昂首走进福鼎县政府,去见县长陈建桢,纵论国内外形势,劝陈建桢应以民族利益为重,共同抗日救国。他是个顽同派,当然无动于衷,只是对陈百弓慷慨陈词,雄辩口才钦佩不已。这一时期,陈百弓深入福鼎县城、矾山小学、矾矿、下关渔区做青年知识分子和工人、农渔民工作，发展党员，扩大组织，很有成效。1939 年 7 月 7 日晚，前岐联保主任魏伯干在前岐召开了“七・七”抗战两周年纪念大会，陈百弓应邀在会上演讲。他极力宣扬八路军新四军的战绩。弄得魏伯干无可奈何。

1940 年 1 月鼎平中心县委成立，陈百弓任委员，后任鼎平县委书记。5 月间，鼎平中心县委在前岐洋加屿举办妇女干部培训班，由陈百弓主讲。中心县委委员蔡爱凤被捕，陈百弓要魏伯干放人，魏把责任推给县当局。于是，陈百弓当机立断，以打人镇公所的当乡丁的地下党员林佳第为内应，于午夜时刻将蔡爱凤从牢房里营救出来。战友脱险了，而陈百弓却不慎跌下桥。胸部多处碰伤，鲜血直喷，伤势十分严重，随将三个年幼子女陈格非、陈继堂、陈密君委托其大哥陈百舟抚养，号其妻地下党员谢婉转移到平阳县矾山镇中岙村（现属苍南县）抗日爱国民主人士黄涛家中隐蔽，延医抢救。两个月后，又转于南宋、埔坪、下关，边调养病体，边从事革命活动。

1941 年 1 月“皖南事变”后，福鼎、平阳县的顽固势力配合第二次反共高潮，加紧“联防”“清乡”。浙闽边区斗争形势更加严峻。4 月，时任下关镇公所户籍干事兼警备队长的地下党员章志中在澄海被福鼎便衣队逮捕，关在福鼎前岐。原先已有几位地下党员打入平阳县自卫队驻下关分队，掌握那里的枪枝弹药，伺机为抗日救亡准备力量。在此危急关头，陈百弓即作了周密而巧妙的部署，由张传卓、庄琴、黄涛三个乡镇长和社会贤达的代表向昆南区区长周永年施加压力，福建省福鼎县便衣队胆敢越境抓去浙江省平阳县昆南区的人员，显然是不把周区长放在眼里。章志中假使真的有什么问题也应该押回本区处理。这时正遇县府催各乡镇回报户籍的紧急通知。周永年逼不得已，同意要回了章志中，并以三天为期让章志中办好户籍等移交手续，然后担保人张传卓、庄琴、黄涛保证将章志中重新归案。章志中获释后，陈百弓即部署下关抗日武装起义，派县委组织部长欧阳宽和青年部长朱善醉到下关附近的南坪，作详细具体的安排，华心农、张传富等予以接应，于 4 月 11 日深夜举旗起义，经过一场战斗，便缴来了自卫队和警备队的 23 枝步枪、2 枝木壳枪、数十颗手榴弹和数千发子弹，当夜赶到鹤顶上与陈百弓等人会合，突破国民党顽固派的追击，撤离到浙南革命根据地——平阳凤卧乡，受到浙南特委书记和特委机关干部的热烈欢迎。抗日武装起义第二天凌晨，张传卓、庄琴、黄涛等三位担保人被逮捕，押送到平阳县监狱，严刑烤打，受尽各种折磨，县长张韶舞曾几次欲施极刑，未果，最后庄琴与黄涛以巨额罚款取保释放。因时局紧张张传卓与郑明德却于 1942 年 6 月 27 日被当局枪杀在平阳县政府大门前面的屏障后。

1941 年 6 月 18 日晚上，陈百弓带领十几位战友到平阳县钱库镇桐桥村（今属苍南县)活动，遭到地主武装袭击包围，陈百弓为了掩护战友撤移，不幸被捕。顽固派施以种种极其残忍的酷刑，竟以剪刀剪他的皮肉，用明火烧灼他的下巴、胡须。陈百弓一直与顽固派辩论、痛骂，走在赴钱库街后刑场的路上，还频频与乡亲们点头，疾声高呼抗日必胜，共产党必胜的口号。6月19日平阳县长张韶舞下了就地枪决的手令，陈百弓英勇就义于钱库街后一个小菜场边。

1950年，几经艰难曲折，才找到陈百弓的遗骨，并在矾山工会所前召开隆重而严肃的追悼大会，随将遗骨安葬于矾山王大王村一个朴素而坚固的陵墓。

陈百弓动人的战斗事迹一直在浙闽边区传诵。1959年陈百弓的事迹由郑立于编为11场现代京剧《浩气长存》，由平阳京剧团在各地演出300多场，颇有影响。著名版画家赵延年和门生陆放、曹兴高、张嵩祖看了该剧演出万分激动，随即以此剧本场次由笔者写了脚本，创作了多幅木刻组画，刊于《跃进画报》。新编《温州市志》、《福鼎县志》、《平阳县志》、《苍南县志》皆为陈百弓烈士立了传。

谢婉(1905—1941)，离陈百弓祖籍矾山四大王村约数里路的石门头村人，因地处穷山僻壤，居民世代不识字。谢婉从小连名字也没有，只叫“阿某”，直到19岁与陈百弓结婚后，百弓才给她取个较为文雅的名字:谢婉。

谢婉在百弓的教导、影响下投身于地下革命活动，既是贤惠的妻子，慈爱的母亲，又是坚强的同志，忠诚的部属。她的家就成为当时中共鼎平县委的联络站。每逢郑丹甫、林辉山、刘先、朱善醉等同志在他家密议重大事项开会时，除热情接待外，还望风警戒，成为一位机智的警卫员。

1937年夏秋之间，谢婉由中共鼎平县委妇女部长蔡爱凤(福鼎县人)的介绍，加人中国共产党。这时，她已有三个子女，却能义无反顾，把孩子委托百舟夫妇或寄养在亲友家中，尽心尽力地投入革命工作。1940年5月，蔡爱凤在福鼎前岐被捕，陈百弓通过国民党乡丁林加第(中共党员)设法营救，并由谢婉将写有时间与联络暗号的纸条埋在饭中转给蔡爱凤，使蔡爱凤能够及时应变，从而顺利越狱。同年，受派遣与蔡爱凤一同回家乡石门头村一带开辟新区，深入群众进行革命活动。如今，石门头村，狮头山村一带，老年妇女还记忆起她俩的音容笑貌和动人的话语。

1941年5月，谢婉调到特委机关工作，驻于平阳县腾蛟吴小坪，这时，省委书记刘英准备来浙南检查工作，特委机关都作了准备。敌人对这些老区特别注意，便衣特务化装为乞丐、小商贩，算命先生等来侦探。他们发现省、特、县委机关领导人都在吴小坪及附近村庄活动。1941年农历6月19日，驻水头的浙保三团便出动一个营的兵力，由叛徒带路，分三路向吴小坪、包垟进剿，沿途烧了六十多间房子，杀了几个人，抓了几个人。这时，谢婉正住在吴小垟内姓白的家里，听到枪声，立即走出后门，因屋后就是山坎，很难攀登，随被敌人抓去，关在保长家里严刑拷打，想得到我党领导人的住处与去向，一无所得。随将谢婉等57人押送到水头区署，再次进行残酷折磨，什么“十指夹棍”、“上踏杠灌水”，他们无一个变节，无一个说出一点真情。7月19日敌人便将谢婉、林仁满、洪秀英、白洪就、白正读等人杀害于五龙岱。

新中国成立后，谢婉女儿陈格非多次亲自并托友人到水头各处寻找母亲遗骨，一直无法找到。有位同乡郑立于时在《平阳报》工作，趁他下乡到腾蛟、水头之便，陈格非托他深入调查询问，郑深入现场，多方求证，方知母亲的尸体当时被抛进水头中学后面山上的“万人坑”中，多少年了，遗骨一直无法归认。最后，烈士的女儿陈格非只得含泪捧起五龙岱的一抔土作为母亲遗骨，归葬于平阳县烈士公墓。

（此文原刊《苍南历史人物》）

一代青年的先锋

——朱善醉烈士

朱善醉是苍南县矾山镇大山村人，生于1918年，他从小就富有炽烈的反抗性格。母亲罗氏，因只有朱善醉一个是男孩，所以对他特别溺爱。但当他母亲有时拉小善醉去求神拜佛时，他总是不肯去。母亲恳求他说："好孩子，去拜菩萨吧！菩萨会保佑你好的！"懂得一点科学知识的善醉回答道："活人也保佑不了，还靠泥菩萨，我就不相信那一套！"说着就一溜烟地跑了。

善醉的父亲朱辅臣是位克勤克俭比较富有的明矾窑老板，希望善醉长大以后能继承他的产业。当善醉年少时，他就要儿子严守家规，学珠算，学司秤，学做生意。可善醉却十分同情劳累终日，缺食少穿，被折磨成弯腰驼背的矾矿工人，对父亲的"家教"不大理睬。

"这小子，真不成体统！"父亲发怒了。

"我就是不喜欢你那种体统！"儿子也不示弱。善醉有时干脆换上草鞋，学着去干明矾窑厂的重活。

后来，善醉考上浙江温州第十中学。在中学时代，他的学业成绩很好，尤喜欢体育，特长于跳高、赛跑。受革命思想的影响，他的叛逆精神有了进一步的发展。他对父母包办婚姻一直不满，最后终于冲破封建礼教的束缚，抛开了包办婚姻。

1935年中学毕业后，朱善醉回到故乡当了石宫小学教员，这座小学座落在矾都鸡笼山右侧山腰，上岗有矾都最古老的明矾石矿，洞道极其狭窄阴暗，周围与下坡有好几座炼矾厂，当地人叫矾窑。小学后面有一方巨岩，工人供奉的明矾始祖就在这里，巨岩下香火不断，祈求矿洞与矾窑平安。后来在巨岩前盖了五楹宫庙，供奉窑主爷。办了学校以后，矿工、厂工及居民子女都在这里上学，校舍不够，就在庙前盖了两层木构的两厢，前面盖了五楹两层较深的房屋，用作教师办公室与教师宿舍。这个较为洋气的四合院，就叫镏山小学。这里当时是地下党的联络点，好多地下党的领导干部党员与社会上的进步人士如吴毓、陈百弓、欧阳宽、林裕芝（女）、张传富、华心农、张传朴、张传卓、陈正鹤、庄琴、黄涛以及住在石宫旁边的朱善余等等都在这里出入，参与党的活动。教师中有好几个党员，在学校的工友曾呈鹏、邱新海也是党员。党的领导同志也趁夜深人静时在这里开会，有不少重大问题就在这里决策。为了保护这个联络点。地下党与进步人士经过活动，推荐当时倾向革命的激进青年朱善醉担任了校长。

1937 年抗日战争开始了，在地下党的直接领导下，朱善醉积极参加了抗日救亡的宣传活动。他组织教师演抗日救亡的“文明戏”，办起夜校，让矾矿工人和妇女上夜校，有了读书识字的机会，也懂得抗日的意义，了解各地抗日的动态。他利用早会、晚会、周会等师生集会，宣传抗日救国的道理。当他讲到国土沦亡，骨肉同胞妻离子散、家破人亡的悲惨情景时，这位硬性汉子也不禁涌出了热泪，会场寂静，同学们有的在流泪，有的发出抽泣的声音。为东北三省人民筹募寒衣时，朱善醉带领师生上街义演。他们的演出感动了广大群众，有的掏出了腰包，有的当场脱下外衣来作为捐献品，献给苦难的同胞。朱善醉口才特别好，讲话声音很洪亮，很有激情，他的嘴巴较阔，据说他可以把自己握紧的拳头伸到嘴里，当时的年青朋友给他一个绰号叫“老阔”。直到今日，还有一些耄耋工人记得他的绰号和讲话时的音容手态。

过端午节的时候，朱善醉和几位进步青年请来北港抗日救亡团，在矾山镇演出。这天晚上，镇上的闹市区——亭子下，显得特别热闹。在一座戏台的正面，黑压压的都是人，围成一个半月形，戏台对面的楼上也挤得水泄不通。

“这么迟了，为啥还不开演?”

“晚上不能演，谁演谁负责!”警备队的一伙人在台后的化妆室里胡闹，动这动那，妄图夺走服装道具。

警备队有个塌鼻子的家伙，从台上的帷幕里钻出来，嗡声嗡气地对观众说：“今天晚上不让演出了，大家快回去吧!”

不等塌鼻子讲完，善醉也出现在帷幕前面，向台下高声地说：“现在有人在捣蛋，请大家不要怕。戏一定要演！谁反对抗日宣传，谁就是汉奸卖国贼!”

“打！打汉奸卖国贼!”

台下不知是谁领头喊了一句，群众就一直喊着“打！打！打卖国贼!”

塌鼻子的一下子不见了。愤怒的观众把化妆室包围起来，要警备队退出去，有的人还向警备队员的腰部偷偷地捅拳头。警备队那伙人背着长枪夹在人群中，被挤来推去，有的帽子被甩掉了，有的肩膀被抓破了，无计可施，只好耍无赖手段：“观众们，不要上共产党的当！快退出去，否则我们要开枪了!”人们都轻蔑地看着警备队的无耻表演。

台前出现片刻寂静后，又响起那个嗡声嗡气的声音：“大家肃静，区长对大家讲话，大家欢迎。”

“塌鼻子，滚！塌鼻子，滚！”几乎全场都在叫喊。塌鼻子被喊得十分狼狈，只好掩着鼻子溜走了。国民党区长站在台前开不了口，只好气急败坏的大喊：“朱校长在哪里？快到台前来！”

朱善醉英姿勃勃地出现在帷幕前。

“我们还是找个地方谈一谈吧！”区长想把善醉推出来作挡箭牌。

“跟我谈有什么用？戏是应该让他们演的，否则，今天就散不了场！”

“我们还是先商量一下，看怎么办好。”区长想拉善醉到帷幕后谈谈。台下又是一片喊声：

“区长，讲话！区长，讲话！区长，讲话！”

区长无可奈何，只好鼓起勇气咳嗽一声，对台下讲：“问题是有的，救亡团已经来了，大家也来了，就演吧。大家不要误会，警备队是来维持秩序的……”

“嘘——嘘——”连续不断，声音越来越大，区长的脸象被雨打过的红纸一样，红一块，白一块。

“区长，我们下去吧，可以开演了。”善醉假装恭敬，故意给他一个“体面”的台阶下。

“行，行！”区长连连点头，急着下台了。

抗日救亡的文明戏开演后，鼓掌声欢呼声如中秋狂潮，震撼着群山环抱的矿山盘地。

几天以后，警备队背着枪三三两两在矾山街上走动。当警备队零零散散地走过直街时，朱善醉与叶经华刚从普天益中药店出来，直走到对门的顺兴饼店，两个警备队员便把朱善醉抓住，说他冲警备队的队伍，朱善醉这位义侠正气的青年当然毫不示弱，给予还手，严词训斥，当时的民众纷纷表示气愤要让朱善醉解脱时，马上有几个警备队员赶来，将朱善醉与叶经华二人五花大绑推搡到南下宫警察所里去了。

在警察所里，朱善醉被搁绑在斜依石墙的竹梯上，双手双脚都用小棕绳紧紧地缚住，无法动弹。叶经华亦绑在里面。前来救援的师生与民众被阻在门外，一夜间，几次听到朱善醉的痛骂声，高呼声，后来就寂静下来。大家估计，朱善醉受到几次毒打酷刑，已经奄奄一息了。

这一严重事件，激起韫山小学师生与矾山各界人士的极大气愤。第二天，小学师生罢课，高年级学生还上街贴标语游行，又遭到警察的阻挠……

经过各界人士的交涉营救，工人与商店扬言要罢工、罢市，当局看情势不妙，才把朱善醉释放了。

身为小学校长的朱善醉，劝说了父母，不等伤治好，就直接投奔了革命。这时，学期已过半，由林君俞代理校长，第二学期就由曾在《平报》的《持久》副刊上发表多篇短小精悍的杂文，被老革命老报人李士俊誉为“党外布尔什维克”的朱良仁（当时署名为朱良晨、秦墨等）接任校长了。

朱善醉走后，地下党领导同志对几位地下党员与进步人士作了隐蔽部署，林裕芝（即叶经华的妻子）、张传朴、张传卓回蒲门、南坪、下关一带当教师或校长了。林裕芝后来隐蔽在广州，一直坚持到胜利，前几年还健在。陈正鹤突然不来上课，他把早一天到理发店把剪下来的头发用布包起来递给老母亲，深情地说：“妈，我要北上抗日了，我没有什么报答你养育之恩，这一包头发留作纪念吧。”若十年以后，陈正鹤在四明山为革命殉职，至今找不到灵骨。邱新海也跟陈百弓当通讯员去了。

在残酷的革命斗争中，朱善醉深刻地体会到，赤手空拳是无法对付拿枪的敌人的。要斗争，就得自己手中有武器，人民要有武装。他毅然要求扛起枪杆去打游击。经党组织批准，这位热情满怀的青年人化名“四维”，因为他的母亲姓罗，罗字繁体是罗，拆开来读，就是“四维”，走上了武装斗争的道路。有一天晚上，朱善醉在黄涛家里（也是地下党的秘密联络点），派人叫朱善余也到黄涛家里。一见面朱善醉就对朱善余说：“你今天晚上要陪我到一个地方。”朱善余说：“我明天一早要到区署办公（是当时为区署文书）怎么办？“正因为你是区署里的人，一定要陪我走。”于是两人立即上路，翻过坎门岭到达盐浦乡文昌阁的学校里，华心农正等着，天快亮了。朱善醉说：“善余，你快赶回去办公，此事要绝对保密。”朱善余后来才知道，朱善醉身上藏着一把手枪，怕路上碰到麻烦，所以拿我去当挡箭牌。善醉工作积极斗争坚决，1938 年加入了中国共产党。（1978 年林辉山、刘锡荣等领导由笔者陪同曾到矾山朱善醉故居慰问朱善醉烈士的母亲，林辉山说：“我第一次到这里，是从后面高墙上爬下来的，朱善醉是我介绍入党的，朱善醉真是一代青年的先锋，光辉的榜样！”）不久就被任命为中共鼎平县委青年部长，继而被任命为宣传部长。

1941 年 4 月，朱善醉参加了下关镇武装起义。起义成功后的归来途中，受到敌人的突然袭击，善醉的腰部中弹受伤，无法跟部队一起行动，只好由吴荣地背到南宋乡一个姓李的群众家里隐蔽。按伤势，应该马上送去住院。可是起义后，每天有三四百顽军在这一带巡查“围剿”，露面很危险，只能采用红军的老传统——用土医草药医治。为了善醉的安全，同志们经常背着他，转移隐蔽地。就这样，朱善醉治伤期间转换了好几个地方。

依靠群众，朱善醉在极其艰苦的环境中活了下来。虽然行动还不便，但他已拐着脚，踉踉跄跄地到福鼎县找县委书记陈辉。

“你这个人做梦也在想着跟敌人斗！还是再休息一段时间吧。”陈辉体贴地对他说，同时介绍了最近国民党顽固派调动大批兵力向鼎平泰边境“围剿”的情况，“小朱，目前只能隐蔽下来，保存力量。多保存一个人，就多一分胜利的希望！”

经过陈辉苦苦地劝说，善醉只好留下来继续休养。一天，两天，三天，一直熬到第六天，他实在熬不住了，就冲着陈辉说：“你再不给我工作的话，我真受不了啦！还是让我到最危险最艰苦的地方去吧！”

陈辉很喜欢朱善醉这种战马般的性格，但看到他的脚还是一拐一拐的，想到环境又这么恶劣，总感到很不放心。

“小朱，为了更好地保存力量，我考虑你还是到泰顾与福鼎交界的大山区去隐蔽一段时间。”陈辉说着，跟善醉紧紧握手。

那时，国民党顽固派到处设立关卡，强令移民并村，今天“清乡”，明天“围剿”。开始，朱善醉等还能在深山密林中分散的农家里隐蔽下来，依靠群众坚持战斗。敌人并村烧屋以后，就只得睡山洞，宿密林。

一天冬夜，善醉和一位交通员从一个隐蔽点向另一个隐蔽点转移。他们已经三餐没有一粒米下肚了，走着走着，眼前直冒火星，双脚酸软，几乎走不动了。

“路旁有个地窑！”交通员忽然高兴得叫起来，“里面有番薯种，我去挖两个来啃啃。”

“不能挖！穷苦人明年一年的生活都指望着它。一挖就会透气，番薯种就要烂掉，那可是不得了的事情。这里山多林深，东西有的是，我们还是挖野菜吃吧！”

天蒙蒙亮时，善醉和交通员在路旁的山坡上采了许多野葱、母猪耳、野芹菜、野蒜等野菜，拿到隐蔽的山洞里煮起来吃。从此后他们就经常吃野菜，靠这样来坚持度过艰苦的战斗的生活。

1941 年 10 月，中共浙闽边区办事处主任王明扬派杨雅欣去找善醉来泰顺研究鼎平县工作，10 月 7 日凌晨王、朱两人会合后来到龙潭面蓝朝逢家。蓝朝逢是位坚定的共产党员，于是就暂时隐蔽下来，并由蓝朝逢出去侦察、打听敌情。蓝朝逢的家住在福鼎县与泰顺县的交界处——彭溪与龙潭二村毗邻的龙潭面。

老蓝的家是三间破烂不堪的平屋，外面是一道有着好几个缺口的围墙。屋前有密密麻麻的杂树丛，屋后是无边无际的竹林。从自然环境看，这里十分偏僻、险要，是不容易出事的。但附近的苏家山有个坏家伙向敌人告密，于是福鼎县的“剿共老手”林德明便带着便衣队来搜查了。

当善醉得知情况准备转移的时候，便衣队已经把这幢小平屋团团围住，敌人还摸不到底细，不敢一下子就闯进来。

“冲出去拼！反正活不了。”杨雅欣说。

“遵照中央‘积蓄力量’的指示，我们不能性急和暴露。”

“那就马上隐蔽起来。”老杨焦急地说。

“不，不可能了，敌人不是凭空来的，一定会搜查，况且小平屋也无法隐蔽。这样吧，我打掩护，你冲出去，保存一个人也好，告诉党，我要为革命流尽最后一滴血。”

杨雅欣不肯先走，善醉就命令似地说：“雅欣，快，快冲出去，不许犹豫，我在掩护你！”

“砰！砰！砰！”便衣队开始鸣枪射击了。

杨雅欣冲出去了，幸好没有中弹，他冲进密林，隐没在绿色的海洋中。

接着善醉拿着木壳枪，从围墙上飞越而去。不料腿上中弹受伤，无法走动。“你们这些狗强盗！……”善醉一边骂着，一边向敌人开枪。

突然，从右前方飞来一颗罪恶的子弹，穿过了善醉的右眼，善醉应声倒了下去，为革命献出了自己的生命，年仅二十三岁！

敌人把善醉的头颅砍下来，拍了照片，带去报功领赏，这时，蓝朝逢侦察敌情回家时，也遭逮捕，押送到福鼎县，凶残的敌人把割下来的朱善醉的头颅挂在蓝朝逢的背上，在福鼎县城游街示众。不久，蓝朝逢也关押在泰顺县监狱受尽折磨，终于献出生命。国民党平阳县长张韶舞，为了显示自己的淫威，把这张照片贴在矾山街最热闹的亭子脚的木柱上。狠毒的敌人唯恐人们不理会，还在照片下面写上“伪奸者的下场”六个字。

人们看了这张照片愤怒说：“什么伪奸者的下场。谁是伪奸者，就是你林德明、张韶舞！”

新中国成立前后，林德明和张韶舞这两个反共老手、杀人魔王终于在人民的巨掌下先后伏法了。这张照片成了他们杀害革命先烈的罪证。“伪奸者的下场”这行字样成为他们的自供状！

（此文原刊《温州烈士传》、新四军浙南分会主办的《浙南火炬》，收入《苍南历史人物》。）

林辉山的革命生涯

曾是中共第七次代表大会代表，曾任中共浙南特委组织部长、鼎平县委书记、辽南地委组织部长、温州地委副书记、上海市委农工部部长兼组织部副部长、浙江省政协副主席、省人大常委会副主任等职的老红军林辉山同志，是位颇具神奇色彩的人物。祖国大江南北、闽浙赣抑或陕甘宁，边陲抑或大都市，都留下他的足迹和身影。他原名上厅，化名苏岳。下面几则，都是记叙他真真实实的事例。

吴玉章鼓励他学文化

1906年，林辉山出生于平阳县半洋乡网谭村(现属苍南县)。他父亲靠挑明矾赚工钱为生。挑明矾要从家里到矾山再到赤溪海港，然后返回家里，挑担明矾要走将近80公里的陡险崎岖山路，而且也不是天天有矾挑，因而家境十分贫寒。林辉山11岁就给地主放牛，每日还得上山割80斤柴草。有一次因体力不支，从山坎上摔下来，伤了脊梁，无钱求医，背就微驼了，加上他后来也去挑明矾，脊背就更挺不起来了。在苦水中泡大的林辉山，根本没有机会上学念书，就是这一带人们最熟悉的“明矾”二字，他也认不出，更写不来，可以说是位标准的文盲。

参加革命后，他感到学习比什么都重要。当时党内仅有的一些文件，他看不懂。听领导传达或听革命道理，他听得入神，但隔了一天，就记不清楚了。为了斗争的需要，他到闽东独立师一团一营一连一排当战士，很快地就掌握了开枪技术，但枪又有多种，机件还有不少名称，他一时又困惑了。他想，如果我有了文化，在本子上记下来，就不要吃这亏了。于是，他下决心学文化，一个字一个字学下来……

转战闽浙边区，1939年10月他与林一心等五位代表历经七省到达延安，参加中共第七代表次大会，见到了毛泽东和陈云。因党代会延期举行，他留在延安中央党校学习。陈云等同志督促他学政治，学军事，更认真地督促他学文化。这时，天地宽了，什么事物都感到新鲜，他没日没夜地专心学习，终于从不识字到粗识字，从粗识字到小学程度，到20世纪50年代已达到初中水平。

在革命大熔炉中，林辉山得到许多老前辈的关怀和帮助，吴玉章同志就是很突出的一位。吴老正在搞中国汉字改革，经常找林辉山谈文字改革问题，检测他的文化水准。林辉山曾对吴老说："繁体字对我这种工农牌干部来说，很有必要。像我少年时挑矾那个'礬'字，一直很难写，现在变为简体的'矾'字写起来就很灵便了。"林辉山住在杭州外西湖 2 号别墅二楼时，曾把自己与吴老的合影嵌在大镜框里挂在会客室兼办公室显目的墙壁上，让吴老对工农干部的亲切关怀永远铭刻心间。林辉山不只一次对人说："吴玉章同志是我的大恩师，为了报答大恩师，有次他到上海来，我特意约请若干家菜馆、酒家、饭店，各做一道最有特色的名菜，各按不同时间送到宴会来，宴请吴老。这个主意是我出的，也是上海市委同意的。我是长期做党的组织工作的，不敢滥用职权，但这一次，大家给我面子。我平生嗜好一杯酒，见过许许多多的宴会，但都比不上这一酒席的别开生面！"

林辉山不可能读万卷书，但行万里路，结万人缘。他亲近工农兵，也亲近知识分子，三教九流都有他的朋友。在与各界的交往中，他学工业、学农业、学科技、学文化，掌握了广泛的知识，创造了在大都市中当领导干部的条件。在长期的革命生涯中，他还学会了识别人的能力，战争时期是这样，和平建设时期也是这样。他在上海市委当农工部长兼组织部副部长时，姚文元当时还是一个团干部。下郊区蹲点时，姚文元还为大家做饭，对林辉山也相当尊敬。当姚文元飞黄腾达的时候，林辉山在杭州正被折磨得死去活来。有人悄悄地对林辉山说："你跟姚文元不是一般的关系，为什么不写信给他，让他开个口，什么事情都能解决。"林辉山毫不含糊地回答："此一时不比那一时。当时他文章写得很好，但总有点摸不透，所以没有得到组织的重视。现在他走得很远了，对这种人不能抱任何幻想！"

学工艺，也是林辉山业余生活不可缺少的。下农村，到山区，他经常找一些树根、毛竹回来，做做编编、雕雕刻刻，可坐可卧的竹椅、小茶几，他都自己做，案头上的"四不象"和其他野兽也是他用树根雕刻的。他尤精于雕刻竹筒。林老在"五·七"干校时，刻了好多竹的笔筒，分赠给亲友与下辈，惠赠笔者的一个笔筒如今还珍藏着。笔筒置于刻着十八颗桃子图案的底座上，显得很稳重。笔筒一边刻着"多思"两字，别一边刻着倒悬的梅枝，枝上梅开五福，象征美丽的春天到来了。

不用麻醉动手术

1934 年 2 月林辉山在红军游击队闽东独立师一团时，与福建省福鼎县的国民党保安团激战，游击队伤亡较重，林辉山腿部中弹，在赤色群众的帮助下，在王岐村附近面海的一个石洞里，也就是当时所谓“秘密医院”里用土办法医疗。经过十来天的治疗，有的伤员伤势大大好转，有的会走动了，只有林辉山大腿的伤势还在加重，化脓十分厉害，因为弹头还留在大腿里，不把弹头取出是没法治好伤的。

于是，陈团长就派人四出寻找会动手术取弹头的土医师。当时局势紧张，一直找不到合适的人。最后经过一位地下党员的推荐，还是请当地一位赤卫队长来商量。

这位赤卫队长刚四十出头，双目十分锋利，满脸皱纹，眼角的皱纹特别深，足见他经历过艰难曲折的斗争道路。那时游击队从团长到战士都不上三十岁，都比较年轻，所以就称这位赤卫队长为“老老”。伤员送进石洞以后，他在外面组织赤卫队员站岗放哨，打听敌情，寻找草药。“秘密医院”所有的后勤工作都是他在张罗。

他一进石洞，陈团长就对他说：“老老，你太辛苦了！”

“我不辛苦，你们打了仗，受了伤，那真是辛苦！团长，你叫我来有什么事？”

“平阳人老林的腿受伤十来天了，山上所有消炎拔脓的草药都用过了，还治不下来。今天特地请你来看看，怎么治好？”团长说。

“这个我是外行。叫我办其他事，跑跑腿，都可以。”老老笑着说。

“不要客气，老老，我们听村里人讲，你很有两下。你父亲在时，是很有名的草药医师，有一把专治蛇咬中毒的草药，你也经手治了不少无名肿毒的毛病。”

“哪里，这不过是我们山里人人穷骨硬，没有钱请医生、买药，所以才用土办法，”

“我们都是土里生，土里长，还是土办法好啊！”陈团长自信地说。

老林一边听着，一边把腿上的包扎布打开：“老老，弹头还在里面，你看怎么办？”

老老详细地观察了老林的创伤，没有说什么。他背着老林，轻轻地问团长：

“腿肿这么厉害，如果要根治，只有割开伤口，把弹头取出。过去我弄的是小手术，这是大手术，还得试试看，你同意不同意？”

“只要能治好伤，我都同意。不知道老林怕痛不怕痛？”团长说。

“怕痛？”老林听见了，笑着道：“十几天来日夜在痛，痛习惯了，也就不感到痛。”

“你的腿要吃刀，怕不怕？平阳人！”老老深深地吸了口旱烟，加重语气地说。

“老老，你不要门缝里看人，把我这个平阳人看扁了。敌人的子弹都不怕，哪里还怕刀！”老林接过老老的旱烟筒，吱吱响地吸起旱烟来了。

这个“秘密医院”没有手术室，没有动手术的任何工具，没有X光机，连几片“安乃近”也没有，更不要说麻醉剂了。要把大腿的伤口打开，在骨隙深处把弹头取出，确实是一件不可想象的事情。伤员们都为老林要经受这场严峻的考验而担心，有位伤员轻轻地对陈团长说：“没有麻醉剂，人可受不了，你看怎么办好？”

“这确实是个问题。”团长又陷入沉思中。

“说问题吧，子弹头挖不出来倒是个大问题，其他都不是问题。”老林的脑海里浮现出一个个革命先烈在敌人的酷刑面前英勇不屈的光辉形象。坐老虎凳啦，灌辣椒水啦，十指埋钢针啦，甚至用烧红的铜元贴在人体上……敌人什么惨无人道的手段都使出来了，可是我们的同志还是那么从容，那么自若，那么忠贞，是什么力量支持他们这样做呢？他们为的是什么呢？不要麻醉就开刀取弹头，总不会比遭受敌人的种种刑罚痛苦吧！想到这里，老林的双眼投射出坚定的目光，镇静地说：“没有麻醉药，我看也不要紧。过去，我们的祖先，在未发明麻醉药以前，不是也有过外科手术么？”

“是呀，《三国演义》里，华佗为关云长刮骨疗伤，那个时候恐怕也没有麻醉药品吧。我们是共产党人，是红军，难道比不上古时的关云长吗？”有位伤员搭腔。

团长和老老还是沉默无言，他俩互相瞅了瞅，没有表示态度。

“是大腿开刀，又不是肚皮开刀，问题不大，试一试吧！”老林还是坚持自己的意见。

“那好，就靠老林的意志和毅力当麻醉药吧。老老，大胆地试一试吧！”团长果断地说。

决定用土办法动手术了。老林的床位移到洞口阳光照耀的地方。老老从家里拿来一把菜刀，磨得光亮锋利，还借来山村人用来夹鬓发的两把镊子，一起在锅子里煮过，就算是消毒了。还捣了一大把草药以及准备好包扎的一些东西。同时还用放了盐的汤水洗净老林的伤口。老林的床铺作为手术台，用棉被垫在他背后，让他半卧斜躺着。有两个青年人当老老的助手，几个伤员也忍着自己的伤痛在一旁看着，团长扶着老林的脚。

严峻的考验到来了。同志们的心弦都绷得紧紧的，石洞里一点声音也没有。只有洞旁岩缝里滴滴嗒嗒流泉的声响，报告着时间一秒一秒地流去。

老老挽起袖子，拿着菜刀顺着老林的伤口轻轻地戳进，随后以轻轻地推进一一层，脓血顿时涌了出来。老林的四肢痉挛，紧紧地捏着拳头，额头上冒出了黄豆般的汗珠，可是没有哼一声。

“不要怕，不要怕！”老老把脓血揩干了，腿上现出一条深深的沟，皮肉深处，似乎看得见骨头。动脉出血了，没有夹子在旁的助手只好用大拇指卡着，用力地卡住，堵住了血流。

随后，老老又用镊子往伤口深处探，探呀探，来往不停地探。不知经过多少时间，老林全身出了大汗，身体肌肉在抖动，只见老老牙根一咬，使了一下劲，弹头夹出来了。嗒的一声，弹头蒙着血丝掉到床边木制的面盆里。

老老舒了一口气："弹头拿出来了。"

"再查一查，搞干净点。"老林镇定地说。

老老又用镊子仔细地探了探，随后又夹出两块小小的弹片。敷上草药，包扎好，手术完全成功了。

陈团长紧紧地握着老老的手："老老，你真不错，可以称得上是现代华佗！"

"我是土人土办法，用自己的刀割人家的肉，不管人家痛不痛。还是老林过得硬，超过了关云长，配得上是个不怕苦不怕死的共产党员！"

老老笑了，团长笑了，老林和其他同志也都朗朗地笑了。大笑声中，大家进一步体会到"共产党员是特殊材料制成的"的深刻意义。

手术后的当天晚上，老林睡得很沉，陈团长和其他几个伤员因老林伤情好转而放下了心，也睡得很好。几天后，老林就能下床蹒跚地走路了。不久，又继续走上战斗岗位。

忘不了赤色群众

林辉山每到自己过去战斗或工作过的地方，不管多忙，都要安排一些时间去看看赤色群众，老革命根据地的干部群众听说林辉山到来了，往往成群结队来看他。共叙旧事，互相慰借，有的泣不成声，有的涌出热泪，其情景是十分感人的。

1978年林辉山带省委工作队到平阳来帮助工作。他回忆四十多年前的1935年在昌禅乡大心洋根竹坑村有位叫阿团嫂的，为革命作出重大牺牲。阿团哥与阿团嫂是地下交通站的交通员。有一次，为了掩护伤员的安全转移，在敌我双方猛烈接火中，阿团嫂毅然背着伤员冲过溪流湍急的碇步，不幸腿上中弹，鲜血直流，医治了好几个月才痊愈。后来在隐蔽游击伤病员的石洞里，阿团嫂提前临产了，生了一个大手大脚，白白胖胖的男孩。

阿团嫂由于过度的疲劳和出血，昏过去了，一阵清脆的枪声又把她惊醒。整个山已经被敌人包围了，而且枪声越来越近，越来越密。面对凶残的敌人，地下党员蔡祖箭和阿团心里想，让伤员和产妇突围已经不可能了，只有隐蔽，绝对的隐蔽，或许不会被敌人发现，使革命免遭损失！

可是，刚下地的婴孩，根本不懂得什么，只是一股劲地"咿咿呀呀"地哭，由于石洞的回响，啼哭声更显得宏亮、清脆。

阿团夫妻陷入了万分激烈的思想斗争旋涡之中：洞内是英勇作战、身受重伤的阶级兄弟，洞外是狡诈残暴的阶级敌人，如果让婴孩的声音传出去，暴露洞口，敌人就会冲进来，将会带来无法想象的后果。婴孩啊婴孩！不能怪你无知，也不能怪你妈无能，为了革命的利益，不能顾全你了。阿团嫂闭着眼睛，握紧拳头，果断地说："阿团，快把婴孩的嘴巴塞住……"

婴孩不哭了，永远不哭了。敌人撤下山去了，在村子里又胡乱打了几枪，抢了一些东西溜走了。

石洞没有暴露，伤员们何全下来了，革命的火种保存下来了，而可爱的婴孩，刚下地的生命，却为无产阶级的革命事业而牺牲了。

后来，阿团哥去世了，阿团嫂改嫁了。改嫁辗转到哪里去了？一时没法找到。经过好几个月，终于找到了阿团嫂，她已经是将近古稀的老太婆了。林辉山详细地了解了她后来的艰难困苦生活，几乎也涌出泪水。林辉山留她一起吃饭，给了她几十元钱，权当路费，以后还给阿团嫂的亲人安排了生活出路。周围群众反映很好，说："共产党忘不了赤色群众。"

1978 秋季，林辉山和刘锡荣一起，笔者也随行带路，特地去看望一位烈属，她是原鼎平县委青年部长朱善醉的母亲。

烈士的母亲住在矾山木鱼山一幢古老的房子里，林辉山一到她家就去看屋后那堵石砌的墙坎，深情地说："当时我是从这条墙上跳下来，与善醉多次交谈，我是他的入党介绍人。朱善醉为革命牺牲已经三十多年了。"朱善醉牺牲时，林辉山还在延安，当地老干部诉说烈士当时为了掩护其他同志而自己中弹壮烈牺牲的情景。敌人为了报功领赏，将烈士的头颅砍下去，拍了照片，挂在矾山镇最热闹的亭子下的木柱上……烈士的母亲只有一个有气节的男孩，毕业于温州十中，当过小学校长，为了抗日曾与当地警察冲突，曾被毒打，引起罢课、罢工……烈士的母亲为了独生男孩不知多少次昏迷过去。今天林辉山的到来，更使她感慨万千。烈士的母亲曾为林辉山一行准备了丰盛的午餐。但大家都很悲痛，吃不下去，只好含泪告别，林辉山于事后还给了烈士母亲一些钱。就这样，这一次林辉山下乡自己共掏了腰包数百元，以表达战斗情谊于万一。

教育下一代

1973 年初秋，蔚蓝的天边抹上几行波浪式的白云，把天穹烘托得更蓝、更高、更明亮，使人的胸怀感到舒畅、开朗。老红军林辉山同志和老伴姚欣华同志带着女儿、孙子到故乡来，看看长辈劳动和斗争过的土地上社会主义革命和社会主义建设的新风光。

“多少年不见林辉山同志，他回家探亲来了！”故乡的人们怀着对老红军的敬意奔走相告着、谈论着。

说起回家，已没有什么家好回了。在半洋乡老家的简陋住房，早在三十多年前就被国民党反动派放了一把火，烧光了。留下的屋基地当年是瓦砾、乱石和野草，如今长着茂密的桉树和翠竹。说起探亲，也没有什么直系亲可探了。老林的弟弟林上沛于1937年浙南革命斗争暂时低潮时被国民党反动派抓去杀害了。近年，老林的故乡寻友在矾山圆潭故地盖了一座“林辉山同志纪念亭”，亭旁有铁瑛、薛驹、刘锡荣以及女儿的题词。刘的题词是：“林上沛烈士永垂不朽！”老林的父母亲要饭过日子，也在新中国成立前一年先后凄惨地离开了人间……

老林一行翻山越岭，从矾山步行到家。老乡们准备用山村最丰盛的饭菜招待这位老红军，也招待从未到过老家的小客人。可是都被老林婉言谢绝了。老林要求当地党组织为他准备一餐“忆苦饭”给下一辈吃。

老林先让女儿、孙子们凭吊了革命先烈就义的地方，瞻仰了山后的红军洞，看了被反动派烧毁的屋基，然后共同吃了一餐“忆苦饭”。这种饭是用陈年的地瓜丝拌野菜做成的。老林语重心长地说：“过去我们的长辈连吃这种饭也是上餐接不着下餐，不能忘记过去啊！”饭后，老林还沉痛地诉说了苦难的村史。

“爷爷，我还要听打仗的故事。”九岁的小孙子仰着头，望着爷爷的脸恳求着。

“平时我不是讲得很多吗？”爷爷笑着说。

“我还要听，爷爷，你再讲一个吧！”小孙子拉着爷爷的胳膊，纠缠不放。

“好，好，我讲一个红‘小鬼’的真实故事。”爷爷吸了一筒水烟，皱皱眉头，沉思片刻，接下去讲了——

那是三十多年前的事了。我们在闽浙边界鼎平泰游击区打游击。游击队里有好几个红“小鬼”，其中有个叫阿鹅的，阿鹅就是跟我的通讯员。这个“小鬼”，头大大的，脸方方的，耳朵厚厚的，一双眼睛像深山潭水，清幽幽的。他的头颈显得比别人长，仰起头来真像伸长脖子的天鹅，所以大家就给他起个别号叫“阿鹅”，其实他的真名叫陈兆雄。他的父亲是这里交通站负责人，征得他父亲同意，我把阿鹅带出来当红小鬼。

阿鹅一到游击队，就如饥似渴地学习起来。他没有读过书，连扁担那长的“一”字也不认识。讲老实话，我也没有进过学校大门，当时斗大的字也识不了一箩，读文件写封信都有困难。有了文化才能更好地干革命，于是，我教他，他帮我，互相学习。在战斗环境里，连一本小小的字典也没有，为了向其他同志请教一个字，往往要跑好多路，多难啊！但阿鹅就是一个字也不轻易放过。那时写的是毛笔字，写起字来笔头很不听话，叫它往东它偏要往西，叫它往西它偏要往东。

可是阿鹅还是挺认真地学，在野外的时候，他用树枝在泥地上练习，或者用指头在沙滩上写。有一次，我们都睡静了，忽听见沙沙的响声，我以为是老鼠咬什么东西，我说："阿鹅，听一听，是不是有老鼠？"阿鹅却哈哈大笑起来。原来他是在草席上学写字！由于阿鹅勤学苦练，只一年多时间就认识了不少字，会看书信，字也写得不错。当时游击队出版的油印快报，对广大工农兵特别是对坚持在白区工作的同志鼓舞很大。那上面的字像小蚂蚁那么大，密密层层的，整整齐齐的，阿鹅看得目不转睛。他想：要是自己能拿起铁笔刻写蜡纸，为革命多出一份力，这多好啊！于是他又下决心学习刻写蜡纸。拿铁笔与拿毛笔又是另一回事，太轻了字变迹印不明，太重了又会戳破蜡纸。怎么办呢？他就利用已经用过的蜡纸四边，刻苦地练习，练呀，练呀，经过一年多时间，终于会刻写蜡纸了。为了便于携带，节约纸张，他还利用磨过的留声机针当铁笔，字刻写得很细很细，既整齐又均匀。一个不识字的放牛娃，学到不少文化，会看报，会写材料，会刻写蜡纸，可不是容易的事！后来还当了我的文化老师呢。阿鹅斗争很勇敢，后来在游击队里作出了很大贡献。

1937年7月，在浙江省第一次党代会上，同志们推选我当党的全国第七次代表大会代表，我准备离开浙江到抗日圣地——延安去。省委还决定派阿鹅陪送我到金华。那个时候不比现在，交通很困难，又要防备敌人搞阴谋破坏，我和阿鹅大部分时间是步行，有时也乘小船和汽车，经过艰难困苦的六七天旅程才到达丽水。我们住在一个小旅馆里。我想阿鹅送我到金华后，还要折回去，如果他在从金华到丽水的这段路上，被敌人的特务发现，那就糟了，再说两个人一起走，也容易暴露目标。我就叫阿鹅回浙南地委机关，我独自一人到金华，在那里会合几位同志，一起到安徽泾县新四军军部会合其他同志，然后再北上到延安，阿鹅不肯，经过我再三说服，他才勉强同意了。我对阿鹅说："这一次我们分别以后，死活都很难说。死了也就算了，去见马克思；活着，就要干革命，打日本帝国主义，为全中国、全人类求解放。"阿鹅坚定地回答："不管有多大困难，我总是要坚持斗争，砍去头，不过留下碗口那么大一个疤，没有什么了不起！"阿鹅拉着我的手温和地说："辉山同志，你到延安，路途遥远，路上白狗子又多，可要小心呀！"我觉得阿鹅实在太可爱了。临别时，我想送一件东西给他作纪念，可是身边什么也没有。我摸一摸额角，头上还有一顶毛绒织的便帽，天气逐渐冷了，阿鹅在游击区很需要它，而我到了城市可以买一顶，我就赠送给阿鹅："阿鹅呀，我和你一起干革命已经好几年了。今天暂时分别了，这顶帽子你带去用吧！"

我把帽子戴到阿鹅头上，帽子稍大一点，但并不显得难看。帽沿下面，一对耳朵厚厚的，挂在方方的脸庞两旁，给人以端庄、稳重的感受。一双水灵灵的眼睛,不像过去带着稚气,而是射出深沉、机警的目光,给人以热情、老练的感觉。在党的阳光雨露培育下,阿鹅这棵幼儿逐渐成长起来了。我亲热地用拳头在他肩膀上猛击两下。

被我一说,阿鹅有点腼腆,会意地展开清秀的眉毛,脸上飞上了红霞。他似乎在思考什么,一会霍地伸长脖子问:“辉山同志,那我们什么时候才能再见呢?”他的声调哽咽了。

林老说:“将来总有一天会见面,你放心走吧!”

阿鹅像他父亲一样,也是一位无产阶级的坚强战士。我俩从丽水分别后,他很快就回到浙南,当上游击支队长,打了好几次漂亮仗,还当过福鼎县共青团书记。不幸,在1943年也牺牲了。他父子俩真是两代红,为革命献出一切!

大家听了林老这个真实的故事,都认为是对下代进行传统教育的好教材,可以一代一代传下去。

(此文曾刊浙江省新四军历史研究会浙南分会主办的《浙南火炬》,因郑立于时任该杂志执行主编,所以署名幻邨)

明矾的传说

祖国的矾都，在浙江省南端与福建省福鼎县接壤的丛山中。这个地下蕴藏着世界著名的明矾矿的地方，也是一个民间传说很丰富的地方。关于它的开发，矾矿工人中流传着这么一个有趣的故事。

传说，宋朝末年，元兵侵入中国，连年不断的战争，造成无数人家破人亡，田园荒芜，社会秩序非常混乱。为了避免战争的浩劫，江北人民扶老携幼纷纷向浙南避难，沿途讨些剩饭或挖些野菜充饥，过着饥寒交迫的流浪生涯。

那时侯，矾都还是未开垦的处女地，方圆几十里路内没有人烟。高山上长看密密层层的古树和野藤，整日弥漫着云雾，豺狼虎豹常常在森林里出没。古树丛中长着比人还高的杂草，非常阴暗潮湿。山谷里挂下好几条溪涧，发出湍急的溪流声，溪涧里有几十丈深的潭。溪旁堆满奇形怪状的乱石，石上满是青苔。通到山上去的路根本找不到。

有一回，有个避难的玉环人，名叫王景成，带着妻子和两个孩子，挑着铺盖卷和残缺的用具路过那里。因为迷失了路途，在这渺无人烟的丛山中又没处问路，一直走到山脚。

“前边没有路了，我们要往哪里走呢？”王景成的老婆担心地发问。

“山上没门都是路，我们避难的不论去哪条路都可以，只要能度过这落难的日子就是了。”王景成领着一家人仍旧在山脚盘旋。

突然，天空堆满黑云，天沉重得像要塌下来的样子，狂风刮过古老的森林像虎啸一般。小的孩子怕得蹲在路边，缩成一团。看样子，马上就有暴风雨袭来，王景成心中想：走回头路吧，刚才走过的几十里远的地方没有见过一幢房子，眼看暴风雨就要下来，半路上到哪里去躲呢？就在这里吧，这里又没有一个住宿的地方；阴森的林荫下，怪可怕的。

正在进退两难的时候，大的孩子轻捷地爬到溪旁的高岩上，东瞧西望，像个侦察兵。一会儿，他高兴地对爸爸说：“爸爸，你担心没有地方住，山腰那边有把很大的雨伞，我们可以到那里避避雨。”

大家听了很奇怪，深山里哪里来的雨伞呢？抬头顺看大孩子指点的方向望去，山腰那边紧靠高耸陡峭的岩壁，矗立着一根粗如大水桶的石柱，上面盖着一块大岩板，顶头尖，边缘圆圆的，岩隙间长着野草野花和一二株灌木，远远望去，活像一把画着美丽花卉的雨伞。于是一家人就沿着溪涧，踏过溪旁的乱石，向那里攀登。

一家人各流了一身大汗才攀登到石雨伞底下。石雨伞底下约有一个小厅那么大，石柱上贴满深绿色的苔鲜，宛如涂上绿色的油漆。下边有一块方方的石板，约有三尺高，像张石桌。石桌旁边摆着四个石鼓，生得很天然，很容易误以为它是高明的石匠琢磨过的。他们乐得连赶路的疲劳都消失了。

大的孩子天真的说："这里比我们家里住的茅草屋还好。多么清爽啊！"

"听人说，仙人闲来无事，挺喜欢走棋，算不定他们就是坐在这里走棋的。"王景成的老婆接着风趣地说。

王景成素来沉默寡言，这时也搭腔了："仙人住过的地方我们来住，仙人坐过的石鼓让我们来坐，真是再惬意没有了"。他自得地坐石鼓上，片刻，凝望着夜幕将要降临的山景，陷入深思中。猛然间，他又说："天快黑了，我们就暂时在这里住下来，赶快做好准备。"于是一家人就忙开来了，王景成夫妇去搬石头叠起来作灶，两个孩子到附近捡些枯技干藤。

荒僻的山野升起第一缕炊烟。

那天夜里，暴雨倾盆而下，山洪暴发，溪水的急流里伴着泥砂、石块，沿着陡峭的溪涧向山脚直泻。暴雨过后，接着又是连日不断的阵雨，溪里水涨得很高，他们无法下山，就在石雨伞下边住了好几天。

一天，王景成的老婆正在煮饭，锅里沸腾腾，散发出米饭的芬芳。"咧"的一声，叠起来作灶的一块石头松散了，锅子斜向一边，险些连饭也要倒出去。

"孩子的爸，你快来，这到底是怎么回事？海不枯，石不烂，怎么这样硬的石头也会烂呢？"

王景成急忙跑过来仔细一瞧，坚硬的石头真的松散了，而且颜色由深兰变成灰白，当时他也不在意，因为他一家人粮食带得不多，被风雨阻了几天，几乎将断粮要吃野菜充饥了。心里很急躁，所以等天一放晴，便又沿着原路到别处流浪去了。

春天过后。红彤彤的太阳照耀着茂密的山林，一条条溪涧的水像水银似的流泻其间，闪闪发光，不知名的鸟儿唱着动听的歌曲。"知了"在树梢头告诉人们夏天到来了。

这时，王景成一家人，在浙闽边界流浪了一段时间，准备回家，第二次又路过石雨伞。发现前次叠起来作灶的石块竟变成一堆银白色的细砂，细砂里间杂着一些冰糖似的小珠子，晶莹皎清。（这是由于明矾石加热、风化而结晶成的）

“这可不是仙人留下的珍珠么?”王景成老婆笑得合不拢嘴。

“明明是整块坚固的石头怎么会变成这样可爱的小珠子呢?”王景成的语气低沉而惊奇,随手捡起几粒珠子放在手心端详,脑子里回想起前次烧饭时发现的石块松散的现象,并且用锐敏的目光环扫了石雨伞一周,似乎想找出什么东西来。最后他干脆地说:“小珠子一定是作灶的石块变成的,不会是第二件东西变的。”

“我也捡几粒玩玩。”

“你不能太多呀,要多给几粒给我!”

两个孩子也好奇地叫嚷着,两只手象捉蜻蜓一样地去捡小珠子。

石头怎么会变成小珠子呢?小珠子的性状怎样呢?它有什么用头呢?一系列的难以解答的问题在王景成脑子里翻腾着。接着他就试验起来,把它拿到阳光下仔细地瞅,是透明的;他拿到嘴里尝尝,味道酸涩;放到水里,混浊的水一会它就澄得碧清。王景成摸不着头脑,这到底是怎么一回事。他就把这些小珠子取个名字叫做“清水珠”。直到现在还有人叫明矾为清水珠哩!

炎热的夏天,长途跋涉,让人疲劳。王景成一家人再一次到石雨伞时,第二个孩子发了痧气,啼啼哭哭喊着肚子痛。在这漫无人烟的荒山上,哪里去找医生呢?哪里去找药物呢?眼巴巴地只好等死。情急智生,王景成想:清水珠是石头变的,放到嘴里有味道,放到水里水会清,这一定是宝,既是宝物就可以治病。眼看孩子肚子痛得厉害,不如用清水珠给他饮下试试看。孩子的妈就烧了一碗开水,在细砂堆里捡了一撮洁白的小珠子放在开水里拿给孩子饮。孩子饮下后,果然肚痛就慢慢地止住了;再过一会,孩子脸上露出了笑容,人也清醒了。

王景成快乐地跳起来:“清水珠能治痧气,真真出奇。”

“这些清水珠治病,比仙丹还灵验呢!”王景成老婆抚摸着孩子的脸说。

此后,王景成如遇家里人身上发皮毒,就用清水珠洗一洗,很有功效。

“清水珠治病这样灵验,它又是石头变的。既然山上石头这样多,为什么不多找些石头来变变看,让它来给天下贫苦人治病,多么好呢!”景成老婆这一句话给景成的启发很大。他想:人穷志不穷,如果能用它来治贫苦人的病,这岂不是比修桥造路还有意义吗?本来王景成一家人路过这里,急着要回家去的,可是想到清水珠这宝物能治病之后,虽然这里是豺狼虎豹群居的荒山,但是他都有在这里生活下去的念头。

“那我们就暂时在这里住下去,看还有没有宝物可取,带过来的粮食吃光了再说,你看怎样?”

“好啊!”景成的老婆一口赞成。

“人家富翁住瓦屋，我们住石屋，比他们还地道呢？”大的孩子插嘴说。

“好，靠山吃山，我们这样打算吧！”

征服自然的战斗开始了。

他们除了仍旧搬来石头，叠了灶，捡来枯枝干藤炊饭以外，为了防止猛兽的侵害，还在石雨伞的边缘叠砌了高墙，砍来了木棍扎了门。石雨伞经过这样打扮以后，成为一座坚固的园形的堡垒，也成为王景成夫妇试验明矾的实验室。王景成一家人就这样安安稳稳地在这里过生活。

第三天，叠起来作灶的石快又松散了，证明它又是可变成清水珠的宝物。王景成的老婆兴奋地说：“山上可以变清水珠的石头确实不少，这块石头又是宝。只因山上石头没头没面，不经过火烧，很难辩出哪些是宝，哪些不是宝。这要怎么办呢？”

“是啊，我们只是碰巧找到几块，这样取宝，也不是好办法！”王景成回答道。他眉头紧锁，双目炯炯，深思了好久。“我们把山上各色各样的石头都找来，分别用火煅烧，看它怎么变，好吗？”

“对，这是个绝妙的办法。”

次日早晨，他们一家人挑着竹筐，迎着明媚秀丽的山景，翻山越岭找宝去了，晚上回来，每个人都挑了一担石头，倒在地上，并且把色样不同的挑选出来。这些石头的颜色有白、灰白、灰兰、灰绿、翠绿、粉红、铬黄、灰黑、黛黑等多种，五彩缤纷，异常美观。

“爸爸，来取宝呀！”两个孩子抬了一大捆木柴放在堆满石头的地上。

“慢慢来，你先去找一把铁锤来。”

“啥用？”

“我们每烧一种石头，预先要把它敲下一小块，当作样子。如果是宝，以后就照这样子去找，多么方便！不然的话，烧了一块又一块，到最后还是记不牢，辨不清楚。”

景成老婆看了景成一眼，微微一笑，心想自己的丈夫考虑问题真周到。

王景成先把各色各样的石头依次排列起来，每块都敲下一小块，然后才叠上木柴燃烧。熊熊的烈火，映得蓝天半边红。经过两昼夜的燃烧，有的石头烧熟了，颜色变成灰白，松散了却还是生的，虽然烧裂了但是颜色很少变化，仍旧跟原来的一样坚硬。所以大体上可以这样总结：烧熟了的石头就是宝，否则就不是。这一次的试验，他们收集起来的样石足有一大竹筐。以后到山上取宝，就凭这些样石做眼睛，符合样石的便把它取来，不符合的就不要，这个名堂就叫做“合宝”。

采取“合宝”的办法，采来的矾石就多了。石雨伞下面堆满煅烧过而松散了的矾石。王景成一家人心里乐滋滋的，景成的老婆竟乐得一天到旁边瞅好几遍，等待着这些宝物如何变成银灰色的细砂，如何在细砂里出现小珠子。但是堆在紧闭着的石雨伞下面的矾石得不到风化的机会，所以不起变化。一天、二天、三天……一直到半个月，矾石还是没有变动，景成的老婆急得像热锅上的蚂蚁团团转，王景成也日夜发愁。来到这里好久了，宝还是采不成怎么办呢？

有一天，景成的老婆独自一个人在石雨伞旁边的一块大石块上，凝望着重重叠叠起起伏伏的山和一丛丛参天的古木，望着望着，无意间，少年时一幕幕血泪生活的情景映在眼前：九岁时死去了父母，家里再无别人，只得寄养在姑母家里，姑母家是晒盐的，很穷，她那时也不得不整日在盐场上打滚。一想到把海水晒成盐，她的智慧顿时得到启发，自言自语说："海水能变成白晶晶的盐，为什么不把那些松散了的石头放在锅里变变看呢？"

于是，景成的老婆无心再欣赏这大自然的景色，便一股劲地回到石雨伞下面，跟景成商量，把前次烧松了的石头放在锅里，加上水，烧起来，景成的老婆像童养媳第一次学烧饭一样，提心吊胆，一会儿侧耳在锅盖旁听听，一会儿揭开锅盖看看。烧了大半天，锅里的水成为牛乳状，石块化为细砂粒。然后，他俩把牛乳般的矾浆水盛在桶里、碗里。经过二三天，桶内壁生了密密层层的小珠子，小珠子连结在一起成为一层薄冰，这就是最早炼出来的明矾了。王景成夫妇也可以称为明矾发明家了。

不知道过了多少年，这个神奇的故事慢慢传开了。有不少人也跟着来探险、采宝。其实，在王景成以前，可能有人同样做过这种试验。据说有个名叫秦福的四川人，也从千里之外赶来采宝。他有时住在石将军下的岩石间，有时搭起草棚住在溪涧边，有时就住在天然石洞里。如今叫狮头山、水尾山、鸡笼尖等等大大小小的山里都住过人、探过宝。这些零零星星的采宝大概经过了好几百年才有了"九担"这个地方。这个地方有个日产九担明矾的小厂，就是如今矾山公路进口处的上港地方。从"九担"到几十个大厂、小厂，直到大规模的现代化采矿、炼矾，又经历了数百年。

千年矾矿历史，到底谁是最早采矿者、炼矾者，有好几个版本。王景成也好，秦福也好，其他人也好，在史志文献里都无法找到具体的姓名，后来，人们就统统称他为"窑主爷"。在苦竹湾东侧一处叫石宫的地方，供奉了明矾始祖窑主爷，至今香火不断。石窑后来办了韫山小学，就是现在矾山镇中心小学的前身，也是中共鼎平县委的主要据点，出了许多革命烈士，有许多可歌可泣的革命事迹。

（1950年初稿）

矾山的浮钟

矾山在高山环抱之中，有一条溪水，从东北向西南流去。溪流将出矾山境，两岸山岩壁立，高岩底下有个深潭，这就是“钟潭”。

钟潭有过这样的传说：很早很早以前，溪旁山上建成一座寺院以后，“矾势”就兴旺起来了。有一天，山洪暴发，寺里有口钟被冲到潭底，于是好几个矾窑就倒闭了。以后碰到大雷雨，钟不时会慢慢浮上来，如果发出嗡嗡的响声，那么这年头“矾势”就会好转。后来，有一个和尚在潭边念念咒词，沉在潭底的钟忽然浮了上来，钟缘碰到岩石，发出嗡嗡的响声，一会儿又沉下去。从此，浮钟不再浮起来，“矾势”也就日益衰落下去。

“钟浮起来了，响起来了，矾山的‘矾老势’好转了，我们不再熬苦了！”无数工人等待着这个愿望的实现。可是，一年、两年、三年……不知多少年悄悄地过去了，沉在潭底的钟一直没有浮上来。

推翻清皇朝的时候，有人听见钟浮上来响了一声，可是“矾势”并没有好转，工人们的生活仍旧很苦。

赶跑了日本鬼子的时候，有人听见钟浮上来响了三声，可是这以后“矾势”更加恶化：窑厂倒闭，工人失业，又遇饥荒，工人们被逼得走投无路，不少人投到钟潭自杀。工人家属胡花和罗风花两妯娌，就是手牵手跳下钟潭断送生命的。

“钟潭底的钟浮起来吧！响起来吧！我们活不下去了！”无数工人还是这样哀求着。

解放以后，没人说钟浮上来过，可是，矾山的“矾势”却日益好起来了，崭新的厂房和住房都盖起来了；工人成为了矾矿宝藏的主人，不少工人胸前挂上了劳模奖章。早晨，矾厂烟囱冲出的烟遮住了阳光；晚上，矾山的全景像满布星星的云海。从广播机发出来的乐音，打破了钟潭沉寂的空气；牛乳般的矾渣水随着溪流填满了钟潭。不久的将来，矾灵公路的汽车要在钟潭一边的山坡上驶过。

现在，人们只知道公路旁高岩底下有个钟潭，至于钟潭底下的“浮钟”已经被人们遗忘了。

注：“矾势”或“矾老势”是指矾市的好坏，明矾销路的好坏情况。

（此文五十年代原刊《浙南大众报》文艺副刊）

漫话明矾之都

一、矾山的矾矿

闻名中外的明矾来自平阳的矾山(今属苍南县)和北港等地。矾山有“祖国的矾都”之称。

矾山在平阳(今属苍南)的南端与福建省接壤,四周是高山,是一个高山的盆地。不知多少年以前,那里还没有人烟,长着密密层层的古树野藤,野兽常常出没其间。传说有一回,有个讨饭的路过那里,巧遇狂风暴雨,风刮过古老的森林像虎啸一样,溪水伴住石头顺着溪涧向山脚直泻。加以天色晚了,附近又找不到房子,讨饭的想不出办法,只好投宿在石雨伞下面(有块大岩形状像雨伞),并在那儿叠了几块石头作灶烧饭吃。

不久以后,讨饭的又路过石雨伞,发现前次叠起来作灶的石块竟变成一堆银白色的细砂,间杂着一些像冰糖粒似的透明的小珠子(这是由于矾矿石加热、风化结晶而成的)。他很惊奇,尝尝味道酸涩;放到水里,混浊的水变得清澈。讨饭的以为是“宝”,快乐极了,便把这些矾砂粉带回去当药。以后,就连续有采宝客到这里采“宝”。

据民间传说,石雨伞就在现离矾山不远的新港地方,那里就是开采明矾的起源地。那个讨饭的名叫王景成,玉环人(一说是四川人名叫秦福)。清同治年间(1862—1874年),建筑在石宫的窑主爷庙,就是纪念这位开采明矾的始祖的。

元朝时,矾山已居住较多的人家,他们以挖掘露在土面的矿石为业,把整个山挖得像癞头一样,所以有人就叫它“臭头山”。到了明朝朱元璋作皇帝时,因朱元璋是癞头,人们怕触犯皇帝,就把“臭头山”改为“赤垟山”。清顺治年间时,有一强暴武装,由福建侵入浙江,矾山因地处于浙闽交界,矾民向各地避难,没有逃走的人,都被清兵杀光,因此矾矿停顿了十多年。一场乱动后,矾民归来,重新采石炼矾。因矾水损害了稻禾,清朝就下令禁止,私烧明矾要斩头。矾民遭到威胁,有的转营农业,有的讨饭行乞。那时清朝官儿们看势头不妙,地方官即向清廷陈情,结果康熙皇帝下令,赤垟矾矿又重兴了。清朝乾隆九年,上港矾民到苏州售矾，有苏州商人在上港地方建造较大规模的煎矾厂，这就是所谓的“九担”矾窑，是现在大矾厂的创始。后来又来了宁波商人，大设矾厂，赤垟山也被改为矾山。一直到新中国成立前，矾山的矾业，完全操在矾商手里，矾民过着牛马不如的生活。新中国成立后，在党的领导下，工人成了矾矿的主人，矾业得到不断扩大与发展。

二、北港苔湖矾矿

平阳除了矾山以外，北港苔湖也有丰富的矾矿。

抗日时期，当时有所谓的“明矾管理处”大兴浪头，在矾山刮了很多钱到苔湖开矿、建厂。苔湖人民也指望这一次该会成功啦，可是结果呢，没有多长时间，所有的资本都被“明矾管理处”的几个头子吞光了。没有本钱，矾窑只好停煎。他们唯一的“成绩”就是流下的矾浆水毒死了南雁溪流里一群清鲜美味的香鱼。

近年来，三三一和三三二勘探队分别在矾山和苔湖测量、勘探，山顶上升起了红旗，山岗上矗立着七级浮图似的钻探机。勘探队员们夜以继日地操作着，轧！轧！轧！清脆而雄壮的机声打动了矿山的心脏。入夜，浓浓的云雾萦绕山腰，钻探机的灯光辉煌，仿佛是天上的星星。据初步估计，矾山和苔湖的矾矿蕴藏矿石很多，质量也较高，据估计单矾山一带就可开采五百多年。

去年，苏联矿学专家列别金采夫同志来到矾山，他对平阳的明矾作了这样高的评价：

“平阳矾矿是具有巨大国民经济价值的原料基地，从这里不但可以提取明矾和硫酸铵，也可以提取氧化铝和钾铵肥料，有条件时还可取得大量硫酸，不但使国家能取得重要的工业原料，而且可以使农民取得价廉物美的肥料。”——摘自《浙江日报》。

完全相信，在中国共产党和毛主席的领导下，我们将看到平阳明矾蓬勃发展的景象。

（此文刊于二十世纪五十年代《温州日报》副刊）

奇异的狗

在昌禅乡大心洋革命根据地，赤色群众陈阿兴家的那条狗非常奇怪，它爱憎分明，积极帮助根据地军民进行斗争。因为它有一身黑得发亮的短毛，人们就叫它“黑罗罗”。

那是一个冬天的傍晚，大心洋来了一个阉猪的人。

“人都被杀了，谁还养猪，你还是快走吧！”

“天这么冷，肚子又饿，走不动了。”阉猪的人不客气地在小草房门槛上坐下来。

“告诉你，大心洋不能住外客，最近正在‘清乡’你知道吗？”

“‘清乡’不‘清乡’，跟我这个阉猪客有啥关系，我就是要住在这里！”

正当阉猪客和青年人争个不休的时候，“黑罗罗”摇着尾巴来到跟前。它围着阉猪客打圈圈，还伸出舌头舔他的破草鞋，似乎在为阉猪客打圆场。

“黑罗罗”的女主人——陈阿兴的妻子池女刚好路过村口。平时，“黑罗罗”见到主人，总是摇着尾巴跟着她，今天却不管主人怎么呼唤也不去，还是站在阉猪客的身边转来转去。池女也感到奇怪，在阉猪客身上打量好久，自言自语地说：“这个阉猪客讲话的声音真像鼎平那位……”

“我就是苏岳呀！”阉猪客甩开了破箬笠，掀下了破棉袄，显出了稍驼的背。他，果真是苏岳同志！

从此，大家特别喜爱这条狗。

“黑罗罗”非常敏捷、勤快，它没日没夜地在各个山岭路口巡视。有时一股劲追出去，拦住前来的可疑的人猛扑狂叫。有时在大心洋没有发现什么情况，它就独自跑到藻溪街去。藻溪街驻着伪保安团和恶霸地主凑集的反动武装，如发现这批反动武装拉起队伍到大心洋“围剿”，“黑罗罗”就赶在他们前面，飞奔回来报告。

过了一段时间，敌人知道大心洋有这么一只奇异的狗，下决心要把它毒死。便派出两个穿便衣的，佯装过路客商，带着砒霜拌鲜肉和面粉的团子前往大心洋。

起初，“黑罗罗”并不凶，只小声地吠几声就虎视眈眈地站在那里。穿便衣的两个家伙怕这条狗猛扑过来，拼命把一颗毒团子掷过去，“黑罗罗”机警地用鼻子嗅一嗅，还用前腿抓了两下。

猛然间，“黑罗罗”转过身跑过去，头一歪，张开大口往瘦个子的小腿一咬，瘦个子惊叫一声，滚下岭去了。

一个星期后，保安团派了一个连窜进大心洋摆开阵势猛烈开火，一下子窜到一个山头，一下子又潜伏在山沟里放冷枪。大约打了一个小时，不见什么影子，大队人马又开走了。事后才知道，他们不是“围剿”游击队，而是来“围剿”“黑罗罗”的。“黑罗罗”开始还跟他们周璇，一会儿跑到这个山头，一会儿又逃到那个山沟。当火力猛烈时，它干脆潜进一个很深的山洞里，洞道很狭窄，敌人进不去，所以保安团也就停火回去了。

矾都巨变

浙江温州矾山，是世界著名的明矾产地。解放十年来，它经历着伟大而深刻的变化。

这个祖国的矾都，它在新中国成立前曾经历过一段漫漫黑暗的长夜。“吃尽无盐菜汤，睡尽无脚眠床”，这便是当时矾矿工人的生活写照。过去矿洞里跟地狱一样，经常发生矿洞下塌，活活压死人的事。十多年前，在矾山一个塌塞了的老矿洞里，就发现有二十多具尸骨堆着，有的手骨还拿着铜钎和榔头等工具。所以矿工中流行着“早上吃饭不知黄昏怎样”的说法。现在，老矿工的手脚没有一个人没有疤痕，没有一个不是驼背歪肩的。这就是旧社会残害工人的罪证！

新中国成立后，矿洞的面貌跟过去截然不同。现在除改进了旧洞，开辟了许多新的工作面以外，还开了五个平洞，平洞里宽敞、平坦、安全。不论白天黑夜，洞道两旁灯光辉煌，宛如地下的皇宫廊道。由于劳动条件的改善，工伤事故大大减少了，朱道渚采矿小组二千多天没出事故，朱道诸自己十多年来没有受过伤。

矾山明矾的输出，历代都是用人工挑运，翻越崇山峻岭送到赤溪、藻溪、福鼎前岐等地出口。沿途山高路险，不便行走。单是矾山到藻溪就要经过桦岭、小险、大险、老鼠路、坠魂涧等处。听到这些地名，就够让人胆寒，何况是挑着重担通过这些险处呢。1957 年 4 月 26 日，矾山接浙闽公路的矾灵线通车了，从此明矾输出的困难问题解决了。同时矿山与车间中的运输工具的改革也获得巨大成绩。当你站到矿山的山顶，可以看到满布山坡蜿蜒曲折的手车路与横贯高空的空中铁索运输网。在平洞里也铺设了小铁轨，用小斗车运输。从此“千年扁担一旦抛，工地运输变轻巧”了。

明矾工业飞速发展，矾矿工人的生活面貌也焕然一新。溪流的北边，出现一条街道，因为一切都是新的，所以就叫“新街”。这里有各行各业的商店，摆着琳琅满目的物品。并新建了工作文化宫、工人保健院、工人理发室、中小学、中等工业技术学校和公司大楼。在风景优美，空气清新的牛头山麓，兴建了工人住宅区——幸福新村。工人林叔鹏，新中国成立前，家里原有十八个人，因失业，没法养活一家人，卖了妻子和三个孩子，两个兄弟被迫去当兵。有一年，家里贫病交加，在五天内死去三人，三弟当兵脱逃回来，看到家里如此凄凉的情景，加以反动政府的追捕，也被迫跳潭自杀。十八口的大家庭最后只剩下六个人，新中国成立后，他家里从六个人增到十六个，新盖了四间漂亮的房屋。家里有五个人当矿工，每月全家的工资收入就有二百七十余元，生活过得挺如意。像林叔鹏工友这样的例子，在矾山是举不胜举的。

十年来，矾矿生产飞跃发展，特别是大跃进的1958年，明矾产量达到五万八千多吨，而抗日战争时期，1944年的年产量却只有一千三百二十吨。今年更是继续大跃进，预计年产量可达六万五千多吨，比解放初期1949年年产九千七百吨翻了六番多。

（此文原刊《浙南大众》）

梦想成真

矾矿机电车间技术工老王今年四十八岁了，在旧社会受的折磨多，脸上尽是皱纹，看起来有些未老先衰了，加上他工作老练，所以大家都叫他老师傅。其实，不能以貌取人，你和老王在一起待一段时间，那你对老王的印象又不同了，他干起活来既敏捷又灵巧，干脆利索。

他的车间里有三台引擎，其中两台是木炭车，一台是九十匹的柴油车。前段时间，因柴油一时供应不上，党组织号召大家想办法克服困难。王师传想：如果用煤气来帮助柴油燃烧，把柴油机改为炭油合用，一定能够节省不少柴油。他就把这种想法向党支部汇报，党支部很重视他的意见，随即召开会议进行研究。会上，意见纷纷，有的说：九十匹的柴油机是我们车间里的主要设备，弄坏了怎么办？有的说，这部机器是发电照明的，可不能开玩笑，如果开不成功，总不能叫做夜班的摸黑干活。王师传虽然据理力争，但是仍旧说服不了这些人。

会后，支部书记便把这个意见跟戴眼镜的薛工程师商量。薛工程师不加考虑地说："不行，不行，这是违反机器制造原理的，这样做，严重的会爆炸，轻的也会出现敲缸现象。"

工程师虽然这样说，但是王师传总是不大相信，薛工程师平时总是说得多、干得少，他的话未必句句都正确，不如先动手试一试再说。但是也有顾虑，假如改装真的不成功，把这九十匹的引擎弄坏了，那可不是玩的。他就向党支部提出，先把那部三匹半的柴油机进行改装。党支部同意了他的意见。

改装后，油是比以前节约了，车的转速也不慢，就是发出的机声变得低沉而杂乱，真的出现了敲缸现象。这一次虽然失败了，但王师传改装柴油机的念头没有被打消。因为王师传有个脾气就是说到做到，况且改装一下，可以节约燃料已经是明摆着的事实了。

一天，王师传听说兄弟厂有一台五匹马力的柴油机改装为炭油合用试验成功，党支部叫他到兄弟厂去参观、学习。可是，当他赶到那个厂时，那台改装成的机器已经拆掉了，厂里负责同志就让王师傅到工人中间去，详细了解改装的情况。王师傅一点一滴地记在心头，还画了简图。回来后，经过反复试验，终于成功了。

（此文原刊矾矿报，地方报）

矾山变宝山

矾都十年巨变

矾都，这个光荣的称号，是在五星红旗插上平阳矾山的时候才响亮起来的。十年来，经过地质勘探测量判明，储藏的明矾石有二亿多吨，是我国储量最多、质地最好的矾矿，产品远销世界各国。

过去是“活火坑”

矾都经历了宋元明清四个封建皇朝和国民党时期统治，六百多年来像一盏昏暗的菜油灯，到新中国成立前夕，矾都一片破窑烂洞，二十余座窑厂全部停煎。在这漫长的黑夜里，封建霸头、官僚资本、奸商残酷地压迫剥削工人，“矾矿”是工人受尽苦难的“活火坑”。那时，采矿炼矾都是手工操作，方圆十多里的矿洞中没有顶上一条坑木，洞内漆黑黑的，更谈不上通风设备，草盖的炼矾厂矮小得伸不直腰。老工人张立明说：“十多年前在一个塌塞的矿洞中，曾发现 20 多具尸体，有的手中还紧握着开矿用的铜钎铁锤。”1941 年旺田坪和南山坪三个居民区就饿死了 30 多个工人，西坑居民区就有 25 户工人家庭卖妻卖子。那时，矾山流传着这样一首低沉的曲调：

鸡笼山顶光秃秃，
险暗矿洞是房屋；
吃尽山间无名草，
冰冷岩板是床铺；
老年残废逃荒去，
少年骨瘦又背驼；
死去百年没钱葬，
葬了三天还半活；
工人生活如牛马，
千言万语苦难诉。

欣欣向荣

"矾山三条岭，条条通天顶"。原来矾矿的四周都是海拔七百至一千米的崇山峻岭。历代的矿工挖矿都是凭一双手和一条扁担，他们也曾希望有一天能摆脱这种繁重的劳动，在旧社会怎么可能呢。只有在党的领导下，过去根本不能实现的梦想实现了。

1955 年下半年，社会主义高潮的到来，使矾都走上了新的历史时期。大小四十多家私营炼矾厂实行了全行业公私合营，原属自采自卖的小私有性质的矿山全面改组为国家经营，并成立了浙江平阳明矾厂矿联合公司，从而改变了生产关系，彻底解放了生产力，使矾都走上了飞跃发展的道路。

现在矾到处都是繁荣景象。矿洞满山岗，烟囱像树林，爆破声此起彼落；马达声、风钻声、汽车声和溪涧流水声整日混合在一起，唱出动听的调子。原来 52 座古老用柴烧的大小窑，已经全部由新式的用煤锻烧的混料窑所代替；昔日的茅屋，今天已是高大宽敞的厂房，电动水泵和直升抽水机解放了扁担、水桶；过去潮湿、黑暗、狭小陡急的坑洞，现在是灯光辉煌，宛如皇宫廊道。工人久久盼望的接通浙闽线的"矾灵"公路也在 1957 年 4 月通车，矿山内部公路也密如蛛网。大跃进中架起来的铁索、竹轨、木轨也大显威风，来往运输矿石解放了臂膀，扁担时代一去不复返了。四千多名矾都工人就在这样美好的条件下，奋力地同大自然作战，1958 年大跃进的产量达到五万八千一百多吨，比 1957 年提高了 36.7%，是 1949 年的六倍，是新中国成立前最高产量的四倍多，今年产量预计将达到七万吨左右。在这一年，敢说、敢想、敢作的工人们还撞开了综合利用明矾的科学大门，用土洋结合办法，从明矾中提炼了硫酸、盐酸、亚硫酸钠、氢氧化铝等许多重要产品，把明矾石变成了"百宝石"。

抚今追昔感恩人

十年来，随着生产的发展，职工生活也大大改善。固定职工从 1949 年 1300 人，增长到 1959 年 4500 多人，职工家属也全都就业。职工平均工资增长了 40%。

职工文化生活也有了巨大的提高。现在，大部份职工已摆脱了文盲，有 700 多工人达到高小、初中以上文化程度。高大宏伟的工人文化宫，设备齐全的保健院，浴室、中小学、电影院、体育场、电话网、广播网都办起来了。入夜，灯火辉煌，音乐声伴着欢笑声响遍四方。矾都工人就这样心情舒畅地劳动着生活着。

抚今追昔感恩人，有诗为证：

鸡笼山顶插红旗，
钻探机声震天地；
平洞宽敞如廊道，
装上新式开山机；
电光辉煌夜继日，
轰隆炮声把山移；
劳动保险百年寿，
轻微皮伤也就医；
同声感谢共产党，
不忘恩人毛主席！

（此文原刊《浙江日报》）

追忆许钦文先生视察矾矿

九凰山那几株高大的枫树刚刚换上秋装，在明亮而温煦的阳光照耀下，如缀满累累的红色小灯泡，映着蔚蓝的天穹。1961 年秋，浙江省文化局副局长许钦文从杭州驱车来到平阳，视察农村和矾矿。

许钦文先生，绍兴人，是老一辈卓有成就的作家。1922 年开始写小说，1926 年发表短篇小说《故乡》、《毛线袜》等，《故乡》曾由鲁迅选定、校订，由北新书局出版。之后还发表《幻象的残象》、《仿佛如此》、《鼻涕阿二》等。建国后，发表有《山乡变水乡》、《许饮文小说选集》等。由于他对鲁迅的尊敬和深厚的情谊，所以又有《(呐喊)分析》、《学习鲁迅先生》、《鲁迅小说助读》等散文、评论集出版。

作家与人民的疾苦是息息相关的。平阳当时是个有 150 多万人口的大县，许先生一到平阳就向县委领导了解农业生产情况，还深入城西、城东等乡村考察有关情况。他对上一年桥墩水库出险的情况格外关切，还走进南港水头灾民移居的简陋平屋，对灾民勉强度日的生活深表同情。

记不清在县府礼堂里开什么会议，县里的领导人都坐在第一排，第一排前面有一张长桌子，摆着两张藤椅。许先生由孙洁同志陪同到了礼堂，孙洁同志介绍了许先生，让他给大家讲讲话。那时已 64 岁的他用浓重绍兴口音的普通话说："平阳地处东南沿海，台风多，洪潮大，我们要在党的领导下，以鲁迅顽强战斗的精神去战胜它、驯服它，以鲁迅顽强战斗的精神搞好农业生产和各项工作。"大家报以热烈的掌声。

当时省文联和省文化局都在杭州遂安路 2 号的一幢旧楼房里办公，笔者到省里参加文艺创作会议，多次见到许先生，而且他跟我们与会者经常谈一些文艺创作的事情。当天晚上，笔者去拜望许先生，他对我说，打算还要到平阳矾矿去看一看，听说我写了一本关于矾矿的书，问能不能给他看一看。因为我住处离县委招待所很近，随即回去拿了一本《祖国的矾都》修订再版本请他指教。他笑着说："有了这一本，在矾矿就不要那么多的时间了。我三十岁时小说才印成书，你二十几岁就能出书，真是太幸福了！"

次日，许先生南在省电影学校任教如今调回县文教局搞电影的张炳树陪同，到矾矿参观访问。车到矾矿还不到上午九点钟，明矾厂矿联合公司的领导井荣节、郑立欲早在迎候他。他听了他们的汇报后，即由黄忠盘等人陪同去参观锻矾石的高炉、制炼明矾的车间和结晶池。每到一处，都与工人交谈，情绪很高。

到了南洋平洞口，他们戴上安全帽，擎着矿灯和矿烛，进了洞道。洞里冬暖夏凉，此时更是一片温暖，边谈边走，不觉来到一个可容数百人的大会场，洞高三四米，没有一根石柱，圆圆的周壁都是雪花般的明矾石。到了这么一个神奇的地方，许先生不禁惊叹起来："矾矿工人真有创造力，开天辟地。抗日战争时期，为了躲避日寇飞机的轰炸，永康方岩有些洞都躲了人。如果有这么一个矾洞，不仅不怕飞机轰炸，连原子弹也不怕呢。"许先生还去爬行了曲折迂回、弯着腰才能侧身过去的古老矿洞，体味旧社会矾矿工人的苦难生活。

厂矿联合公司的领导盛意邀请许先生一行共进午餐，还赠送他一对在明矾池里结晶起来的五光十色的明矾宝塔。

作曲家黄准在矾矿的足迹

大家对作曲家黄准并不陌生。她曾先后在东北和上海电影制片厂作词曲。由她作曲的电影有《新儿女英雄传》《秋翁遇仙记》《女篮五号》《红色娘子军》《蚕花姑娘》《舞台姐妹》等四十多部电影。如今，不少喜爱她作品的中年人还能哼出有的电影的主题歌。

黄准曾两次来过平阳。一次是与茹志鹏等组成上海戏剧电影创作组来平阳体验生活。另一次是与黄宗英一起到平阳，为的是将瓯剧《高机与吴三春》改编为电影故事片。

从传统瓯剧到电影故事片，不光是改编，实际是艰难的创作过程。《高机与吴三春》改编为电影故事片，其作曲更是全新的创造性的劳动。黄准除了在温州平阳一带作一般性的采风以外，更是深入高机的故乡——平阳苍南采集民歌、山歌、渔歌，为这个故事片的作曲奠定坚实的基础。

黄准于 1938 年在延安鲁艺跟音乐家郑律成学过声乐，跟音乐家冼星海学作曲，同时在延安文工团担任独唱演员兼作曲，延安的精神对戏剧工作的体验生活，获取素材，进行创作十分有作用。为了不让黄准耽搁时间，她一到平阳，平阳文化局就向她提供了许多民歌、鼓词的资料，特地邀几位民歌手，唱给她听，她在本子上一一作了纪录。对形成文字的民歌，黄准反复推敲，还叫民歌手唱最原始的，别怕人家听不懂，不好听。民歌手唱着曾整理过的民歌，黄准听得格外人神。唱罢民歌，她还与歌手闲聊，在情感上融合在了一起。

旧社会矾矿工人尤其是采矿工作在弯弯曲曲黑黑沉沉的矿道里钻炮眼，爆矿石，是非常艰苦的劳动，常有工人被压死在矿洞里，落得“死了的人没葬，葬了的人没死”的悲惨命运。因此矾矿采矿工人的号子、山歌十分豪迈悲壮。黄准与黄宗英又赶到矾矿采风。

“咳罗——嘿岁——海啦——”采矿工人的号子声，伴着大铁锤的敲打声，击钢钻的铮铮声，这声音多么雄壮深沉，节奏多么快捷、鲜明，黄准、黄宗英在矿山领导人的陪同下，正准备戴上安全帽进洞，听到这种激动人心的号子声就被吸引住了，她俩挤时间马上在本子上作了纪录。黄准感叹：这比长江三峡纤夫的劳动号子还震动人心，这就是劳动人民自己创造的音乐！进到矾矿深处，看到采矿工人在高高的脚手架上边操作，边哼号子，从心底深感钦佩。采矿工人在矿洞里从未看过黄宗英、黄准像仙女般美貌的佳人，也格外兴奋，号子唱得更响了。

出了矿洞，尤闻震天动地“轰隆——”“轰隆——”的爆破声，似乎为这两位文艺家送行。

（此文原刊地方报刊）

矾都新貌

——浙江平阳矾山纪事

在温州工艺美术部里，摆着一座用玻璃匣子装着的“珍珠塔”。五光十色的六角形的珠子密密麻麻地连结着，闪烁着耀眼的光辉。珠子的排列是那么整齐、自然，结构是那么精致、瑰丽，真是巧夺天工。参观的人接连地问：这是用什么东西做成的，工艺师把这么多米粒般的珠子连缀成高达尺余的塔要费多少时间？道破了却一点也不奇怪，它原来是用我们日常所见的明矾制成的。明矾的结晶体不仅能供人观赏，而更重要的在我们日常生活上、医药上、工农业生产上以及渔业上都少不了它。

浙江南端的平阳矾山盛产明矾，它的产量在国内居第一位，被人们誉为中国的“矾都”，记者最近特地去作了一次访问。

崎岖险道变通途

汽车离开平阳县城，在重重叠叠的山间飞驰，轻纱般的薄雾从车旁掠过，带着浓郁的野花香味，我一边欣赏着这独具山区风味的景色，一边陷入沉思：过去矾山到外地，沿途山高路险，不便行走，单是矾山到藻溪要经过桦岭、大险、小险、乌鼠梯（现在叫老鼠路，意思是只容一头老鼠跑的路）、坠魂涧等地。听到这些地名就够人心惊胆寒，何况是挑着重担通过这些险处呢。过去，不知有多少人挑着担子摔下深渊而丧了命，如今，宽阔的公路上汽车像穿梭一样，将大量的明矾源源不断地运往国内各地，又从各地把生活必需品运到矾都。

平阳出产的明矾，还远销到越南、印度尼西亚、阿拉伯联合共和国等国，深受各国人民的欢迎。

工区繁荣景象

汽车到站，一派独特的风光呈现眼前。乍一望去，山麓山腰尽是白茫茫的一片，像铺着厚厚的霜雾一般。一条乳白色的小溪从东北方直泻到西南方的山涧里去，在阳光映照下射出雪亮的银光。

过去，最盛时期矾山也只有十几座土矾窑，厂房都是用稻草盖的，破破烂烂，有时矾势不好，矾窑全部停顿，工人四出逃荒，一片凄惨景象。如今，眼前是一个个的烟囱，一幢幢的厂房，西南方靠山旁的高楼，好像是个巨人站在那里，这就是1961年和1963年新建的“百吨炉”。入夜，整个盆地里都是灯光，与天上的星星相辉映。

走进炼矾车间，电力带动的机器轰轰响，半机械化的作业代替了过去笨重的手工操作，大大减轻了工人的劳动强度。随着炼矾机械化程度的提高和生产技术的改进，明矾年产量比1949年增加了三倍，质量也大大提高，这一切，都是新中国成立前所想象不到的。

矿洞如今大变样

参观矿山，使我更加惊奇，新中国成立前，矿洞里跟地狱一样，黑洞洞、湿漉漉，洞道很深，常常积水，矿工们为了不饿肚皮，有时只得在冷冰冰的水洼里工作。在深暗的矿洞里，过去照亮用煤油灯，煤烟熏得矿工个个像包公。洞里空气非常混浊，有的洞道小得要爬才能进去，而且运矾石出来全是用肩挑。矿工的安全问题更没有保障，在一个塌塞了的老矿洞里，就发现有二十多具尸骨堆着，有的手骨还拿着钢钎和榔头等工具。

新中国成立后，新建了好几处安上压风凿岩机的平洞，平洞里很宽敞，又平坦，挺胸昂头跑来跑去也没有关系。平洞里的运输车在小铁轨上扒，毫不费力。不论白天黑夜，沿道两旁灯光辉煌。另外，在矿洞的安全设备方面也做了许多工作，有的洞道建了石墩护墙，有的用顶坑木顶住，矿工巡矿洞戴上安全帽，穿上工作鞋和工作袜，矿工们得意地说：“过去巡矿洞提心吊胆，现在巡矿洞安然自在！”

工人的新生活

矾都溪流的南边是工矿区，北边是街道。因为街道是新中国成立后新建起来的，所以叫做“新街”。这里各行各业的商店，摆着琳琅满目的物品。行人熙熙攘攘，店里挤满了顾客。新街邻近是新建的工人文化宫、工人医院、中学、小学、公司大楼，并且在风景优美、空气清新的牛头山山麓兴建了工人住宅区——幸福新村。

工人医院那个地方，新中国成立前原是荒凉阴森的“胭脂宫”，现在却变得那么洁净、雅致。医院里有崭新的手术室、内科室、外科室、中医室、检验室以及宽敞的病房，医疗器械相当完备。

工人文化宫里面，有图书室、阅览室、大礼堂、活动室，外面有灯光篮球场。

空余时间工人们在这里看书报、拉胡琴、打球以消除疲劳。矾矿工会还有自己的电影队，经常为工人放映新片。公司里还有广播室，广播喇叭设在每个车间、工厂，这不仅使工人们每天受到社会主义教育，而且使矾都充满欢乐、幸福的气氛。

在工人住宅区，我访问了好些工人，他们都有一段辛酸的家史。工人石贵风，新中国成立前一家六口，因生活所迫，妻子改嫁，一个孩子卖给人家，两个孩子去投靠亲戚，一个女孩被摔到大潭里，自己在万般穷闲的情况下逝世了。共产党使无数工人的家庭破镜重网。石贵风虽然死了，他的三个儿子回来了，都愉快地走上劳动岗位，结了婚，生了儿女，盖了四间宽敞的住房，三兄弟还去迎回了自己的母亲，欢乐地团聚在一起。

在幸福的日子里，矾都工人永远不会忘记过去的痛苦。他们在人民政府的领导下，正以坚定的步伐，走向更幸福的明天！

（此稿是中国新闻社约我写的，稿子原由中国新闻新社发出，香港《文汇报》于 1965 年采用刊出。）

《明矾石的综合利用》一书读后感

浙江人民出版社自去年以来，陆续出了一套资源综合利用丛书，这很有意义。它能给读者丰富的自然科学知识，促进生产的发展。我只看过《明矾石的综合利用》，所以只就这本书谈一谈读后感。

《明矾石的综合利用》一书系浙江省化学工业研究所、浙江省科学技术协会合编，1958 年 12 月浙江人民出版社出版。浙江省新华书店发行，是资源综合利用丛书之一。

这本书很好。它全面而详尽地介绍了明矾石的性质和综合利用的方法。这些方法有的是新创造，在过去的书本里找不到的。同时创造者又是专家和工人的结合。因此，看了这本书，不但懂得了明矾石综合利用的科学道理和技术常识，而且也明白了“只怕想不到，不怕做不到，敢想敢做一定能够成功”这一平凡的真理。

书中附的插图，能够使读者形象具体地理解综合利用的过程。如其中的“钾氮混肥厂生产设备流程图”，把一个复杂的流程用图表简明地表现出来。

但是，作为一本通俗读物来说，书里的文字还嫌深一些，特别是拉丁字母的分子式。我曾读过理化，但是因为长时间没有接触这类书，读起来很吃力，没有读过理化的工农群众读起来就可想而知了。当然，化学这类读物里很难避免有分子式出现的，但是从当前工农群众的阅读水平看，还是浅一些好，少用一些分子式，或者把分子用文字来详加说明。

此外，书里还有几个差错：

（一）矾山明矾开采到现在至少已有六百年的历史（平阳县志载：采白明朝初年），书里只说三百年历史；

（二）P. 3“明矾收率”应为“明矾收回率”；

（三）P. 6 第八行“交差”应为“交叉”。

（此文原刊《浙江出版通讯》）

八秩老叟说张翎

张翎原著小说《余震》，由冯小刚改编、拍摄为电影《唐山大地震》，在大陆和台湾放映后，如昔日唐山的大地震，震动了大地，震撼了亿万民众的心灵。《余震》电影的编导冯小刚和莫言、王安忆、李敬泽联袂推荐张翎的原著小说《余震》。

《余震》正在震动大地，张翎又于2009年创作的40余万字的长篇小说《金山》，在《人民文学》上刊载，北京十月文艺出版社随即出版了小说单行本。《金山》的电影版权首先由资深导演张黎购得。海外版权亦先后被荷兰、加拿大、英国、法国、意大利、西班牙、德同、希腊、以色列等国签署协议拟翻译为本国文字出版。

张翎近年来文学创作是很有成就的。除此以外，还有中短篇小说《雁过藻溪》、《羊》、《江南篇》、《寻》、《丁香街》、《邮购新娘》(台湾版名《温州女人》)、《交错的彼岸》、《望月》、《盲约》、《尘世》、《梦里不知身是客》、《警探理查逊》、《团圆》、《女人四十》和《遭遇撒米娜》等等。上述小说，其中有不少入选年度选本或转载其他文学刊物。张翎的文学作品曾被精选为六卷集在上海上市。

张翎曾获中国首届华侨文学评委会特殊大奖、第八届华语文学传媒年度小说家奖、人民文学奖、十月文学奖等多种文学奖项，并被《中华读书报》评为2009年度作家。

张翎既然能获得华侨文学评委会特殊大奖，如今，她已经成为海外新移民文学创作的主干将之一，无疑她是位寓居加拿大的华侨。在国内，到底是何许人也？有人说她祖籍是苍南矾山，这不错，她的父亲张纯仁，祖父张达生都是盛产明矾的矾都人，在《雁过藻溪》里也提及矾山工人。矾都明矾的产品曾肩挑四十多里到藻溪，经横阳支江到鳌江，再转运到国内外。其实，张翎在矾山的时间不长。她的母亲章翠香是富有诗情画意的藻溪人，她对藻溪较为熟悉。外公、外婆对她很爱惜，外公章涛毕业于浙江大学化工系，曾一度赴日留学，是我国最早一位从事明矾石资源综合利用的研究专家，为我国钾肥工业发展作出贡献。外公勤奋治学的精神和务实求真的科学态度对张翎有影响。藻溪也应是张翎的祖籍。如今张翎的父母亲都住在温州，况且张翎又曾在温州念过小学、中学，还当过教师，做过工人。温州当然算是她的祖籍。如果以出生地确定籍贯的话，张翎应是杭州人。当时她的父母分别在省检察院和一家银行供职，他们住的是杭州市民生路公安厅宿舍，张翎就出生在杭州。不管张翎寓居世界哪一个国家，她仍然是一位道道地地、堂堂正正的中国人！

《余震》、《金山》等小说问世后，张翎如一只鹊鸽，突然翱翔在中天，发出清脆、响亮的悦耳鸣声。各大媒体和文学报刊，纷纷登载访谈、评论或照片。张翎不是一夜之间就爆红起来，成名了的，回溯到将近三十年前，鲁娃说，当时市文化局在温州江心屿举办一次文学笔会，他与张翎同睡在一个房间里，同做着作家梦，张翎是刚过二十岁的女孩，虽刚步上文坛，但却在省级文学刊物上发表了处女作，很出风头。

其实，张翎的夫家与娘家也都是当地的书香门第。母亲念高级商业学校时，书法比赛得了头等奖。如今将近八秩高龄，还能写一手流畅娟美的书法，爷爷张达生与方介堪、梅冷生、张培农、刘英、黄先河、郑丹甫、郑海啸等常有来往。新中国成立后，曾任温州图书馆副馆长、文管会主任、浙江文史馆馆员，这使张翎对文学特别酷爱，对史学有独到见解。至于张翎对英文情有独钟，以高考外文类第一名的优异成绩考上了复旦大学外文系，这与她从小受亲眷长辈的外文熏陶有关。姑姑张曙岚曾长期任中学英文教师，不仅语法好，口语也格外准确、耐听。后来，寓居新加坡。两个叔叔张纯美和张纯青都是旅美华侨，很有建树，纯青退休前还是《拉斯维加斯时报》、《华文报纸》的社长、总编辑。昔日，他们家里藏书，有不少英文原著。

张翎定居加拿大已有二十多年，前面大多时间很少回国，近年常有回国，但也不多。在海外漂泊岁月也没有淡化她对祖国对故乡的爱恋。从她已发表的小说来看，大部分还是描写祖国大小人物或是故土远近山川。在张翎的小说《交错的彼岸》、《邮购新娘》都出现藻溪的情形，《雁过藻溪》更不用说。藻溪这个山凹小镇，人文和山水我都较为熟清，看了她的小说以后，我对当时的现实万分感动，这仿佛就是昨日发生在身边，亲眼看到的人和事写得太好了。但我认为，这不是一般人所谓多忧善虑的乡愁，而有更高层的感悟。《雁过藻溪》写的是居住在国外的女科学家末雁，经历了失恋和失去母爱的哀伤，她和自己的女儿，捧着母亲的骨灰，回到祖国老家藻溪安葬，回来以后，了解了母亲身世的秘密，母亲是在土改那年，光着一只脚从藻溪逃到温州市区的，而她自己，却是母亲在这时怀孕的私生女。送母亲骨灰回乡的路途，是末雁自我发现的旅途，末雁最终在五十二岁，才和母亲有了理解的默契。与她的小说一样在叙述过程中，有许多细节、情节、人物的心灵反映，都体现了东西方文化在不断交融，在不断互补。正如张翎自己所说的:“地理位置的阻隔给海外作家提供了一种合适的审美距离,使他们能以一种更开阔的视野来审视自身和故土的关系。脱离了本土生活环境,以前束缚作家的各种因素,无论是政治的、社会的、文化习俗,都大大地减弱了。在脱离了诸多的束缚之后,文字记录下来的是一种更为真实,较少受环境污染的声音。从这个意义来说,海外作家与本土的关系是一种更为理性的关系。正是因为这样的原因,世界上有一些关于故土的名书,就是作家在离开祖国之后写出来的。”

长期运用外国语言和文学的人,往往在行文中有欧化的语句。我读了张翎的作品,却一点也没有接触到欧化语言,这是十分可贵的,但她也经历了艰苦的过程。她说,选择在海外用汉语写作,是需要勇气的。因为海外华文作家已经不处在自己的舒适区域(comfortable)之中的,海外作家已经脱离了群体,脱离了历史经验,脱离了对熟悉的文化和社会环境种种依赖,甚至脱离了母语环境中与其他作家的相互砥砺,孤立无援地站在一个没有参照物的地方,每一步路都是第一步路。海外写作,其实是一个不断地拓展探险和忍耐边界的过程。张翎的文学作品,已被或即将被译成多国文字。应该相信,那些外文译本将会保持张翎原有母语的气质与特色。这就是她文学创作成功之所在。

唐代王维诗句“行到水穷处,坐看云起时”。张翎的作品也是这样,随意而行,经过艰难路程,沧桑的岁月,不知不觉来到流水的尽头。心动了,于是就动起手来,秉笔直书,出了作品。犹如陶潜所说的“云无心以出岫”。《金山》缘起于张翎去卡尔加里城外,在旅途车轮爆裂等待救援之时,在野草丛生的地方,发现那些三三两两裹着鸟粪和青苔的墓碑。有几块墓碑上尚存留着边角残缺的照片。他们就是近代史教科书称为华工或苦力的那群中国人,这时,萌动了张翎的灵感。这个故事纠缠了张翎二十年,直到2008年才完成这个关于这些墓碑地下躺了将近一百年的华工的书。《望月》也是酝酿了十年完成。《雁过藻溪》是直接地反映故土藻溪的人和事的小说,最初灵感也是来自二十多年前刚要出国而去拜谒外婆的陵墓。至于《余震》说起来有些偶然,是一次在候机时买了一本杂志,杂志上有篇回忆唐山大地震的文章,当时看了令她十分难受,于是经过曲折历程,漫长道路才完成了震撼心灵的《余震》。这偶然性来自必然性。天地间灾害人祸到处潜伏着,爆发着。就是张翎外公章涛长期研究明矾石综合利用的矾矿,矿工们经常遭受矿洞塌方的危险,一塌方,往往数十工人活埋在洞中,没法营救,所以有“死了的人未葬,葬了的人未死”之说。活着的矿工亲属更是过着悲惨的生活。工人们肩挑明矾从矾山到藻溪的途中,就有险口,老鼠路、迷魂洞、挂岭等险处,一不小心,就会掉入深渊,一命呜呼。张翎在复旦大学外文系毕业后分配到北京煤炭部工作，全国各地矿山的严重事故也时有见闻。尤其是温州地处东南沿海，台风与洪涝灾害几乎每年都有，有时台风连续袭来好多次。台风登陆地带，其杀伤力与破坏力不亚于大地震。民众抗争自然灾害的情景与故事，在张翎的心灵中留下烙印，或许这些背景使她联系到地震，从千头万绪中，找出“无法用数据来量化，也无法用形容词来形象化”的灾后人们的心灵创伤。应该说，《余震》是“天灾把人推到绝境之后的种种绵绵不断的心灵创伤，严格意义来说，这是关于心灵的小说”。写人物心灵的小说，才能打动、震动读者的心灵。仅是背景故事的表面叙述，触不到心灵，那是败笔。

张翎曾谦虚地说，每个人的天赋其实差不了多少，关键在于你耐不耐得住寂寞，有没有为自己那份守望付出所有心力。我认为勤奋与天赋是辩证的，不是绝对的。世上不是所有的人都能成为科学家、文学家，能成家的毕竟是极少数。张翎有高天赋、大智慧，在漫长的岁月中勤奋耕耘，所以能创作出好作品，惊人的小说。

大部头小说《金山》，北京出版集团公司，北京十月文艺出版社出版。翻开首页是目录，目录开头是引子，接下去是第一章金山梦；第二章金山险；第三章金山约；第四章金山乱；第五章金山迹；第六章金山缘；第七章金山阻；第八章金山怨。最后有个尾声。这就搬用了中国章回小说的老传统，将广东开平一个方姓家族五代人的命运为压轴，在上述十个章回中，每个章回都是紧紧地啃住金山，展开或波浪汹涌或娟娟细水的情节叙述，从国内到国外，又从国外到国内。表露了主人翁喜怒哀乐的情感。正如张翎在获奖感言中所说的：“如果说《金山》有什么独特之处的话，就在于她是从海外华人这个角度来关注‘金山客’的生活。”人生一半在中国，一半在加拿大，在中国的人生经验使她从正面来观察“金山”，在加拿大的人生经验则使她从侧面来观察，两相参照，更深到了一个主体的“金山”。书中附有“方得法家族图谱”，图中从方得法父亲方元昌五代繁衍的家族用图标形式勾出人物关系，等于列出一个人物表，让读者一目了然。

书的前面“引子”中，写到主人当年居住的“得贤居”，二楼靠正墙的地方摆着一张油漆褪尽的木案，案上摆着两个铜香炉。墙上有一块凹陷之处，立着一尊观世音菩萨座像，像边镌着一副对联，油漆剥落了，隐隐还剩几个字：

烛□生成□□花

□烟□出□安宅

再下面是供奉先人的牌位。

从情节捕述的整体形象看，提到先人的牌位就够了。但她却再现了当时的那副对联，因为它最能体现当时当地的民俗民风。尝试填空这幅残缺文字的对联，猜想是：

香烟现出平安宅
烛火生成富贵花

“得贤居”主人经常在观音佛像以及先人牌位前面点烛烧香，祈求“现出平安宅”、“生成富贵花”，它与广东开平一带的民谣（就在书中目录后面）：

喜鹊喜，贺新年，
阿爸金山去赚钱，
赚得金银千万两，
返来买房又买田。

是完全吻合的。看来，张翎做调查研究很下功夫，在《雁过藻溪》那中篇小说，也用了一幅切地切时的对联。笔者忽然想起，大约是1961年吧，我在温州康乐坊一家医院治疗痔疮。隔条巷就是大简巷，住在那里的张达生先生就是张翎的爷爷，不时到我病房聊天，他对文史和诗词楹联造诣很深。他对我说：“解放温州地区召开庆祝温州城和平解放大会，专员郑海啸叫我撰一对长联挂在会场主席台的两边，我的朋友梅冷生和方介堪说我撰得不错。”在病房的小桌上，他还写给我看。我想，或许张翎的父母伯叔早已在张翎幼小心灵埋下了中国传统文化的种子。

《金山》书后附有“加拿大近代华侨历史大事记”和研究参考书目，参考书目中又分中文部分、英文部分和影视部分。中文部分包括方言、《青楼回影》、《梁启超史话》、田野调查《开平碉楼与村落》、《加拿大华裔移民史》等等。在文学作品后面附了那么多参考书目是罕见的。当代文学界名流赞誉《金山》是“最具震撼力的中国人海外奋斗史”。小说中叙述那个为女主人到唐人街买鸦片止痛的锦河，那个在拍卖会上被男人们像牲口一样叫卖的猫眼和那个在法庭上杀鸡为誓的洗衣店老板，都是史料中的真实故事。在《金山》里反映的中国华工的历史，由于当时华工都是目不识丁的文盲，修筑太平洋铁路壮烈事迹几乎没有当事人留下的文字记载，因此张翎除了多次到广东开平、温哥华和维多利亚实地考察之外，还通过几所东亚大学图书馆及加拿大联邦和省市图书馆、档案馆大量抄阅藏书和文献，寻找当时照片，还找了许多华工后裔获得口头资料。从发现华工墓碑到小说全书出版，一共花了二十多年时间，这种笨拙的苦功和长期忍耐的精神是十分可贵的。在史料的处理上，张翎有较为成熟的经验。她认为小说家的"史"和历史学家的"史"有着很大的不同。历史学家的"史"，是由日期地点事件构成的，而小说家的"史"，却是由人物和故事构成的。如果把这两者的界限混淆，就有可能出现灌了水的史学家，学究式的或概念先行的小说家。

近期，张翎回到亲爱的祖国、故乡。在杭州参与长篇小说研讨会，母校复旦大学外文系要她去叙旧，中央电视台来温州做专访节目，加上耄耋龄父亲病逝，这些使她悲喜交集，昼夜奔忙。温州市委宣传部及文联要请她吃一餐家常便饭，也只好等下一次回国回家了。

愿张翎常来常住，一路顺风！

（此文曾刊《温州文学》杂志 2010 年第 6 期）

春梅长在高寒岩壁上

李春梅是个民校女校长，在山区业余教育战线上有不少贡献，这回光荣地上北京出席全国扫盲积极分子大会。

春梅今年四十五岁，1931 年白色恐怖时期她就开始参加革命，为游击队担任联络员。在游击战争中，她还积极参加游击活动。敌人好几次要捕她，都扑了空。有一次，敌人当面问她："春梅在什么地方?"她很镇定地说："在里面。"自己转身像闪电般地溜到隐蔽的地方去了。艰苦的地下革命工作，把她锻炼得很坚强，1947 年她加入了中国共产党。

她的家在南宋乡垟丰社，那里是个老区，过去遭到反动派的搜劫烧杀，人民生活贫困，文化落后，全社四百零六户的青壮年，除了少数几个人读过一二年书外，其余都是文盲。

1951 年冬，她就带头发动群众创办冬学，一直坚持下来。去年乡政府委托她担任民校校长，十月间，她从矾山区参加扫盲会议回来，马上让出自己的房子办民校，动员大家入学。当晚到会的二十三个青年男女全部报了名。当时有好多群众对学习文化存在着各种不正确的看法，她除了详细地宣传学习文化的重要性外，并以上墩社六十三岁老人李新概学文化的事例教育群众。欧学香听了她的话心想：六十三岁的老人也要学，难道我二十多岁的青年学不会吗？结果上学了。

动员入学时，她发现多子女的妇女很少入学，就主动找她们谈话，以上墩社有五个孩子的妇女刘爱月也能上民校的先进事例去打动她们的心，第二天妇女们纷纷报名上民校。民校办在她家里，发现小孩睡着了，她就轻脚轻手地把他抱来，睡在自己床上；有时用尽各种办法逗小孩，使他不哭，让他母亲安心学习，另外，还动员民师护送多子女的妇女回家。全体学员都感动地说："春梅同志比自己的公婆还好几分，我们没有理由不来上学，如果不来上学，良心也过不去。"

妇女上民校，有些老年人思想不通，顾虑重重，怕媳妇上民校，夫妻关系会弄坏，因此不让女儿媳妇上民校。春梅同志就宣传大跃进课本里"希望夫妻和好永远恩爱"那一句，说明读书只有好处，没有坏处，并且坚持地领导大家跟乱搞男女关系的坏现象作斗争。结果家长们不但对女儿媳妇上民校不加阻止，还大力给予鼓励和支持。

春梅不但关心学员学习，而且注意对民师的教育培养。有一个名叫守田的民师，他父亲认为教民校白出力气，没有工分，不让儿子去教民校。她得知后，就上门进行耐心的说服教育，说明教人识字是件光荣的事；有一回，守田家有困难，春梅同志就主动跟生产队商量，借他一些钱，守田的父亲很受感动，因而鼓励儿子积极教学，守田对教学工作也更加认真起来。

春梅对少数民族的教育工作是非常热心的。垟丰社有一百零八户是少数民族，她经常到少数民族居住的上吴、坑内两个地方帮助办民校，找民师。在春梅同志的教育启发下，少数民族兄弟都深刻地体会到党对少数民族的关怀，积极上民校念书。钟昌胜原来不识字，现在会看平阳报，会写通知，开会能记笔记，少数民族的文化落后面貌大大改观。

李春梅自负责扫盲工作以来，每天晚饭后拿着土广播叫喊，动员大家上民校。还组织检查组，轮流到各所民校进行检查，发现问题及时解决。有时民校缺油，她就把家里的油拿出来；民校缺桌子，她就让出自己吃饭的桌子搬到民校里。先以身作则，然后发动大家共同解决困难问题。并且还不辞辛苦地与民师到十里路外的古楼山去帮助办民校。不论刮风下雨，她都坚持去，学员被她的热情所感动，也穿簑衣戴箬笠上民校。群众问她："辛苦吗？"她回答说："我过去打游击时古楼山好像过后门的门槛一样，这有什么了不起！"

春梅很重视民校中的政治工作。民校课前上政治课、技术课、读报、编快板，大力宣传总路线和各个时期的中心任务，变民校为农村的政治、技术夜技和开展文娱活动的主要场所。在民校的推动下，该社生产搞得很出色，劳动出勤率达到百分百。

垟丰社已实现青壮年无盲社，普及了小学教育，她并不满足已有成绩，再接再厉，乘胜前进，将扫了盲的全部转入高小班，要求在最短时间内达到高小毕业水平。现在已做到"户户订县报，人人能看报，政治能提高，文化巩同牢"。

（此文曾刊《浙南大众报》）

凭良心做人，讲道德作事

——追思黄埔军校毕业之卓鸣鸾先生

解放初期，凡是有人从县城、专署开会回来，地处浙闽边界的矾山镇就会有三五成群的人问他有啥好消息。程崇式先生参加浙江省首次人民代表会回来，更是引人注目。他一到矾山溪滨寓所，就有一屋子的人听他介绍大会盛况和国家建设前景。他说，我们矾山明矾运出去十分艰苦，过去王广源一班人曾设想用骆驼运矾，几年后，我们这里到鳌江、温州通了公路，不仅可以运明矾，我们出入也不必爬山岭了。说时博得一屋子笑声。随即他拉我到后间房子谈话。程崇式先生是当时除了郑宗瑾外最有实力的矾业资本家，也是我父亲过往甚密的老友。他自豪地说，这次我与专员黄先河同志一起在杭州开会，大会结束后，他叫我到矾山后找到你，安排一个国民党军官到矾山中心小学当教师，还给我一封信。信的内容极简要，无非就是给卓鸣銮先生予以安排照顾。卓鸣銮是矾山人。我满口答应，请他明天就到学校找我。

第二天清晨，我较早到了办公室。刚坐定，门外来了一位身穿陈旧中山装的长者，肩背微驼，满脸饱经忧患皱纹。我深情地让他进来，请他坐，他一味俯首低眉。我说："卓先生，你是长辈，现在是同事了。"他才露出笑容，说自己从外边回到家里已经一年多了，靠右邻左舍的帮助，卖点小零食，有时也去挑矾。书，也多年没有教了。今后有什么上下公文，来往函件，我可以多做一些。我说，黄先河专员已经给我来信了，你可以安心在这里教书，有什么事，你可以找我。明天你就可以来上课，我会给教导主任商量好的。

商量结果，让卓先生当中年级班主任，教语文课，鉴于他年事较高，晚上就不安排他到山村辅导夜校了。原打算给他安排一个小房间，他说，家离这里不太远，不用了。卓先生上班后，教学相当认真，批改语文作业往往加上简短评语，仿佛也是给家长看。如遇风雨交加，溪流湍急时，放学时他经常扶持小学生过矴徒，一直送到学生家里，家长反映很好。他没有请过假，按时上下班。一有空隙，就在办公室里看报纸，对人和霭可亲，很少与同事对话。有一次，学生已经放学，一班教师在校门口闲聊，有一位名叫李熙光的美术教师，讲到麻步鳌峰小学当年教师砸佛像的“异常”现象，有的说对，有的说不对，争不出一个结论，也就散了。我偕卓先生一起走出校门，我说：“卓先生，听说当时你和师母一起在鳌峰小学教书，你的看法怎么样？”“当时大家都一心一意把学校办好，学校只供膳食住宿，等于是义务任教。砸佛像，看来是过头行动……”卓先生慎重地回话。黄先河同志生前在自己的回忆录中作了这样的叙述：“鳌峰小学办在庙宇内，每逢初一、十五日，来庙烧香拜佛的人很多，影响教学活动。我们认为应该破除迷信，便把作为校舍的庙宇内泥塑木雕菩萨用纸封掉，不让群众来庙烧香。当时，恰有一个学生患脑膜炎病死了，地方上有人煽动说菩萨发怒，把这个学生捉去了。有位教师叫池化龙，索性来个一不做二不休，把木雕菩萨的头锯下来挂在校门口的大树上‘示众’，借此来表示我们破除迷信的革命行动。”

区文教辅导会和区中心小学的收发文皆由卓先生分别登记入册。此时，学校正在高岚山建设新校舍。校舍兼建委员会拟出一张通告，凡在高岚山有坟墓的限期予以登记拆迁，逾期未来登记者，作无主处理。我草拟这一通告，请卓先生修改定稿。他认真地看了通告初稿，还问了校舍筹建情况，然后郑重地说，矾山是个古老的工矿区，从来没有建过规模这么大的校舍，任务落在你这一代人肩上，这是很有意义的。我们是教育部门，通告的语言尽量温和些。处理无主坟墓，更要慎之又慎。关于通告的格式，他也谈了一些，至于署名，他说：“本来署主任委员一个就可以了，但是你是区文教辅导会辅导员兼区中心小学校长，毕竟是教育部门的领导，没有行政权利。那就应该把副主任委员王景象与程崇式两位一起署上，王景象同志是副区长，程崇式先生是有声望的省人民代表。”最后由卓先生用毛笔楷书抄录数份通告盖上公章与签名章张贴在街头巷尾。在这件事中，卓先生以中国固有的道德处事，慎重的态度行文给我留下了极其深刻的印象。

一个天寒地冻的黎明，学校工友急急忙忙地赶到我的家里，说卓师母已在夜里谢世了。我即刻与总务主任李起銮君一起到了卓先生的家。师母的遗体已移到大厅，几块旧床板，上面盖着单薄破碎的被单，一张小方橇上一个饭碗插着一枝香，大厅前后通风，一对白腊烛点了半截熄灭了。朔风凛烈，沙沙作响，为卓先生先去患难与共的妻子而哭泣，一对小鸟掠过檐头，凄凄切切，似为两个失去母亲的孩子而哀鸣。沉寂，沉寂，真是死的沉寂。我与李君对卓先生说：“不必担忧，大家会帮你处理后事的。”

一位黄埔军校毕业的不小的军官，在部队里那么多年，如今身无分文，落到这么一种境地，实在难以理解。于是，我两人便写着募款缘由的手册子，先到一座是朋友当账房的矾厂，让他开了好头，我俩多少也赞助一些。就这样，每座矾厂，每个店铺，都向他们展现手册，说明缘由，大家深表同情，纷纷解囊资助，只一个上午，就募集了四十多元，交给卓先生的邻居亲眷。让他们去买棺材，还请正一派道士为师母开了“火光”，愿她在黄泉路上不再饥寒交迫，能得到光明。师母名维湘（一说维香，是天津市长的女儿，孙氏，曾在鳌峰小学教过书，原平阳县委党史办公室主任游寿澄编著《红色平阳》一书提及）。事后，卓先生激动地对李起銮君说：“内人这次处理后事，花了二十多元钱，剩下二十多元用作孩子的医药费……乡亲与同事们帮助我度过难失，使我永世难忘！”

1951年秋天的一个中午，卓先生见我一人在操场散步，就快步走过来对我说：“我们这个学校使我太留恋了，看来，我难以在这里呆下去。”我感到突然：“卓先生，我们学校虽然清苦，但比起其他学校来，还算不错。除了每人县里给了一百二十斤大米补贴外，矾厂还给一些资助，用于学校开支和教师福利。”“这些情况，我都了解，但……”他没有说完就准备上课去了。

当时，学校在高岚山建设新校舍正在紧张进行，要办好中心小学，又要兼办附设初中班，还得辅导全区数十个学校，实在忙得不可开交，但卓先生对我讲的话，我一直在思考。这位军官出身的教师，在教学上是胜任的，家长反映亦好，又是专员黄先河同志介绍来的，该不会有其他什么问题。他从来不炫耀自己昔日的履历，也不后悔自己的浮沉。一切平平淡淡，若无其事，但我总感到他或许隐藏着一些忧虑。对这样的一位教师，我应该与他谈谈心，在一个下雨的夜晚我去了他家，拉了多家常话，最后他噙着泪水低下头了，还是那句老话：“看来，我难以在这里呆下去了？”从报纸和社会各方面迹象看来，对出身于旧军官的人是非常不利的，但我还是安慰他：“矾山是山区，师资很缺，你安心在这里干下去，家里有什么困难、情况，及时告诉我。”我怕他心理上有压力，伤了他的心，不便说有什么外来的困难，特地加了“家里”二字，其实他是明白的。平时我与同事之间从不握手告别的，此刻，不知怎的，伸出手与他紧紧握住：“保重，保重！”

大约过了两个星期，学校没有接到任何通知，卓先生就被公安部门抓去，批批斗斗，被抓去坐牢，后来又交给群众管判了。

1952年，学校新校舍在各界的共同努力下基本建成，附设的初中班也走上轨道，我也奉命调离了矾山。

后来听说卓鸣鸾先生一家的生活更加困难。父子只得去挑矾，挣钱糊口。矾山到藻溪有四十多公里，都是崎岖山岭，不要说挑着一百多斤的明矾到出口栈，就是空手走路也够辛苦。卓先生挑着明矾，踉踉跄跄，驼背歪肩，万分艰难，有时只得躺在路边呼救。有个儿子身患痔疮脱肛的疾病，肩头重担一压，肛门就整个脱出来，红通通的，痛不堪言。挑矾赚不来钱，三餐更是难保，有时只得吃野菜，苦度时日。据卓寿谦主编《平苍卓氏史志》中《卓鸣鸾小传》记述：“是年土改，传说有陈阜同志寄来一张字条，很简单写了‘给予照顾’几个字，因而定为贫农成份。”说实在的，卓先生原住矾山山凹里的打石湾，住的是一间破漏的平屋，贫苦激励他上进，历经艰难困苦，上了黄埔军校，黄浦军校出来后，与共产党人一起干了一番抗日大事，后来仍住过这个屋子，当了国民党军官后，《平苍卓氏史志》里说他“有说当了天津市长秘书，有说在杭州某军司令部任职，当时还有‘捷报’传到矾山，由卓氏族众予以张贴”，1948 年解甲回归乡里，还是住进这间平屋。群众说卓先生没有田地，只有这间破屋，本来就是贫农，假如没有陈阜同志那张“给予照顾”的字条，说不定会定为官僚地主呢。

据矾山镇九十多岁的离休干部朱善余说：“1956 年，矾山公安派出所召集受管制人员会议，主持会议人员叫卓鸣鸾作检查发言，他最后的两句话是‘凭良心做人，讲道德作事’。听众很受感动。”

卓氏宗谱载：“鸣鸾生子二，一个流落福鼎，被看作坏人疯子，殴伤后致死，一个患脱肛病，经久无钱医治病逝。另生一女，幼殇。鸣鸾终于在 1960 年古历八月初八日谢世。”

卓鸣鸾先生已经走完了一生征程，但却留给后人不少谜团，他是一位国民党军官，为什么能得到黄先河、陈阜等共产党高层干部的器重与爱护？在矾山，凡了解他身世的“老年人”无不赞叹他“其官真大，其人真善，其情真苦，真是一个世上罕见的老实官‘清官’”，原因何在？

最近读了黄传会、黄海贝合著的人民文学出版社出版的传记文学《将才铁军——朱程》，才解了数十年来凝结在心中的谜团，同时才知道朱程将军与卓鸣鸾先生鲜为人知的亲密关系。这册传记文学共 288 页，图文并茂，写得真实又生动。为了忠实于原作，从 40 页开始，照抄原文为下：

朱程回到家乡时，白色恐怖笼罩全县，革命运动落入低潮。

过了春节是元宵。

转眼回家快一个月了，朱程每天陪陪父母说话，逗逗小儿子为松，日子过得很快。渐渐地，朱程心中又不踏实起来，他这次回家，绝不是回来休息的，他要寻找一条革命之路，实现自己的理想。

巧得是，这天朱程在镇里竟遇到黄埔军校的同学卓鸣鸾。卓鸣鸾告诉他，从军校回来后，自己一直在麻步鳌峰小学教书。

“怎么样？朱兄，有兴趣么，一起到鳌峰小学当一名教书先生？”卓鸣鸾含笑询问。

“恐怕不仅仅是当教书先生吧?”朱程意味深长地反问鸣鸾,两人都会心地笑了。

经卓鸣鸾介绍,朱程来到鳌峰小学。当卓鸣鸾带他去见校长时,朱程愣住了。他没有想到校长竟是温州读书时的好友陈阜。陈阜受党组织的委托,出任鳌峰小学校长。随后,陈阜又介绍朱程认识了平阳早期的共产党人叶廷鹏。

原来,攻打平阳县城不久,县委书记吴信直被捕牺牲。平阳县农民运动创始人之一叶廷鹏等转入地下,以梅康主办的务垟小学为基地,进行秘密活动。但务垟与平阳县城近在咫尺,很不安全。同年秋,叶廷鹏委托陈阜接手鳌峰小学,遂将据点移至此地。进步青年梅康、吴毓、黄先河以及黄浦军校学生卓鸣鸾、池化龙都在学校任教。叶廷鹏自已则化名老金,以学校伙夫的身份做掩护,开展党的活动。

(黄先河的回忆,略)

一边组织青年农民学习文化,一边宣传革命道理。每当遇到不明白的问题,几位青年便向叶廷鹏请教,他总能给他们满意的回答。

朱程仿佛又回到了在黄埔军校学习的日子,每天都有新收获,新感触,生活过得丰富而又充实。应该说,朱程是在鳌峰小学真正开始接触马克思主义的。

鳌峰小学的“异常”现象,还是被国民党地方当局察觉了。过了些日子,经常有便衣在学校门口游荡。学生家长还收到传单,劝告不要送孩子到学校上学。1931 年快放暑假时,地方当局策动一帮地痞流氓煽动不明真相的群众和房族,以学校捣毁佛像为由,闯入学校,殴打教师,捣毁设备。一个歹徒用木棍将吴毓的头部击伤,血流如注。附近的农协会员闻讯赶来,全校师生在他们的掩护下才撤离学校。经过这次事件,鳌峰小学随即停办。

紧接着,“九·一八”事变爆发。

鳌峰小学停办了,教师们分道扬镳了。

卓鸣鸾不忘黄埔军校的校训,牢记鳌峰小学地下革命活动的收获与友谊,怀着满腔抗日热情,与内人维湘一起又踏上了征途。先后在河北、天津和浙江、杭州担任军务工作。

风风雨雨 17 年后的 1948 年,鉴于当时的政治局势,卓鸣鸾又毅然回到故乡。这次回到矾山打石湾老家,仍然是一肩行李,两袖清风,黑发变白,多了两小孩。亲朋戚友邻居来看他,还是以伯叔兄弟相称,没有一人称他的“官职”,根本不知道他在国民党政府与军队里当过什么官。

凭良心做人,讲道德作事的卓鸣鸾一家,如此悲惨的结局,谁也难以理解。或许缘由于“时也,运也,命也”。

(此文原刊于《卷南历史文化》和地方报)

矾都忆教育

——矾山中心小学筹建新校舍纪事

(一)

矾山小学由来,与矾矿发展有关。遍布矾矿矿洞和炼矾窑厂的码笼尖北坡甲段,崖间长出一巴蕉扇形岩石,扇叶斜垂,岩底可避风雨。于是人们就在岩下供上香炉,燃了香,恭奉明矾始祖窑主爷。不知多少年以后,人们又在前面建了六楹五间简陋宫殿,在中堂的神座上塑了窑主爷的神像,这就是矾山人人敬仰的石官。若干年后,这里办了学堂,就叫石宫学堂。抗日名将朱程曾在此念了几年书。黄传会、黄海贝著的《抗日名将朱程》一书中记述:“1918 年 9 月,8 岁的朱程由父亲送进石宫小学;4 年苦读,朱程以门门功课全优的成绩,从石宫小学毕业。”据中共党史出版社出版的《浙南人民抗日斗争史》中载:“1937 年 11 月,郑丹甫率领林辉山、欧阳宽等人到鼎平,整顿基层党组织,建立抗日民族统一战线,开展抗日救亡宣传工作,先在矾山建立了矿山党支部、石宫党支部和矾山街妇女党支部……”文中所指石官党支部就是石宫学堂党支部。后来成为革命烈士的陈百弓、朱善醉、张传卓、吴毓以及林裕芝等同志都在这里任教或活动的据点,连学堂工友邱新海也是共产党员。到这所石宫学堂就读的都是矾矿工人子弟,学堂还办了夜校供工人和家眷学习文化,这就是矾山小学的前身。

约在 1944 年,矾山在胭脂宫办起矾矿工人子弟学校,地下党员罗鸣皋曾在这所学校任教。时值浙江省政府在矾山设立明矾管理处期间。此时,石宫小学已搬到工会所,成为中心小学,石宫设分部,随后工人子弟学校也并到工会所来了。到 1949 年,工会所一直是中心小学。比石宫小学稍迟,矾山水尾宫还有观澜小学,顶村宫、南下宫、圆盘宫也办起初小。这些学校大都供工人子弟上学。

矾山工会所是矾矿工人用自己的血汗和力量于 1930 年盖起来的,是五间二层高大的洋房,楼下很宽敞,供工人聚会,楼上供工会人员办公。新中国成立前后曾一度办了职工业余学校,连右边毗连的土地庙也改为教室、教师寝室和厨房。矾山区文教辅导会也设在这里。

（二）

1950年春，时任矾山区副区长王景象突然通知区文教辅导员兼矾山小学校长（当时称矾山区中心学校）的笔者去谈话，要中心学校与区公所互换一下地址，当时区公所在鸡笼山半腰一座朱氏洋式厝里。笔者以工会所处在矿区中心，如今办起供工人子弟上学的学校，况且学期刚开始不久，洋式厝不宜办学校为由，据理力争，两人不欢而散。笔者随即赶到时任县委委员兼矾山区委书记吴长军那里。吴长军听了笔者的报告即去批评王景象，说他不应该用粗暴的话语和态度对待知识分子。随后又叫笔者到他住房里，倒了一碗白开水，谈开了。他说自己是个大老粗，很早就参加新四军，吃了没有文化的苦。他说文化确实重要，但区公所与学校互换一事，不是王景象一个人的意见，是区委决定的，要求笔者顾全大局。笔者说回去跟教师们商量商量再说。

几天以后，吴长军到学校来找笔者，对笔者讲了许多知心话，在无可奈何的情况下，笔者同意区委的决定。吴长军见笔者万分困惑，问笔者还有什么办法。笔者考虑，借用民宅、官庙，终不是办学大计，根据教师与家长的看法，如果能盖一座像样的校舍那该多好！笔者鼓起勇气向吴长军书记提出，立即得到他热情的鼓励和全力的支持。筹建矾山区中心学校新校舍的巨大工程启动。

（三）

新校舍筹建要成立委员会，吴长军与区委组织委员、区委秘书一起叫笔者去商议。吴长军说，这个主任要笔者当，副主任由王景象、程崇式二人担任，笔者坚决不同意。吴长军认为土地改革快开始了，王景象如果当主任，校舍永远建不起来；程崇式是省人民表，又是资方，由王景象与程崇式两人当副主任是合适的。“这领导班子的事，不是你们讲了算数，而要由我讲了算。至于委员要多少名，谁来当，你们几人多商议。”现在记得起来的委员有厂工工会的林培植，矿工工会的卢兴谦，挑工工会的张子芬，矾商会的朱璇、刘彦珍，工商联的庄步法、张纯良、郑友直以及卢曙东、庄琴、张璋玉、陈进芽（明矾小厂多集人）、朱修局，有的虽没当委员，但为建校出了大力。其他还有什么人，事隔62年，一时记不起来了。大约只隔一周，就在区公所会议室召开新校舍筹建会议，开展有关事宜。

关于校址选择问题，开始大家议定在南垟（即如今平洞口那片地），由矾矿技术人员负责实地丈量、绘出平面图，后来认为这里场地太小，旁边还有民房，无法扩展。筹委会经过一再讨论，最后议定在高岚山。这里面对鸡笼山，背靠牛头山，是处自然环境非常优美的风水宝地。此山只有数十米高，山坡上都是种番薯等杂粮的山园。区公所明确表态，征用的土地一律丈量登记入册，待即将土改后予以补偿。高岚山在矿区北面，中间隔了一条湍急的溪流，当时只有碇步，如遇大雨，山洪暴发，交通就中断。矿区这边的家长很不放心，但大家还是以矾矿和教育发展前景为重，再不质询了。

关于图纸设计问题，到底要盖一个怎么样的学校，各界人士都有不同的看法。矾矿技术员及其他人士有的还绘了草图，还是意见不一，最后还是常住温州的资方李若秀等人的意见较为妥当。李若秀说："既然新盖一所学校，就要规模大，式样新，适合于学习。我们看了温州龙狮画室设计的几幢建筑物，感到很不错。我们可以谈一些设想，然后恳请龙狮画室派人来设计"。

校舍全部坐北朝南，后面一排校舍有四个教室，当中一个大型办公室，两个教师宿舍隔在教室中间。办公室前面一条宽大高敞的走廊，从北向南延伸。走廊的右边，每隔十多米是两个教室夹着一个宿舍，共有五排校舍，每排教室前后都有一个 200 多平方米的花园。长廊左边是一个可容千人的场地，可用来供学生做课间操。

那排最长的校舍后面小坡上建厨房、膳厅、储藏室、音乐室等。厨房有一个小门通校外山旁水井，再后是山峦的顶端，拟建一石亭，可浏览群山怀抱这个矿区盆地的金景。

校舍前面是一处凹形地，计划建可容千人的大礼堂，礼堂后半部二楼作图书室、阅览室。大礼堂的前面，是个大操场，一直到溪边。这里可开全校和全区范围的运动会，也可用来矿、区、镇工人群队的集会。

筹募经费是筹建校舍的重点，按吴长军的说法，就是用抗日战争的办法，有力出力，有钱出钱，先在工会、农会组织中作动员，然后他们各自去组织动员，矿工工会、厂工工会负责打地基，挑工工会和各村农会负责搬运木料。在校址西边一个耶稣堂里，筹建委召开一次筹募资金大会，请矾矿和街道商店资方参加。吴长军作了简短讲话，即开始认募款项。筹建委副主任程崇式请郑宗瑾带个头，郑在乐助红纸上写了"350 担稻谷"。有人请他加把劲，郑说："先拿这些，以后再说。"程崇式也写了 350 担。接下去都是 350 担以下的，一般都有 200 担左右。记得数额较大的有刘彦珍、朱道儒、朱道华、卢生培、李若秀、朱辅臣、郑迪甫、朱璇、朱良浩、陈子信等人。到会的都分别认募了，未到会的会后也踊跃认募。笔者父亲郑春甫当过矾窑经理、襄理、总经理，但资金不多，他征得内人朱氏同意，将陪嫁的金首饰、二百多块银元、布疋等全部献出，约值 200 担谷子。当时工商联与街道商会许多先生也慷慨解囊。工程开始后，郑宗瑾即告诉筹建委，他的募款已如数拨到明矾联营处，可随时支付。在郑宗瑾不声不响将全部乐助款拨出的感召下，乐助的资方都主动向出纳缴来款项，资金不算宽裕的资方也陆续缴交款项，没有一户欠款。这也看出矾矿资方对教育事业的热情。这时抗美援朝运动正在掀起，矾矿资方对捐献飞机也作出很大贡献。

（四）

建新校的资金有了着落，筹委会马上对工程作了部署与分工，会计由矾矿工人医院会计林亦秋兼任，出纳由矾商会陆谦兼任，采购杂物由开商铺的陈友良负责。上述人员大家都自顾尽义务，不拿工资与补贴。只有朱尔清、朱良团二人领吃饭津贴，昼夜在工地上负责建筑材料与工具等的保管及其他杂务。

建校筹委会要求各分工单位积极做好准备，立即行动。一天清早，筹委会副主任程崇式带领一班人，包括木匠到鳌江岸边的直浃河木材集散地买木料。平时，程崇式出入矾山都坐便轿，这一次年已五十来岁的他坚持要自己步行。同行者劝他坐便轿，他说为了工人建学校，跟着大家走山路是应该的。走到藻溪已有四十公里，快中午了，在藻溪街头的小饭摊吃了饭，然后乘江船到直浃河，在数百堆木料中挑选了几堆，量好数量，做好标志，讲定价钱，说好由卖家将木料运到藻溪埠头后再付钱。回程到藻溪时快上灯了。为了节省住宿费，程崇式说还是点起灯笼赶回矾山。这一天，大家走了八九十公里山路，还买了数百株株正杉木，是够辛苦的。这些杉木由矾矿挑工和周边村民负责抬，其中有许多是畲族女同胞。挑工只补贴伙食费和茶水费，也一律不要工资。鉴于抬杉木要翻山越岭，十分艰苦，建校筹委会一再要给抬杉木的员工增加补贴费，他们坚决不接受，实在令人感动。购来的正杉木有一株最大的重四百多斤，按常规应该锯成数段，便于搬运。可是挑工们认为矾山自古以来，没有见过这么又大又长的正杉，坚持要整株抬回来，让大家看看。记得后来是由八个人轮换抬到最陡峭的挂岭时，由两位路人帮助才抬到学校工地，引得附近数百人前来观看。

（五）

建筑材料分头去订购了，有的也陆续运来了。此时，建校筹委会又发出了迁移坟墓的通告，并决定在五一国际劳动节这一天动工打地基。大家认为应按温州龙狮画室设计的图纸分地段确定地标打地基，预先做好一些工具的准备。大部分工具都是扩工与厂工自己带来的。按惯例，动这么大的土，一定要选日子。工人们认为国际劳动节是工人最大的节日，是吉利的日子，就不必要再找选日先生选定动工时展了。至于动土时尊敬土地神的仪式还是尊重当地的老传统，早在数天前就请人做过了，待开工后按时焚香就行了。

动工第一天来了好几百人，工地上升起五星红旗，张贴许多红绿标语，鞭炮齐鸣，特别是矿工自带的用火药为爆破物的四门炮更是声振整个矾山盆地。正当干得热火朝天时，工人喊发现了墓碑、金瓶（盛骨骸的陶瓮）以及古人的骨骸，老工人说，这些古物不能乱丢，要放好。于是朱尔清与朱良团就去收拾起来，集中放在工地一边，还到街上买了几个金瓶放置零零散散的灵骨。待新校地基基本搞好时，他俩又去牛头山买了两穴墓，选个好日子，烧了香烛、红钱，将这几十个金瓶安葬在墓穴里。。

每天收工时，工人们就把工具暂时放在工地的草棚里，草棚四周叠着刚买来的砖，朝南开了一门一窗，棚里安上一床一桌，朱尔清与朱良团就睡在这里。接收的砖瓦来自顶村、昌禅、鹤顶山脚、灵溪西山等地，其质量一致认为鹤顶山脚畲族同胞做的砖瓦最为优良。石灰来自马站、沿浦、福建前岐等地。从头至尾，工地上没有遗失一砖一木一件工具。

打地基的工人不给工资，只吃中餐，下午三时吃两碗粥当点心。不少家离工地近的工人都回去吃饭，让公家少花钱。每天早上照样是升五星红旗，放四门炮为号，但工人们都提前到工地，甚至连没有任务的家庭妇女也争先来帮忙。

在各级党委、人民政府的重视下，在建校筹委会与矾矿各界人士的共同努力下，木工与泥水工保质保量保时完成任务，整个工程在奠基一年半后基本建成。只剩下大礼堂、图书馆和大礼堂前的大操场，留到二期工程建设。

这时，县文教科下通知，要在区中心小学增设初中班，每学期招一个50至60人的班。因此。学校的布局再作调整。石官学堂仍维持六个班级，洋式厝中心校本部抓紧迁到新校来，洋式厝留给附中班当教室和师生宿舍。1951年，附中班招生顺利进行，共五十多人。第二学期又招了一个班五十多人。这是矾山矿区办中学之首创。一年后，与其他区附中班一样，按县文教科的计划，将原有学生分别并到平阳一中和水头二中去。这一百多名附中生都学有所长，后来分配到各条战线上，为建设社会主义作出贡献，如今大部分已经退休了。

为了将小学部尽快搬到高岚山新校舍来，除了大器具以外，师生们都自己动手搬下来，还在新校舍工地上帮助整地、栽种树木花卉，在东北方向堆泥石为围堤，上面栽种毛竹、夹竹桃、冬青，外围种上剑麻，也就成了围墙了。

（六）

搬进新校舍，没有盛典，没有聚餐，只是在操场上集中金校师生（包括附中炳生）六百多人，讲讲过去，看看当时，谈谈未来。这个矿区和学校除了抗日英雄朱程，为抗日发动下关起义的张传卓，走上抗日前线临行时剪下头发给母亲以示决心的陈正鹤，还有地下党员吴毓、欧阳宽、陈百弓、张傅朴等人。更难以令人忘怀的是石宫学堂校长朱善醉，他以学堂为阵地组织夜校，演文明戏等抗日活动，引起当局仇视，将他抓进警察所严刑拷打，从而掀起全矿区的罢工、罢市、罢课……学校本部办在矾矿工会所期间，有顶村学生蔡祖豆挑着一担木柴到街上卖了缴学费，经南下警察所时，警察要以极低的平价购买，蔡祖豆不肯，便被恶毒殴打。学校闻讯，随有学生卢兴立、项祖益、陈传成，工友陈金乐数人赶去说理，也被枪托重击轻伤，有二三人被丢到南下桥脚，遍体鳞伤。因而掀起全矾矿范围的工潮、学潮，后来还派代表到平阳县城告状……

回忆过去，不忘昔日的苦难，才能激发起建设新校的热情。刚从学校调到矾矿广播站的洪永年、张建辉在安排广播节时，有许多是表扬建校工作中的好人好事，报道工程进度，凡是建校筹委会给的稿件都优先播放。曾毕业黄埔军校、引导朱程走上革命道路的当时教师卓鸣鸾帮助拟定抄写新校舍征地和迁移坟墓通告，得到民众的好评。曾是省人民代表的雷必彬、副校长陈正迪、总务主任李起銮、社教主任郑乃臻以及许文仪、徐官淼、黄开满、华业树、郑汝平、潘星辉、夏怡华、萧凤翥、萧东欧、李锵鸣、李熙光、林德快、李招洲等，在繁忙的日常教学之余，晚上辅导夜校，还排演了《白毛女》等节目到各村各工区演出，同时也宣传筹建新校舍，李熙光还画了壁报。

矾山小学新校建成至今已有六十多年了，期间，这所学校发挥了重大的作用，培养了一代代善于认识自然、征服自然的开矿、炼矾能手和高级科技人员，也涌现了许多优秀领导干部和知名作家、学者，这所百年老校可谓：

鹤立东方，声鸣四野，德懋才高遍百业；
溪流西向，浪渤三元，桃红李白红续千秋。

（此文原刊于《巻南历史文化》）

矾山一小

已有103年历史的矾山小学与矾矿发展息息相关。遍布矾矿矿洞和炼矾窑厂的鸡笼尖北坡中段，崖间长出一巴蕉扇形岩石，扇叶斜垂，岩底可避风雨。于是人们就在岩下供上香炉，燃了香，恭奉明矾始祖窑主爷。不知多少年以后，人们又在前面建了六楹五间简陋宫殿，在中堂的神座上塑了窑主爷的神像，这就是矾山人人敬仰的石宫。随着当地经济发展和人口增多，当地人对文化的要求日渐迫切。宣统元年(1909)，朱文侯借矾山乡内街土地公宫庙屋为校舍，创办矾山公学；同时，朱龙光借矾山乡福德庵石富窑主庙为校舍，创为韫玉私校。民国元年(1912)，二校合并为韫山初等小学堂，址福德庵石宫，抗日名将朱程曾在此念了几年书。黄传会、黄海贝著的《抗日名将朱程》一书曾记述："1918年9月，8岁的朱程由父亲送进石宫小学。4年苦读，朱程以门门功课全优的成绩，从石宫小学毕业。"民国二十七年(1938)，添设高级部，为完全小学。到这所石宫学堂就读的都是矾矿工人子弟。学堂还办了夜校供工人和家眷学习文化。

民国三十年(1941)春，更名为平阳县矾山乡中心学校。约在1944年，矾山在胭脂宫办起矾矿工人子弟学校，地下党员罗鸣皋曾在这所学校任教。民国三十四年(1945)春，又更名为"平阳县矾山乡中心国民学校"。时校舍不敷使用，又迁内街(今矾山第二居民区)，借土地公宫、矾厂工会所为校舍。工会厮成为中心小学，石富设分部，随后工人子弟学校也并到工会所。到1949年，工会所一直是中心小学，时有6个班级，学生305人(其中女生46人)，教师10人。矾山工会所是矾矿工人用自己的血汗和力量于1930年盖起来的，是五间二层高大的洋房，楼下很宽敞，工人聚会，楼上工会人员办公。比石宫小学稍迟，矾山水尾宫还有观澜小学，顶村宫、南下宫、圆盘宫也办直初小。这些学校大都供工人子弟上。

民国三十六年(1947)十月，顶村学生蔡祖豆挑着一担木柴到矾山到街上叫卖以缴学费，经南下警察所时，警察要以极低的平价购买，蔡祖豆不肯，与警方发生冲突，便被恶毒殴打。学校闻讯，随有学生卢兴立、项祖益、陈传成，工友陈金乐数人赶去说理，也被枪托重击致伤，有二三人被丢到南下桥脚，遍体鳞伤。巡官(警察所长官)还下令逮捕学生会干部陈传成等人，指控他们为共产党叛乱，押至警察局羁禁。矾山数千工人和温州全区中心学校闻讯竭力声援学生，其中矾山掀起全矾矿范围的工潮、学潮，后来还派代表到平阳县城告状，各界也纷纷上书谴责警方无理行径。浙江第十中学(今温州中学)、平阳中学、瑞安中学相继罢课声援。十余天后，当局慑于多方压力，只得释放学生，撤销乡警察所巡官职务，调离肇事警长。

是年秋，添设石宫分部。1948年春，并十一、十二保联立国民学校(原称观澜小学，地方绅士卢咏淇借水尾杨府爷富为校舍，1912年创办)为第二分部。

1949年9月，人民政府接管学校，更校名为“平阳县矾山区中心小学”。时任校长庄琴。

1950年秋，该校校舍奇缺，校长郑立于及其筹建委员会发出“有钱出钱，有力出力”的号召，各界人士积极响应。冬，募谷3000余担(折合人民出币二万多元)，于翌年5月择地古岚山(今校址)启建。1952年春，新校舍峻工，校址由内街迁到高岚山。学校地处文昌路旁，依山而建，占地面积14200平方米，有教学大楼2幢，实验大楼1幢，建筑面积4700平方米。该年设10个班，学生574人，教职工15人。

1963年改校名为“平阳县矾山中心小学”。1966年，全校共31个班(其中本部23班，教师35人，学生1436人)，学生1856人，教职工50人。

“文化大革命”中，因派性斗争、教师串联、社会武斗，停课一年，教室成为赌场，“车宣队”、“工宣队”先后进驻。1970年，易名“矾矿‘五七’小学”。由矾矿委员直接领导。1972年，贯彻中央“抓革命，促生产”的指示，教师尚能坚守岗位，认真执教，“小气候”颇为良好。1974年，改称“平阳县矾山镇中心小学”，时逢“马振夫公社中学事件”发生，教育系统大批“回潮”、“复辟”，学校再度受到严重冲击。

1977年秋，镇委呈准分校，本部为“平阳县矾山镇第一小学”，分部为“平阳县矾山镇第二小学”。时“四人帮”已粉碎，学校拨乱反正成绩显著。1978年与驻矾部队挂钩，邀请解放军指战员担任少先队辅导员。翌年首先实行升国旗仪式制度，大力开展“学雷锋创三好”、“五讲四美三热爱”活动。校风、教风、学风焕然一新，学生时时想雷锋，处处学雷锋，人人做雷锋。1981年6月1日，大队部被评为市级，县级红花集体。1981年11月，苍南从平阳县中析出，校名改为“苍南县矾山镇第一小学”。

1982年3月，与部队订立《共建学校文明公约》，扎实、有效地开展了全民文明礼貌月活动。5月，被评为县优胜单位。10月，田径队获县运动会团体总分第一。11月县教学研究会在该校举行。1983年2月被授予省级五讲四美、为人师表先进单位荣誉。6月,被市委、市府评为全民文明礼貌月“三优一学”优胜单位。

1984年4月,朱韶华老师被评为全国优秀班主任。

1984年8月,党支部建立。9月,试行学校、社会、家庭三结合教育体制,建立家长委员会。翌年10月,大队部被评为省级先进集体。1987年,被评为县级文明卫生先进单位及县文明建设先进单位。次年3月,党支部被评为县级先进单位。学校被县委、县府命名为文明单位,建立了全县小学唯一的一所少年军校。1990年,被县教委定为德育示范学校。

1980年至1989年,共建设校舍2897.8平方米,造价400951元。1990年,校园占地面积8860平方米。其中建筑面积3381.8平方米,操场2325平方米,绿化312平方米。全校31个班(其中赤家山、尖加坑、自岩村校各设1个复式班),在校生1413人,入学率99,65%,教职工55人(其中代课教师10人)。时任校长陈成贯。

1994年5月,改为“苍南县矾山镇第一辅导中心小学”。2011年8月,校名改为“苍南县矾山镇第一小学”。现有教学班21个,在校生1068人。56人的教职工队伍,恩维活跃、工作勤奋、治学严谨。专任教师学历合格率达98%,其中大专学历37人,大学学历4人,共培养了11名省市县教坛新季,30位教师获得省市县优秀教师称号。学校始终坚持以提高质量为根本,坚持解放思想,实事求是,与时俱进,全面贯彻教育方针,坚持教育创新,以发展为第一教务,统筹一切可用资源,给学生空间,给校园活力,给教师平台,实干创新,打造崭新的学校教育。

矾山小学建校103年来,培养了众多革命者和一代代善于认识自然、征服自然的开矿、炼矾能手以及高级科技人员,也涌现了许多优秀领导干部和知青作家、学者,可谓:鹤立东方,声鸣四野,德懋才高遍百业;溪流西向,浪渤而乐;桃红李白续千秋。

附录:矾山一小历任校长名录

姓名	在任时间	备注
朱文候	失考	韫山小学
朱铭恩	失考	
朱敬亭	1910年—1918年	
郑超甫	1934年—1936年春	
王仲惠	1936年夏—1938年夏	

续表

姓名	在任时间	备注
朱善醉	1938年秋—1939年冬	
林君瑜	1940年春—1940年夏	
朱良仁	1940年秋—1945年夏	
陈华兴	1945年秋—1946年夏	
卢辕	1946年秋—1946年冬	
朱武	1947年春—1947年夏	
郑友直	1947年秋—1948年冬	
张达生	1949年1月—1949年7月	
庄琴	1949年9月—1949年12月	
郑立于	1950年2月—1952年9月	矾山区文教辅导会辅导员兼区中心小学校长
姜楚秋	1952年9月—1956年12月	
张子凤	1957年9月—1958年8月	
朱贤香	1958年9月—1959年8月	
戴兆芳	1959年8月—1969年8月	副校长
吴钦段	1958年9月—1969年8月	副校长
施光侯	1977年9月—1983年12月	
邱新福	1984年1月—1987年12月	其中副校长1979.9—1983.12
陈成贯	1988年1月—1944年	
董爱棣	1994年—1998年7月	
施克佑	1998年8月—2003年7月	
李求兴	2003年8月—2011年8月	其中副校长1996.8—2003.7
雷正展	2011年8月—至今	

（此文由《苍南百年老校》主编杨道敏先生据郑立于、邱新福等稿件编辑）

矾山郑氏宗祠碑记

郑氏系中华民族古老而享有盛誉大姓之一，源远流长。矾山郑氏祖籍荥阳郡，后南迁至福建长乐，复辗转至乐清，旋移居永嘉白水（现属温州市龙湾区），最后徙居矾山，历两千八百余年。据《重修浙江通志稿》载："平阳矾矿传肇于明代。有永嘉人郑朱二姓避难于此，叠石为灶，石受烧烙，偶因泼水其上，见结晶体出露。疑之，纵复烙他石试是皆然。出语诸人，知为明矾。乃从事制炼，销售遐迩，因以获利。其后业此者日众，明矾遂销售于各地……"因此，矾山郑氏先辈无疑是矾矿开采、制炼、创业最早者之一。六百多年来，矾山郑氏子孙繁荣滋长，从采矿、炼矾、销售、理财及其他各个领域，人才辈出，卓有成就。整部矾矿开发建设史，凝结郑氏先辈及后裔之血汗，竟有许多为矾矿这一世界瞩目的实业付出宝贵之生命。近年鉴于采矿之需，郑氏后裔已从原聚居地鸡笼山半腰矿区西坑村，迁移至矾山镇西街。为缅怀先辈并继承先辈艰难创业之精神，发奋图强，再展宏图，由后裔郑立尊、立滋、立淞、立先、益梅等发起与矾山郑氏各支派共同在原聚居地西坑村筹建矾山郑氏宗祠。现大功告成，特镌此碑记，以传万代。

矾山郑氏宗亲会敬立后裔郑立于谨撰并书

（此碑嵌在温州矾矿矿区原郑氏聚居地西坑村郑氏宗祠门台内壁）

矾都言志楼记

祖国之矾都乃余之故乡，先辈从河南荥阳迁至福建长乐，复辗转至浙江乐清、永嘉瓯海白水，再徒居矾山。余寓居平阳数十年，一九八〇年在平阳县城南门铁岭村购地四百多平方米，建两层楼房三间，左边房与房外小舍系女儿郑冰天与女婿钱昭鉴所有。后有井，右有池，环境幽雅，匾额系苏步青先生所题，文曰："言志楼"，诗言志出于《尧典》等古籍，诗以言志，志以定言，为人亦应有宽大怀抱，对人宽，对己严，言行一致。如今言志楼藏书已逾万册，子孙分居杭州、厦门、北京、平阳、苍南等地，亦各有藏书楼阁合计约有五万册，后辈亦有不少著述、译文出版，将拟收入言志楼丛书。金婚之期，余与内人黄丽容商议，为发扬言志楼求知、治学、创业之精神，将"言志楼"匾额复制数方，将此记题于匾后，分赠两女郑冰天、郑霜枝，两男郑萍野、郑水同。望汝辈及其子女读万卷书，行万里路，结万人缘，尽力成为有高尚道德之人，有文化素养之人，有专业技术之人。是为记。

言志楼主人郑立于

公元二〇〇〇年秋月吉日

赋矾都首届明矾节（七律）

万里秋高景色新，明矾佳节最关清。
饱餐若涩先行者；阅尽沧桑后继人。
石伞犹牵千载梦；珠玑可澄五洲尘。
浮钟不必鸣征兆，故国矾都永扬名。

（郑立于撰，谢云书）

矾矿工人今昔歌

鸡笼山顶光秃秃，
险暗矿洞是房屋；
吃尽山间无名草，

冰冷岩板是床铺。
老年残疾卧路旁，
壮年摔儿卖老婆，
少年重担压在身，
歪肩驼背一把骨。
死去百年没钱葬，
葬了三天还半活。
矿工过去如牛马，
千言万语苦难诉。

鸡笼山顶插红旗，
矿工换来新天地。
平洞撒满夜明珠，
皇宫廊道怎能比。
电钻一挖山打嚏，
矿井又深好几米。
石坐斗车人赶石，
吹阵南风到厂里。
劳动保险人添寿，
矿区新楼安新居。
吃过黄连喝蜂蜜。

山

前门是山，
后门是山，
山外有山，
山上有山。

想过去，
住山怨山。
满山是宝无法采，
山区人民苦不堪。

终年难尝鱼鲜味，
无衣缺食受饥寒。

看现在，
住山养山。
点缀峰峦千里绿，
打开山区百宝盆。
辛勤劳动结硕果，
林茂粮丰矿多产。

望将来，
住山爱山，
绿荫深处机器响，
水库养鱼建电站。
高举红旗向前进，
前途美景多灿烂。

（原刊1961年12月3日《浙南大众》）

矿山之夜

夜幕来到矿山，
烟雾时浓时淡，
灯光透过淡雾，
宛如朵朵白牡丹。

矿洞里人声喧嚷，
钻岩机轧轧作响，
劳动歌声此起彼落，
汇成了沸腾的海洋。

天明了还以为是半夜，
使劲向一百公尺深处钻，
时间过得太快了，
一夜只开一座山。

（刊《温州日报》）

题鹤顶山某寺

殿依鹤顶，凌去万仞天穹近；
而向雁荡，纵月千寻意境宽。

（郑立于并书）

题闽浙交界路亭

地接鼎平泰，昔日峥嵘星指路；
人求善真美，前程灿烂火燎原。

（幻邨书）

题矾都矿山保护神陈老爷庙

孤山凌空，四山韫玉；
群灯悬境，万里蒙庥。

（幻邨撰）

题矾都莲华寺大殿

莲叶浮清波，倒印鹤峰景色，佛国乐园心内蕴；
华鬘飘紫雾，环回潭际钟声，矾都宏构眼前开。

（郑立于敞撰并书）

矾都莲华禅寺大雄宝殿联

乱云飞渡，万象皆空，念灭方静明佛性；
烟雨全收，一麈不染，功深然后悟禅机。

（郑立于撰　蔡启东书）

悼念张传卓、黄涛、庄琴、三杰士联

张黄庄三杰士，白皮红心，巧使良谋营救章志中，
急智大勇，缘启霞关起义，冤陷铁窗志不屈；
鼎平泰众英豪，外攻内应，迅缴枪弹撤回鹤山顶，
健儿侠女，身投抗日战争，威惊敌陈誉长存！

（郑立于撰并书，下关起义时，张传卓、黄涛、莊琴三杰士在矾山坡捕，斗争极其残酷。此联现存南坪革命烈士纪念馆）

砚都郑氏宗祠大殿联

分支于白水，先辈高才传硕德；
繁衍在赤垟，后裔壮志鼓雄风。

（幻郜撰）

砚都溪滨晨曦亭联

仙鹤归来，四周翠岚披佳景；
峰岩卓化，一脉碧波澄浊流。

（郑立于并书）

砚山昌禅文昌阁联

巴蜀来帝君，文德显灵承世运。
晶禅建庙宇，玄机顿悟应天元。

（郑立于撰并书）

题郑宗用、郑鹏高书画联展

法翰墨缘，立中兴志；
扬郑文化，抒爱国情。

（幻郜并书）

题砚都高岚山原区中心小学门联

鹤立东方，声鸣四野，德懋才高遍百业；
溪流西向，浪渤三元，桃红李白红续千秋。

（郑立于并书）

砚山昌禅文学阁大门联

猛虎踞险峰，崇阁高台驼独驮。
神龙翔宝地，黎民雅士风双飞！

（郑立于并书）

砚都新建石将军庙联

石将军百仞守雄关，捍卫砚山，广施福慧；
金宝殿三层悬碧落，慈荫梓里，普济黎民。

（郑立于撰联并书）

黄忠盘仁兄八秩华诞

庆八秩华诞，一生有幸；
祈百龄期颐，五世其昌。

（幻邨并书）

简成协仁兄千古

先辈平生艰苦，硕德高才学尘世；
后昆继续长进，能文能武创新天。

（简先生系昌禅人曾任基层要职）

悼念老红军吴荣膺同志

少壮出征，满腔热血，悲烈传奇留史志；
耄龄归宿，两袖清风，浩然正气遗人寰。

（吴荣膺同志原为追随刘英烈士之老红军，南宋乡人，此联郑立于与黄丽容同挽）

悼念原浙闽边界中共鼎平县委书记郑衍宗同志

凤村树里人才出兮，忆鹤顶山，柳家山、太姥山、山山洒血汗。同仇敌忾，推翻三座大山。斩棘披荆，改造旧时世界；

黄浦江边灵骨归也，看荆州路、控江路、福州路、路路留踪迹。策马先驱，辟出一条新路，处心积虑，构思今日蓝图。

（郑衍宗同志长期在砚山活动。此联由郑立于敬挽并书）

挽台湾郑龄华女士

高雄哀启电传，愁云飘两岸，
古鳌放悲礼颂，淑德垂千秋。

（郑龄华女士乃巷南籍已故林新敷先生夫人、林烈敷（林竞）先生嫂子。此联由郑龄华女士养女黄丽容与其丈夫郑立于同挽）

苏元中医师九十华诞志庆

凭三指，渡三灾，建三亭，名医承三代，良方治多少疑难病例；
朝九凰，吸九气，臻九如，华诞庆九秩，长寿超期颐康乐仙家。

（苏元系砚山镇金斗垟村人，郑立于撰并书）

悼郭承先君

墜地廿年离鲁省，参军南下，茹苦饮辛作公仆；
结缘家世在砚都，骑鹤西游，品茗喝酒是仙人。

（郑幻邨撰）

王府曾太孺人莲右

数代同堂，求鲤卧冰弘孝道；
三槐共脉，辟山跨国振华声。

（孺人哲嗣王先成等五兄弟学有所成，在北京、南非等地从事大工程建设，卓有成绩。郑立于与吴兰香、黄丽容同挽）

挽黄传垂先生

鹤顶遮愁云，故国砚都陨俊彦；
燕头归香火，黄宗后辈接离风。

（郑立于黄丽容，率女郑冰天、郑霜枝，男郑萍野、郑水园同挽）

敬悼父亲大人郑春甫先生

矢志理财源，善珠算，精心算，减加乘除超电脑，六秩有缘享清福。
终生务砚矿，作襄理，当经理，衣食住行若工人，耄年无疾上西天。

（与郑立厚、立雪、立对同敬悼）

敬悼爱国民主人士黄涛先生

中岙奉亲割左股，至孝传家，扬声闽浙；
下关起义入铁窗，尽忠抗日，记事碑铭。

（幻邦撰联，黄寿耀书）

岳母大人卢氏莲右

隐蔽过难关，延医疗义士，抗日救亡尽心力。
从容对冤案，挨饿持家园，励精图强遗嘉声。

（岳母卢燕雪，矾山水尾人，黄丽容全家敬挽）

母亲大人朱氏莲右

幼小承庭教，识药材，辨药性，常云世上最难治愈愚蠢、贪婪、懒惰诸病，汝等当严防也；

从未入孔门，知文理，懂文才，为建学堂献出陪嫁金银、玉石、珍宝众物，自言已无虑矣。

（全家同致悼）

敬挽母亲大人朱氏

母亲乘鹤去，难见音容空有泪；
不孝从杭归，盼聆教诲杳无声。

（哲嗣幻邨顿首）

悼念庄琴先生

霞关起义入樊笼，梦里高歌，刑场未死；
祖国复兴进晓境，醉中独醒，净土永生。

（郑立于与张传富、吴荣地、陶大恭、张世界、杨子耕、黄丽容等同挽）

悼念刘彦珍先生

矾都留足踪，重重叠叠，北调南腔皆学问；
产品似珠玑，透透明明，甜来苦尽遗声名。

（刘彦珍先生终身服务矾矿，曾任明矾联营处总经理。郑立于撰并书）

庄府郑太孺人仙逝纪念

相夫教子，方圆百里留矜式；
爱国持家，谱志千年镌雅名。

（郑太孺人系郑式乐岳母，郑立于与黄丽容同挽）

婶母沈太孺人莲右

白水长吟，盛赞勤劳俭约一生，高风亮节留尘世；

赤垟坡素，发扬和睦慈悲半辈，七魄三魂入沙门。

（沈太孺人，温州白水人，来矾矿数十年，晚年笃信佛教）

悼念罗鸣皋同志

茫茫夜色，为追求真理，身受折磨，义士弘扬硕德，应刊史页；

淡淡晨曦，仍跋涉险道，志不迁移，后人延续遗风，告慰忠魂。

（罗先生曾在矾山工人子弟学校任教，并从事地下革命斗争，与黄丽容同挽）

挽郑立欲君

世代炼矾，惟君遍涉矿山垂危小洞，精研煅炉变幻高温，赤垟因而振兴，南来汽笛声声齐赞誉；

中年执政，是汝深知难友惨淡苦情，改革窑厂机序为民，疴疾最终不治，西去溪流湍湍长哀鸣。

（郑立于挽）

挽扬玉台君

爱边区，乐公益，八秩春秋传佳活；

亲大众，为人师，一生廉洁遗高风。

（杨君乐系鼎平县干部，长期在矾山活动，幻邨书挽）

挽陈定清君

九凰溅泪，能文能武人才永别横阳，莫谈往事，一碗香茗付流水；

五凤悲歌，为国为民魂魄回归南港，欲探真情，三杯浊酒对清风。

（陈君五凤人，曾在矾山等疾苦地工作，是位优秀公务人员，郑立于挽）

挽王汝亮君

此路彼路，路程遥远，坎坷曲折，君作艰辛跋涉，终究早进唯一人生必经之路，实为痛惜也。

读书撰书，书海浩瀚，汹涌澎湃，人称困苦经营，尚能留下几何史志笃实之书，是亦荣幸耶。

（王汝亮，矾山埔坪人。幻邨挽）

红军香上人莲右

昔日入樊笼，幸有贤人拯救，成就红军添战士；
如会登碧宙，无须智者导航，终于佛国幻莲花。

（红军香，福建柳家山附近人，曾被国民党当局捕去关押，据红军季生前说，是郑春甫、刘彦阴和另一位贤人具结保出的。幻邮书）

题朱为碧君《晚晴集》

书画喜丰收，中年奋力未为晚；
精神盈满载，薄暮悠闲始放晴。

（幻邮郑立于并书于西子湖畔）

题郑继善郑锡障父子合著《野草小花集》

先世遗篇，雨过天晴野草茁；
后生发志，春回地暖小花繁。

（幻邮并书于杭州东河锦园言志楼）

吴府朱太孺人老红军爱莲表姐莲右

黑夜追求真理，高风亮节遗尘世；
耋龄笃信佛经，净土闻钟入乐园。

（郑立于黄丽容率女儿郑冰天、郑霜枝，男儿郑萍野、郑水园敬挽）

送别贤妻驾鹤赴西方极乐世界

世事似浮云，变化无穷，喜贤妻，脱尘凡，入仙境，悠闲度日，展眉盼望雨顺风调；

人生如幻梦，深沉莫测，看愚者，挥笔墨，著诗文，忙碌经年，屈膝祈求国泰民安。

（愚者郑之于2013年6月7日于苍　南县城塘北路99号言志楼）

第三部分

《柳家山的合抱枫》等篇

柳家山的合抱枫

（报告文学）

重重山，叠叠峰，
柳家山挺立两株合抱枫；
债累累，租税重，
千心万眼盼红军。

合抱枫，姿态雄，
千年生根摆不动；
穷人众，力量宏，
红军带领万人从。

万人众，红军红，
柳家山下灭“国军”；
合包枫，年年红，
火烧山头遍地红！

这一首红色歌谣，多少年一直在浙闽边界广为流传。吟诵这首雄壮、豪迈的歌谣，就能唤起人们对柳家山合抱枫的向往，多少怀念，多少憧憬，一齐涌上心头……

为什么柳家山的合抱枫有这么强大的吸引人的力量？因为她有一段不平常的斗争故事——

1936 年 6 月上旬的一个半夜，天上疏星点点，在浙闽边界崇山峻岭的密林中，有两个人在赶路，翻过一座山梁又一座山梁，绕过一个山坳又一个山坳，脚步是轻快的，几乎听不见声音，只有警觉的不知名的山间的小鸟听到脚音有时惊叫一声，在密林里展翅飞窜，随即有几片树叶飘下来。

柳家山那两株高大的合抱枫，在朦胧的夜色中，真像是两尊披着盔甲的古代将军，威武地站在山峰。当这两个赶路的人在岭脚望见它们时，心头一阵暖和，长途跋涉的疲劳一下子都消除了。

“合抱枫就在岭头，快到目的地了。”地下交通员吴荣膺欣喜的说：“老廖，你离开老家有多久呀？”

“一年多了，我是去年清明节第二天带着干粮离开老家的。进泰顺参加咱们的红军，也有几个月了。”廖恩明边走边回答，解开衣襟，袒露着胸脯散热气。他胸很宽，肩很平，四方脸，是个魁梧的身材。

“先到家里看看老母亲吧。”

“不，离开家后，我们的同志还经常到这一带工作。听说村里的赤卫队和妇女协会待我的母亲很好，什么困难都解决了。反正这次来有一段时间住，还是先到阿存家里去，我们的任务很紧。”

阿存是赤卫队员。他的家住在合抱枫西南边只有两百步地的小平房里。当廖恩明和吴荣膺来到他的房前时，村里已听到头遍鸡啼，“喔喔喔，喔喔喔”鸡鸣声此起彼伏，寂静的山村被唤醒了。

吴荣膺到阿存家叫门，廖恩明随后。不到一分钟，房里的菜油灯亮了，阿存来开门了。

“老吴，是你。”一见廖恩明，阿存更是喜出望外，双手亲热地把他的肩膀抓住，久久不放。“阿明，你回来了，真高兴，像天上掉下来一样。”阿存让廖恩明和吴荣膺坐在有靠背的竹椅上，自己顺手拿来一只小木凳坐在恩明身旁。

廖恩明讲了自己参加红军后学习和生活的一些情况，又问了村里的情况：如赤卫队的训练活动怎么样啦，妇女有没有打草鞋送给红军啦，村里有没有过生疏的人啦，等等。阿存都一一作了回答，而且眼睁睁地望着恩明的脸，打量着，思考着：一年多的变化真大，恩明已是一位了不起的红军战士了！阿存便好奇地问：

“阿明，听说红军会飞，有没有这回事？”

恩明看了阿存一眼，笑笑，没有作正面回答。老吴接着说：

“这看你怎么说，像我们这些山头乡下的矮屋，红军飞檐走壁是没有问题的。要不是这样，不久前，在泰顺和福鼎，国民党的军队为什么会被我们红军打得落花流水呢！”

“是的，是的，讲得挺有道理。我们这里也听说过了，不过到现在还不知道详细情形，你俩讲讲吧。”

老吴正要说下去，妇女协会的春香进来了，另外还有二三个赤卫队员也进来了，大家互相让坐、问好，半间小平屋像煮沸了的锅，热腾腾的。

晨曦已经透进纸糊的木栅窗，坐在窗旁的廖恩明显得威武、英俊。他说：“关于红军是不是会飞的事情，等以后再慢慢地说吧。现在有个任务想跟大家商量一下。就是我们红军部队要从泰顺拉到柳家山来，跟大家一起闹革命。请大家帮助准备住的地方。”

“有多少人?”春香小声地问。

“这可不能告诉你，这是军事秘密。”一个赤卫队员不客气地说。

“我又不会做特务，想打听红军的底细。我是想知道，多少人煮多少饭，安排多少床位。”春香多少感到不大有意思，双颊涨得绯红。

老廖说：“这不要紧，都是自己的同志。红军一来，这里方圆数十里路内的游击队、赤卫队、地下革命同志，四面八方的人马都会来，我们就这里的房屋尽量安排好啦!”

接着廖恩明和吴荣膺二人就把粟裕、刘英同志在江西怎样突破蒋介石的“围剿”组成红军七军团挺进师；如何经过千辛万苦于1935年10月间来到浙南，不久组成了闽浙边临时省委；粟裕、刘英同志如何善于指挥作战，又是怎么一个模样的人，都简要地讲了一番。最后老廖深情地说：“真不巧，刘英同志在安徽潭家桥对敌斗争中右手受了重伤，中指不能动弹，现在他写字是大拇指和食指捏着钢笔写的，但写起字来，可真流利。”他还用手指比划着，摆着写文章的架势。

“我们共产党和红军领导人，个个都是文武全才!”阿存说。

他们又商量了一阵，分头去安排住处了。

红军部队要到柳家山扎营的消息一传开，人人脸上露出笑容，心里甜滋滋的，有说不出的高兴与激动。整个村子像迎接新年一样，忙开了。有的从房屋中搬出堆放着的农具，洗了板壁，打扫得干干净净；有的腾出房间让给红军住，自己打算睡到楼阁去；有的拿着锄头在村头填路，把不平的泥路路面铲平，把石头块路上动摇的石块填实；有的腾出桌子、椅子、盆碗，摆在厅堂让红军学习、就膳。

第二天清晨，柳家山村子东面前沿那两株双人合抱的枫树，那带着晶莹露珠的树叶，在金红的初升的太阳照耀下，金灿灿，那么雄伟，何等壮观。那巨大的树冠，就像两根火炬，在群山的主峰上举起，令人心神振奋。

粟裕、刘英同志率领的红军七军团挺进师已经在柳家山驻扎下来，全村十二个小厅堂几乎都住着红军，整齐地放着武器，武器可真好啊，有重机枪，有轻机枪，有上了雪亮刺刀的长枪，还有挂着红彩绸的军号。子弹一箱箱地堆在一旁，子弹袋整齐地挂在一起。这是柳家山村的人从来没有见过的。大家三三五五地转着看热闹，议论着：昨天夜里，盼望红军来，等了很久很久才睡，想不到今天一早起来，红军已进村驻扎下来，有的迟起的人恐怕到现在还不知道哩！红军真有飞天的本事，神不知，鬼不觉，一下子就来了。

村里的赤卫队和妇女们真是忙得不可开交。廖恩明、吴荣膺和阿存一班人从合抱枫树那边走过来，看见一群孩子转着重机枪问这问那。阿存便假装认真地说："这是一头铁打的老虎，会咬人的，不能乱动。一动，可不是开玩笑的。"

小孩子们面面相觑，互相投射着惊奇的目光。

廖恩明和蔼地说："这就叫重机枪，真的会咬人的，咬的是反动派。你们这班孩子，乖乖的，不会咬你们的。"

孩子们频频点头，笑吟吟的。有个孩子亲热地对红军说："老虎有什么可怕，我们这里做的土炮可比老虎还厉害呢。"

大家哈哈大笑一阵，真是军民亲如一家人！

红军进村后，村子里一下子增加了好几百人，吃水的问题就来了。原先他们用的都是小水井或小水窟，虽然它源长水满，但一担接一担地挑，没有多少时间水就浊了。像合抱枫旁的小山坡下有一股泉水，泉汩汩地流，常年不断，泉水的出口处便形成一个圆形的小水窟，水窟旁边长满野草和青苔。小水窟便是个自然井。这个自然井就在村子的中心。当时红军部队炊事班，为了便利部队的生活，也便利群众的生活，打算就这个水窟挖个大井。但是当地有的群众有不同的看法，认为红军从泰顺翻山越岭刚到这里，太辛苦了。村里的人忙这忙那，一时还腾不出人手来。现在把这个水窟挖了，这两天的用水更成问题，还是慢一点挖好。况且山里有的是水，不过要往远一点的地方挑就是了。要挖不挖，一时还定不下来。于是，廖恩明就把这些情况一五一十地向粟裕、刘英同志作了汇报，最后说："首长，情况就是这样，你说该怎么办呢？"

粟裕同志听了廖恩明的回报，双眼炯炯有神，脸上泛起笑意，恳切地说："前人种树后人凉。像这两株合抱枫谁知道是什么时候种，或许是一百年以前种的。没有前人种这两株树，我们后人哪来得乘凉呀。"他停了一下，接着又说："挖井也一样，不光是为了我们这一代人。挖了井，子子孙孙都可以用，还是动手挖好。"

刘英同志也说："听说村里有的群众不同意我们马上挖井，这是他们爱护红军的具体表现，我们的群众多好啊！只要我们耐心地去说服，他们不会有意见的，我完全同意粟裕同志的意见，挖！"

挖井在进行，军民共同在战斗。挖的挖，抬的抬，挑的挑，人来人往，像串马灯一般。正当大家干得是热火的时候，春香和另一位中年妇女用箩筐抬着一小缸的热茶，放在合抱枫下的一块石板上。

春香大声喊着："同志们你们辛苦了。我们柳家山山高岭峻，没有什么好的，只有水最好，不用放糖，甜津津的，歇一歇，喝一碗吧！"

"你们这里水好人更好，谢谢你们啦！"一位中年红军说。还有几位红军应和着。

“我们这是自采的茶，自砍的柴，一碗清茶算什么，你们红军为我们挖井，可要谢谢你们呐!”那个帮着春香抬茶的中年妇女，边说边掀开篾编的缸盖，热气腾腾而起，散发着清新浓郁的新茶气味。

廖恩明听了这中年妇女这段热乎乎的话语，感到很奇怪，远远看着好面熟，仔细端详又陌生，就问阿存:“这个嫂子是谁，怎么都没有见过?”

阿存犹豫了一下，似乎立即说不出来，还是吴荣膺人面熟，抢先道:“这是阿掌嫂，庄其掌的老婆，家就住在黎尾树村。”

“老吴，你的头脑真封建，还是谁的老婆，谁的嫂子，难道妇女就不能有自己的名字吗?”春香看了老吴一眼。

“我从来不知道她的名字，叫啥?”老吴又问。

“叫梅英，你说好不好听?”

“真好听，比你春香好听得多了。”

春香爽朗地说:“你再不要叫我春香，改为春英了。你还知道我们八姐妹闹革命的事吗?”

“这，这是怎么回事啊?”老吴摸不着头脑，其他的人也感到很稀奇。只有阿存消息灵通，略知一二。

原来，春香有七个最知心的姐妹，都是十八、九岁，二十多岁，最大的其掌嫂也只有三十出头。她们都是石壁缝里长出的野草，无名无姓。根据山头人的老规矩，未出嫁时，叫什么“大某”、“二某”、“三某”，出嫁了就跟着她的丈夫叫什么嫂什么嫂了，养了儿女，就叫她是谁的妈，谁的娘死了，是姓王的在神牌上写个“王氏”，是姓林的就写个“林氏”，一辈子没有自己的名字，妇女多苦啊！自从这里来了红军以后，妇女们多少懂得了一些翻身求解放的道理，也参加了一些活动。听到红军部队要到柳家山驻扎，这八个妇女高兴极了，便汇集到一个山间小庙里，立了香案，跪在地上发愿:要跟共产党、红军闹革命，永远不变心！同时，每个人号了一个名字，什么梅英啦，月英啦，兰英啦，秋英啦，秀英啦，桂英啦，玉英啦，春香也就干脆改为春英了。

“是黎尾树村的，怎么也送茶水来啦?”一位红军搭腔。

“干革命分什么这村那村，你们红军也不是五湖四海汇拢来的吗?”春英尽力解释，深怕梅英没趣味。没料到梅英胆子倒不小，高声地说:“你们不要在门缝里看人，把我们妇女看扁了，挖挖抬抬我们妇女也不认输!”

春英和梅英也加人了挖井的行列，挖井在欢乐、紧张的气氛中继续进行。

由于军民的共同劳动，水井挖得更大更深了，井旁砌起了方块石，井底铺上鹅蛋石，井口嵌上了长石板，圆形的小水窟改为长方形的大水井了，井旁小山坡一级一级地铺上了石板修了一条小岭。为了便于提水，有一位红军战士还特地从树林中砍来一根小树叉，截去不需要的树叶，精心制作一把木钩，放在井旁，让大家用木钩打水。红军群众心连心，想得多么周到！

方方的红军井映着合抱枫的倒影，显得更加幽静、深邃。合抱枫干壮根深，浓荫覆盖，保持了井水格外清洌；红军井冬暖夏凉，长年不涸，滋润着枫树不断壮大。合抱枫下，军民共饮一井水，共尝战斗生活的甘甜！

红军部队来到柳家山以后，粟裕、刘英同志支持召开了浙闽边区干部会议，革命形势发展很快。那是闽浙边临时省委成立以来规模最大的一次会议。会议学习了我党1935年“八一”宣言，大家对蒋介石坚持的“抗日必先剿共，攘外必先安内”的反动政策，一再向红军进攻的罪恶行为感到无比愤慨。根据“八一”宣言精神，起草、分发了《告闽浙边各界人民书》。红军带领万人众，以合抱枫为中心，方圆数十里的山山岭岭的人民群众站起来了，投入了如火如荼的斗争。

在合抱枫下，成立了土地调查委员会，组织了抗租团、肃反队、贫农团。在党和红军的领导下，商议如何开展分青苗、分田地、抗租抗税的斗争，研究如何为红色根据地做好保卫工作。他们谈论着歼敌的策略，斗敌的方法。制造土枪、土炮，磨着梭标、匕首。在合抱枫下，红军战士给妇女和儿童们教唱红军歌。赤卫队员将写着“打土豪劣绅”、“反对贪官污吏”、“反对苛捐杂税”等标语，送进敌统区，张贴在街头巷尾，甚至巧妙地张贴在敌人机关里。柳家山的合抱枫，度过了风风雨雨几百年，从来没有见过这样的世面，她与革命斗争紧密地结合在一起了。

为了进一步发动群众，歼灭敌人，巩固柳家山这块红色根据地，粟裕、刘英同志集中广大红军干部、战士和赤色群众的智慧和力量，经过精密的筹划，部署了一次诱敌深入，狠狠打击敌人的作战方案。

1936年7月11日，红军战士准备在合抱枫下演出“文明戏”，这是这里盘古开天以来第一次演戏。廖恩明忙着带领群众在合抱枫前的场地上搭了戏台。地下交通员从离这里二十里路的埔坪地方，租来了两盏煤气灯，放在箩筐里挑到柳家山。妇女们，特别是“八姐妹”到附近各个村子借衣服物品，为红军演出“文明戏”准备简陋的服装道具。

夜幕降临了。柳家山锣鼓喧天，灯光明亮，一片欢腾。“文明戏”演出了《抓丁苦》《送郎当红军》等节目，表达了人民群众的思想感情，给观众以无比亲切的感受。台上台下，息息相关，悠扬的歌声传得很远很远。

红军在合抱枫下演出“文明戏”的消息一下子传开了。方圆数十里，穷苦人民欢欣鼓舞，土豪劣绅心惊胆跳。

驻在矾山镇高南山脚的国民党反动派——“平阳民团”和驻在桥墩门国民党驻军，得到这个消息，纷纷议论起来。

有的说：“红军敢公开在柳家山演戏，他们的实力可真不错。”

有的说：“柳家山离矾山只不过三四十里。唉！这样下去，恐怕连矾山也保不住！”

“共军一贯来是秘密活动，神出鬼没，他们公然在柳家山演戏，无非是虚张声势，稳住阵脚。”姓葛的敌连长话虽然讲得这样轻松，毫不在乎，心情却是十分沉重。原先“平阳民团”经常在桥墩门、南宋洋、埔坪一带巡逻，有时也在那边小住几天。这次为了探明底细，见机行事，姓葛的决定立即把全连人马拉到南宋洋北山街，同时派出几个士兵，化装成老百姓，到通向柳家山的几条山路向过路行人打听情况。

从柳家山那个方向来的挑柴的人翘着大拇指把红军演“文明戏”描画得有声有色，简直把它说得比这里经常上演的京剧、瓯剧还好看，末尾都感叹地说：“真可惜，红军的队伍全部开走了，不是到福建就是进泰顺，再也看不到‘文明戏’了。”

姓葛的接到几次听到类似这样的情报，一点也不感兴趣。他坐在破旧的太师椅上歪着头光吸烟：“哼，假象，空城计，骗得了人家，可骗不了我老葛。”

傍晚，一个垢面蓬头带着几分醉意的人，踉踉跄跄地跨进了门，他是最迟回来回报的一个便衣。他恭恭敬敬地对姓葛的说：“连长，有情况。”

“他妈的，喝酒酩酊大醉，酒气冲天，还能弄到什么情况吗？今天出去搞什么鬼名堂，要老老实实地讲来！”

“连长，正因为是今天花了钱在小店里喝了酒，才得到真实情报。”不等姓葛的表示态度，这个垢面蓬头的便衣便接下去讲了：“红军已经撤出柳家山进泰顺山底去了。他们不甘心离开整个地势险要的柳家山，想保住地盘，还留下一个排的兵力隐蔽在那里。为了虚张声势，使我们国军不敢进去，所以才演‘文明戏’呢。”

“这些情况是从那里来的？”姓葛的听着回报，稍加思索，认为刚才回报情形是最有可能的，便让这个便衣讲下去。

“我是在小店里听一个姓陈的人说的，他也在喝酒。柳家山有他的亲戚，他去看过文明戏。今天一早他亲眼看到红军撤走，什么机关枪啦、步枪啦、炮啦都搬走了。至于隐蔽兵力一节，老陈是听一个当过红军秘密交通员的人说的。根据老陈自己所见所闻分析，柳家山只有那几幢房子，隐蔽下来的红军一定很少，且武器一定很差。”

姓葛的心想：红军大部队在柳家山，当然不能有眼不识泰山，盲目行动。红军全部撤走，到柳家山搜查一番，没有什么意思，也领不了大功。只有趁主力撤走，还剩少数人，我们突然来个“围剿”，割它几个红军人头，缴它几条枪，才显示出我姓葛的厉害。到时候，晋级受奖，我当然是排第一名的。想到这里，姓葛的全身的细胞都活跃起来，笑眯眯地说：“好兄弟，到时候还请你干一杯！”

接着姓葛的又向经常给“国军”通风报信，带路进攻红军的李新池那里打听一番，情报也大体一致。于是，他心里踏实了，一面通知班排长在晚饭后开紧急会议，研究有关作战事宜；一面命令全连士兵在晚饭后立即和衣就寝，等待执行命令。

静谧安详的柳家山村，已经作了充分准备。红军在赤色群众中安下了无数的“千里眼”、“顺风耳”。柳家山有半岭、头坑岭、溪尾岭、石将军岭等四条险峻的山岭通出去。这四条岭，如古代将军的腰带挂下去，连接着蜿蜒曲折的小路，飘向远方。四个岭头就是四个关隘，如今都放岗哨，布置了兵力。在参天的合抱枫上，红军利用她那粗大的树干和茂密的枫叶作为掩护，投立嘹望哨，红军战士和赤卫队员轮流放哨。通向熊岭、桥墩门、南宋洋、矾山那路岗哨，放了好几层，在茫茫的夜色中，无数双智慧的眼睛放射出警惕的光芒。

赤卫队员准备了长矛、短刀、土炮，把土炮、土地雷安置在需要的地方。特别是那尊用树干做炮筒的土炮，安放在合抱枫东向的山腰，炮口朝着熊岭、南宋洋，显得格外威武、雄壮。

阵阵夜风，一弯明月，山村一片寂静，只有合抱枫东边那幢平屋还亮着灯。那是粟裕、刘英、龙跃、林辉山、郑丹甫、吴毓等同志在分析当时局势，不时传出爽朗的笑声。

“吴荣膺同志今天到南宋洋去，为什么现在还未见回来？”身材稍高的刘英同志站立起来，瘦削的脸上显示出严肃的表情，似乎暗暗地担心老吴的安全。

龙跃同志接着说：“老吴是南宋洋本地人，他从小就在山沟里长大。当了党的地下交通员，又经常在这一带活动，这一带山路，他比自己的指纹还熟悉，闭着眼睛也不会走错路。而且，他经历多次艰难与险阻的考验，完成任务是有把握的。”

正说间，当警卫员的“红小鬼”拉着老吴进屋来了。

粟裕、刘英、龙跃、林辉山、郑丹甫、吴毓等同志都站立起来，一一和老吴握手。

刘英同志亲切地说：“看，满身大汗，辛苦了，老吴先休息一会吧。”接着又给“红小鬼”暗示一下，叫他去设法弄点吃的东西。另一位同志给他倒了一碗冷红茶，让他坐下来。

老吴一口气把这碗茶喝完，笑着说："刘英同志，我们这个红色情报网可真灵。我们这里开关一扭，情报就像长了翅膀的鸟儿，飞向四面八方。今天，南宋洋、矾山一带，都说我们红军全部撤走了。敌人派出便衣特务，也拼命抓我方的情报，他们以为我们这里只留下一个排的兵力。"

大家相互瞅瞅，会意地笑了。

老吴缓步走到粟裕同志身旁，挨着桌边那张小木凳坐下来，从衣角里挖出一封折叠得很小的密信递给粟裕同志："这是矾山交通站的密信，从南宋洋接头处转送过来的。粟裕同志，你看吧。"

在微弱的灯光下，粟裕同志细心地剥开已被汗水沾湿的密信，全神贯注地看着那密密麻麻的小字。他陷入深深的思考，从他坚决的表情，深邃的目光，同志们可以看出，情况来得紧迫，或许一场激烈的战斗即将到来。看罢，粟裕同志把字条放在桌面，示意其他志同传阅，然后镇静地说："果然不出我所料，姓葛的这群小鱼已经吃饵上钩，那我们就按原方案进行，站在高处，抓住鱼网的纲，把网远远地撒开去，等这群大大小小的鱼儿游过来，把纲一抓，将敌人一网打尽！"粟裕同志一边有劲地说着，一边用双手形象地比划着，似有千钧力，把所有敌人紧紧地捏在手心。

1936 年 7 月 13 日清早，疏星还未隐去，山峦间朝雾很重，敌"平阳民团"一个连，在姓葛的连长带领下，鬼鬼祟祟地从南宋洋向柳家山方向出动了。

这一次出动，姓葛的服装穿得蛮整齐，绑腿打得特别紧，一上路，他耀武扬威地走在队伍前面。他心里想：人家说共产党、红军那么厉害，我看倒不一定。曾有一次红军突然袭击矾山，激战一场，结果还是退了，没有得到什么好处。在回忆中他感到自信。昨夜，他曾给县里通过电话。此刻敌团参谋长的话又响在耳旁："老葛，你是个为'党国'效劳的人，这次得胜回来，保证晋级，还重重有赏。"于是，姓葛的加快了步伐，还催着这七零八落的队伍赶路。

爬上山岭的时候，姓葛的心中不禁担忧起来，是啊，不久前，在泰顺白姑庵的深山中，国民党"正规军"被红军打得乱七八糟的消息，谁不清楚，况且这里的山路是这么险峻、崎岖，该如何应付今天这场战斗？姓葛的感到双腿十分沉重了。但当他一想到柳家山只有一个排的红军，全是辣椒也不辣，没有什么了不起，这次飞黄腾达的机会万万不可错过，因而又强打起精神继续行进。

翻了几座山，来到熊岭村半山坳里的南山地方，看见一个头戴箬笠的人在蕃薯地里除草，锄头一上一下闪着银光。他就是叶登甘，一个苦出身的农民。他和妻子都热爱红军，经常送东西到柳家山去，也在那里听过革命道理。

敌人想找个熟悉柳家山地形的人带路，看到叶登甘，断定他是当地人，马上有几个敌兵向他包围过来，气势汹汹地用刺刀逼着他："他妈的，快，快给我们带路！"

叶登甘被弄得莫名其妙，一言不发。姓葛的看看不是办法，忙走上前去，命令士兵们把刺刀放下，假装和气地对叶登甘说："你先歇歇，我有话问你。"

叶登甘放下了锄头，瞟了他们一眼，心中有数了。

"这里离柳家山还有多少路？"

"可远得很哩。"

"胡说八道，前面那个大山头不就是吗？"

"我们这里有王家山、柳家山，有好几个什么家山的，你们没有讲清楚。"

"住过红军的柳家山，谁不知道！"

"你知道了，还问我干什么！"

"快给我拣一条平时不大有人走的小路到柳家山去。到时候不会亏待你的。"

"老总，我得干活，一家六口，就靠我这一把锄头。我给你们指一条路走。呶，就从前面山脚那丛竹林边上山，转过那块大岩石……再上……"叶登甘已经意识到敌人要去围剿红军，就指手划脚地讲下去，想千方百计应付过去，自己好脱身兜个圈到柳家山报信。

"妈的，眼睛睁开一点，别自己找自己麻烦！"姓葛的满脸横肉，凶恶地喝道。

"好，就让我带路吧。老总，可我早饭还没有吃，让我回去吃早餐饭就来，你可以派两个弟兄跟我去。"叶登甘考虑到自己不好脱身，想关照妻子赶到柳家山通个消息，所以又借故这样说。

姓葛的家伙非常狡猾，坚决不同意他回家一下，便用驳壳枪顶着他的背后，强迫他马上带路前进。

叶登甘镇静地走着，走着，脑子里像路旁湍急的溪流，翻腾不休。从这个方向前进，通向柳家山有两条路，一条从熊岭村往西，跨过小溪的碇步，到山脚，从半岭上去。半岭相当险峻，像一把利剑从两座大山间劈下来。山岭两旁长满杂树、荆棘、野草。走这一条路，山上的红军可以掌握山下的动态，便于应付。另一条路是从起伏的山峦迂回下山，比较隐蔽，不容易被红军发现，这对敌人有利，这条路万万不能走。而从半山岭上去，就是把敌人引到死亡的道路，自己也难免有生命危险。这怎么办呢？叶登甘想到共产党、红军是为我们穷人求翻身的恩人，于是暗自下了决心，从半岭上山，天大的风险也要冒！

走出熊岭村，跨过小溪，绕过一座庙宇，前面山上有两株高耸入云的枫树，半岭就在眼前。叶登甘若无其事地在队伍前面走,心情是沉重的,巴不得马上就上得山去,让"国军"被打得焦头烂额。跟在队伍后边的那个姓葛的家伙,看见前面两山对峙,山岭又窄又陡,吓得全身发毛都根根竖起来,急忙冲到队伍前面,突然狂叫起来:"站住!站住!他妈的,赶快集中到路边庙宇里,走,快!否则,我就揍死你。"

士兵们早已提心吊胆,缩手缩脚,不敢前进,突然听到这种喊声,慌得团团转,你挤我推,争先恐后地钻进路旁庙宇。

叶登甘走到上岭没有几步拐弯的地方,回头一瞅,队伍一片混乱,叫的叫,骂的骂,他便乘机窜进路旁草丛,隐没在树林中。他像一只雄健而敏捷的小山鹿,直奔柳家山去了。

等到队伍在庙宇里集中站定,发现叶登甘已经跑了。姓葛的气得大骂士兵:"他妈的,饭桶,这么多人管不了他,真是岂有此理,待老子打了胜仗,一定要抽他的筋,剥他的皮,才会知道我姓葛的厉害。"

这座庙宇,是四合院,中堂颇高大宽敞,一连人马扎住在这里是很不错的。但是姓葛的分析,刚才逃走的那个农民可能是赤化分子,准定会去通风报信,那住在庙宇里,面对虎口,正好让红军一口吃掉。他胆怯地走出门外,拿起望远镜一瞧,两座山峰像两只大老虎似地向他猛扑过来,自己已经进入虎口。还好,山上还没有任何动静。他强忍住惧怕的心情,咳嗽一声清一清嗓子,用低沉的语调说:"这里是死地,快给我走,快走!"一支没精打采的队伍避开半岭向右侧一个山腰拉过去了。

清晨,乳白色的雾气缭绕在山腰,山林青翠欲滴,空气特别清新,柳家山的合抱枫像长在缥缈的天际,显得更加高大、威严。

敌人的一举一动,都逃不出红军、赤卫队和赤色群众编织的红色情报网。合抱枫上的嘹望哨一直注视着敌人的动态。红军与赤色群众紧密配合,以合抱枫为中心,撒下了天罗地网。

粟裕、刘英等同志善于运用伏击战术歼灭敌人。敌人沿着较为平坦的山势摸索前进,兜圈子上了柳家山。潜伏在山头的红军,用望远镜看到,敌人只有步枪,没有机枪,个个喜在心头,跃跃欲试,恨不得马上就开枪射击。但还未得到命令,不能轻易动手。

敌人取小径从王家坟墓一旁上来,在接近山坡的时候,看看山上毫无声息,如入无人之境。姓葛的又喜又惊,喜的是共军可能真的撤光了;惊的是万一中了伏击就不妙了。为了试探真情,敌人朝空中打了几枪。枪声划破山间的寂静,只是惊飞了一群鸟儿,敌人一点也没有禁忌,大模大样地从王家坟墓头爬上来。

红军部队潜伏着，还是不动手。阿存拿着一根梭镖埋伏在红军部队旁边的大石块后面，从竹林缝里望出去，急得差一点喊出来，为什么红军还不开枪还击呢？

廖恩明是本地人，地形熟悉。他带领三十多名游击队员，个个年青力壮，在山上连续行军三天三夜也不会感到疲劳的。这次他这支队伍的任务，是断敌人的后路。听到突然的枪声，他们以为战斗已经打响，但没有听到还枪，感到很奇怪，立即将队伍沿山边小路拉到另一条岭边，重新埋伏下来。

当敌人零零落落的队伍爬上山岭，离红军潜伏地大约只有一百米左右时，一位红军连长朝粟裕同志的脸上瞅瞅，意思是等待他的命令。粟裕同志镇静地点点头，表示是时候了。那位红军连长立即下了命令："同志们，狠狠打！"

敌人死的死，伤的伤，像滚西瓜似的滚下王家墓头。姓葛的连忙指挥一部分士兵匍伏下来，集中火力猛烈地向山坳射击，掩护着其他打散的士兵，顺着山势分成左右两路插向叠石山坳前的高地，企图夺取这个高地作为依托。敌人在将爬到这地个高地的时候，突然间，一阵猛烈的机枪像暴雨一般从叠石山的高处倾泻下来，有几个敌人骨碌碌滚下山坡，摔到乱石沟里，有一个敌人想拼命攀上石砍，窜进密林逃命，攀了一半，一颗子弹穿过他的胸膛，仰翻下来。这时敌群中冒起一股股浓烟，尘土飞扬。可是敌人还不甘心死亡，负隅顽抗，想不到背后熊岭村这边的枪又响了。这是鼎平县的游击队，为了配合战斗，刚从藻溪草白沟赶回来。姓葛的一瞧前后夹攻，心里十分惊慌。他连忙挥着驳壳枪，狂吠几声，往西面黎尾臭村方向窜去。没有走多少路，都听到喊声枪声，被廖恩明同志率领的游击队堵住。姓葛的跑得筋疲力尽，暗暗叫苦："完了，四面都是老共的伏兵，这一下子要上西天了！"

这时红军，赤卫队除留部分切断敌人退路，截阻增援之敌以外，其余各路奉命追击，向敌人逃跑的方向团团包围起来，喊杀声从周围各个山头雷动般地响起，此起彼落，震撼山谷。吓得姓葛的把头紧紧地缩在脖子里，浑身打颤。他偷偷地抬头向四面探望，只见四周各个山头都是黑压压的人群，有的找着红缨枪，有的拿着大刀，有的拿着扁担，大家都跟在强大红军后面，像中秋狂潮一般往山脚下猛冲来。敌兵仿佛是一群受了惊的鸭子，向山沟里、溪涧里、坟墓里、山岩间拼命乱逃乱窜，互相冲撞，自相践踏，发出一片恐怖的哀嚎，姓葛的更像一只受伤的野猪，拼着浑身的力气，向长满荆棘的山坳深处钻了进去。

喊杀声越来越近，包围圈越缩越小，敌兵个个惊慌失措，完全处于绝境。

"缴枪不杀！缴枪不杀""红军优待俘虏！红军优待俘虏！"敌人在绝望中听到这种喊声，感到格外亲切动心。他们当中，有的有气无力地靠在大树干上，满脸是泥巴；有的跪在梯田的烂泥里，露出大半截湿淋淋的上身；有的从坟洞里爬出来，头上粘着蜘蛛网；有的缩成一团，哭着哀求饶命……他们都纷纷放下武器，举起双手投降。

经过一个多钟头的紧张战斗，敌人的队伍全部垮了，投降了。共缴来六十多根长枪，一百多颗手榴弹，三支手枪和无数发子弹，抓来了六十多名俘虏(后来每人发给五个银元路费，遣送他们回家去)。红军、赤卫队把俘虏带到合抱枫下，很多妇女、老人、小孩从四面八方赶来看热闹，合抱枫下成为欢乐的沸腾的海洋。

这时候，叶登甘挤在人群当中，把俘虏一个一个仔细看过。突然，他似乎发现了什么，跑了过来，对着一个俘虏喝道："把头抬起来！"那个俘虏吃了一惊，抬起头来盯着看了一会，却自言自语地说："呦，怎么不是！"接着又是一个一个地看了过去。战士们和周围群众都觉得非常奇怪，只见他把所有的俘虏都看遍了的时候，愤愤地说："那个军官不见了，漏网了，快追，快追，我认得那个家伙！"

红军和赤卫队正在清理战场，叶登甘自信地追赶上去。

姓葛的钻进长满荆棘的山坳以后，像一条毒蛇往没有枪声的方向钻，脸被芒草割破了，渗出了血丝；手被野棘割裂了，刺心地痛。后来听到枪声渐渐疏远了，平息了，总算逃出了包围圈。他偷偷摸摸地潜入了黎山顶的一个村庄——黎尾溴村背后的树林里。他转过头来看看，山峦起伏，柳家山那两株合抱枫屹立在远处山峰上，才嘘了一口长气，在大树脚的草地上歇下来，暗暗地庆幸自己死里逃生。他想：俗话说"大患不死，必有后福"，我这一下不死，将来定有好日子过，升官发财在等着我呢。可是，一想到全连被歼，只剩自己一人，回去如何交差，不禁条条神经又紧张起来。最后，他向四周探望一番，便打定主意在这里挨到夜里再走，另找一条生路去。

沉思间，他听到一阵窸窸窣窣的声音由远而近，立即坐了起来，习惯地伸手到腰间拉开驳壳枪的匣子盖，打算拔出枪来。保自己这条命，谁知却摸了个空。原来他在逃窜的时候，曾滚下山坡，把枪丢掉了，现在留下的只是一只空壳。他精神上失去了一切支柱，抱着头缩成一团，一双贼眼胆怯地往外窥看，看有什么动静。

走过来的正是前几天送茶水给打井的红军喝的梅英。她就是这个村里的人，丈夫叫庄其掌。她穿一件山村人喜欢穿的褪了色的土林蓝大襟衫，梳一个髻在脑后，走起路来显得很轻捷。这两天她一直和春英等"八姐妹"帮助红军打草鞋，洗衣服，做后勤工作。今天一早这场战斗，她虽然没有上前线，但一颗火热的心一直挂在战场。她希望红军会得胜，白兵打败仗。现在消息传来，果然天公有眼，"国军"完蛋了。这时，她穿过树林里的一条小路，打算往柳家山走，忽然听到一种不正常的响声，便悄悄地往树林深处探望，只见大树后面田坎下的蕃薯窟里有什么在挥动，仔细一看，是黄绿色的衣服。她想：山村里的人从来不穿这种黄绿色的衣服，或许是打散了的国民党兵，躲避在这里。那怎么办呢？我是一个妇女，怎么对付得了这个野蛮的白军？转身走吧，白白让这个白军逃掉，岂不是对不起红军。此刻，梅英的脑海里闪过"八姐妹"跪在香案前发誓跟着共产党、红军闹革命，永远不变心的情景，下了决心。于是她鼓起勇气走上前去，不在乎地喊一声："谁呀，蕃薯窟湿漉漉的，蹲在那里干啥？"

姓葛的拼命用双手遮住消瘦的脸，心里很惊慌，睁大三角眼从手指缝里一看，是个山村打扮的女人，没有什么了不起，便右手捏枪壳子，装着拿枪的样子，吓唬她。梅英一看果然真是国民党逃兵，又有枪，可能是当官的，便横下心来，要跟这个家伙周旋到底，她急中生智，装着关心的样子，轻声地说："喂，老总，你怎么还躲在这里，四面山头都有红军在搜山哩。"

姓葛的听她这么一说，胆快破了，强打起精神，拔腿要跑。梅英皱起眉头赶忙说："红军遍地都是，你跑到那里去，碰上了，那还不是自投罗网！"

"这，这要怎么办？"姓葛的急了。

"来，先到我家里去避一下风头，红军是不会胡乱搜老百姓的屋子的。我家很近，就在这下面。"

姓葛的十分怀疑，犹豫了一下，仍然不敢跟着她去。梅英看出来了，便假装真诚地说："凭良心，不瞒你说，我家里是当保长的，吃红军的亏不少……你看，那边有人走动。可能是红军来了。"接着，便装着惊慌的样子，照原路往回走，姓葛的听说红军来了，也顾不得看个真实，连忙躲躲闪闪地跟着她走，还哀求着："大嫂、大嫂，求你做做好事。救我一命，我一生一世忘不了你！"

梅英暗暗地冷笑一声，说："不要吵，跟我来。"

到了家里，她顺手拿来一件破衣服给姓葛的穿，又端出一碗冷饭来给他吃，说："换了衣服，就说是我家里的表兄弟，人家就认不出来了，饭吃饱后，我给你找个地方藏起来。现在，我先到外面去探一探风声，你不要走动。"说着便出去了。

姓葛的看着这里是三间孤零零的草房，这个女人待人这样热情，疑虑消失一半。看见饭，才感到肚皮早饿极了，便端起饭碗狼吞虎咽地吃了起来，心里十分感激这个女人。

梅英出了门，赶快去找在屋后山上干活的儿子，吩咐他立即去报告红军，又迅速赶回家，一到家里，一看这个军官模样的人果然换上了衣服，肚子里有点好笑，便领着他到屋边的一间泥灰棚前，开了小竹门，里面是一片乌黑，都是蜘蛛网和灰尘，散发出一股难闻的霉气。她指着小门说："从这里进去，躲一会，等红军搜过山，到夜里，从后门出去，那就平安无事了。”

姓葛的躲在灰棚内的一个角落里，心中又喜又忧，喜的是碰上了这么一个好大嫂，找到这么一个隐蔽的地方；忧的是红军真的搜到这里来怎么办？他惊惶不定，一声不响，连大气也不敢喘。过了较长的一段时间，一阵嘈杂的脚步声近了，他赶紧屏住气，心里在扑腾扑腾地跳个不停。

突然，小门被踢开了。两个红军战士还有几个赤卫队员站在门口，枪口对着姓葛的，喊道：“举起双手，快出来！”

姓葛的全身发抖，呆了半晌，只得服服帖帖地举起双手爬了出来。这时，他才知道陷入了这个山村女人的圈套。

红军和赤卫队员争着对梅英说：“谢谢你，梅英同志你立了大功，晚上到柳家山参加庆祝胜利大会吧！”

梅英平生第一次听到人家叫她同志，人好像高大了不少，有说不出的高兴。

“好的，我一定来，我没有什么，你们为革命立了大功！”梅英目送着红军战士和赤卫队员带走了敌连长，心里感到万分振奋和自豪！

柳家山的夜景富有诗情画意，逗人喜爱。星星好像就缀在树林上，闪烁着金光，周围的山峰，有的像狮，有的像虎，有的像马，栩栩如生，神态逼真。片刻，合抱枫下挂着两盏煤气灯，又点燃了熊熊的篝火，把整个山头照得通红。缀在树林上的星星害羞地隐藏了，周围的山峰一下子变为凯旋的队伍，有骑着骏马的将军，也有扛着刀枪的战士。

前几天做过“文明戏”的戏台檐前，张贴写着“庆祝胜利大会”的大红纸。经过一天激烈战斗的红军队伍，全副武装到台前来了；赤卫队扛着红缨枪，背着大刀来了；看热闹的群众来了；春英、梅英等“八姐妹”、廖恩明、吴荣膺、邱新海都来了；叶登甘一家人都来了。孩子们有的坐在戏台的边上，有的在场地上追逐着，有的攀上合抱枫，坐在树上，唱着红军歌。合抱枫前，成为欢乐的海洋，荡漾着胜利的歌声。

当粟裕、刘英等同志在台上出现的时候，台下立即肃静下来，每个到会者，心突突地跳。似乎有一股暖流流过心田，大家从心灵深处感谢共产党、红军！

“同志们，今天我们歼灭了国民党反动派‘平阳民团’两个排，我方无一伤亡，这是军民同心协力，团结战斗的结果。”刘英同志洪亮而坚定的声音，不时被暴风雨般的掌声所打断。“同志们，兄弟姐妹们，我们胜利了，我们站起来了。我代表闽浙边临时省委庄严宣布：从今天起，我们这里建立起苏维埃政权，建立起我们自己当家作主的人民政府……”全场沸腾起来了，欢呼声如春雷在群山中引起强烈的回音。春英、梅英和妇协会姐妹们激动得眼角噙着幸福的泪珠，闪烁着向往未来的光芒。

为了作为永恒的纪念，粟裕、刘英同志授意，在这两株合抱枫上各题一行有意义的文字。于是红军战士用钢刀在这两株合抱枫的躯干上各刮去一块高三尺阔二尺的长方形的树皮，千年魏然不动的合抱枫，袒露出黄白色的胸脯，题上了两行闪光的字：

左边是“打破旧世界”；
右边是“建立苏维埃”。

最后刘英同志意味深长地说：“今天我们建立了苏维埃政权，是革命的起点，今后的革命道路是漫长的。在共产党的领导下，我们军民紧密地团结起来，继续进行顽强的斗争。可以预料，总有那么一天，当这两块枫树树皮重新长合的时候，我们全国革命也已成功了！”刘英同志举起右手，向到会同志示意，全场又响起暴风雨般的掌声。

柳家山战斗的胜利，苏维埃政权的建立，像星星之火，很快形成燎原之势。浙闽边区各个山村普遍建立了苏维埃，人民群众站起来了，广泛开展“除捐灭税，抗租抗债”和“打土豪、分田地”的斗争。到了深秋季节，合抱枫红了，人心也红了。

柳家山的合抱枫，巍然挺立在浙闽边界上，是血的象征，火的象征，团结的象征，战斗的象征，革命的象征，胜利的象征，更是光明灿烂未来的象征！

（帮助搜集资料有：苏松峰，马培骥，此文原载省军区编《斩妖刀》一书，浙江人民出版社出版）

附注：

柳家山位于福建省福鼎市前岐镇，毗连浙江省苍南县矾山镇，是浙闽边界一处极其重要的老革命根据地，刘英、粟裕等同志曾在此打败从浙江平阳矾山方面来的国民党顽军，建立了苏维埃政权……

柳家山因有一株大柳树而得名，这里的村民大多姓廖，而不姓柳，也不姓李。因为解放初期，浙江有位记者来此采访，不通当地闽南语，误将柳家山写成李家山。三十多年前，作者曾二次到这里拜访，曾在这里开过十多人的座谈会，了解昔日斗争岁月的一切，也询问村名的来历。到会的人一致说，这里叫柳家山，不叫李家山，是报纸上登了报道说李家山，人家才跟着叫李家山。2011 年 4 月初，作者与作家高琦，摄影家章少华等人再次到柳家山采访，参观了李家山革命纪念馆、红军井、刘英、粟裕分别镌刻“打破旧世界，建立苏维埃”的两株合抱枫以及被烧村民房子遣址等，再一次征询这里的地名，他们异口同声地说叫柳家山，有个住在村里13号的妇女陈美云说：“我是从外乡嫁到这里来的。我们那边都说这里叫柳家山。”作者还问过廖诗森、廖一德等人，他俩也说本来就叫柳家山。为了尊重历史，保持原貌，所以在这篇报告文学里沿用了柳家山这个本名。

如今，镌刻“打破旧世界”五字的那株合抱枫，已被台风刮到，村民们将它扶正后，现在枝叶已经枯萎。笔者将曾去函福建省福鼎县委倪政云书记，请他交待所属前岐镇委、镇政府，将枯死那株舍抱枫作技术处理，抬到革命纪念馆里永远保存，另补种一株枫树于原址。同时，建议将柳家村恢复原名。福建那边以往对这类事情是十分重视的，但不知何故，此次发挂号函给倪书记已有三四个月了，还未见回复。2011年9月中旬，我应邀到福鼎市参加一个文化界的会议，到了福鼎市才知道倪书记已他调，于是又写了一信给新任的市委书记李其春同志。这是有关闽浙边界老革命根据地的事情，相信定能得到妥善而完满的解决。

（郑立于2011年9月下旬于横阳言志楼）

闽浙边界柳家山合抱枫复生记

浙闽边界柳家山有两株高大的合抱枫，在朦胧的夜色中，像两尊披着盔甲的古代将军，威武地站立在山峰间。如遇深秋季节，在阳光照耀下，那金灿灿、红艳艳的两株合抱枫，简直是两大把熊熊燃烧的火炬，照亮了浙闽边界的山川农舍。歌唱这两株合抱枫的民谣，更是家喻户晓。民谣云：

重重山，叠叠峰，
柳家山挺立两株合抱枫。
债累累，租税重，
千心万眼盼红军。
……

围绕柳家山这两株合抱枫，还流传着许多革命斗争故事：粟裕、刘英的部队个个会飞啦，熊岭头活捉敌连长啦，"八姐妹"发誓跟着红军闹革命啦，军民共建一口井啦，等等。

这些故事都发生在民国25年，就是1936年。当时我只六岁，这些传闻都是后来听人说的。其实，我的故乡矾山，离柳家山并不远，相隔四五十公里，仅仅是半天路程，这对山区的人来说是根本不在乎的。1944年，日寇入侵，平阳中学从县城迁移到浙闽交界处桥墩门。从矾山到桥墩门，要经过五凤乡，这里有"五凤十八窟，走得进，走不出"之说，再往西，山势更加险峻，那就是柳家山了。但为了求学上进，对十分向往、怀念、憧憬的柳家山一直去不了。

1965年，有机会遇到曾在韫山小学当过工友，后来是鼎平县地下老交通员邱新海同志。他对柳家山这一带山区十分熟悉，就跟着他到了柳家山。步行一百公里，一天往返，十分辛劳。此行在我脑海里留下最深刻印象还是那两株合抱枫。1936年农历七月十三日，对敌战斗的胜利，苏维埃政权的建立，在庆祝大会前，为了留作永恒的纪念，红军战士用钢刀在两株合抱枫的躯干上镌了两行闪光的字：

左边是:"打破旧世界";
右边是:"建立苏维埃"。

屈指算来,1936年离当时已有二十多年了,枫树躯干上虽然还有豪迈军刀划的痕迹,但已经辨不出来是什么字,树皮已经长厚了,吻合起来了。正应验了刘英同志当时在庆祝大会上所讲那段意味深长的话:"今天,我们建立了苏维埃政权,是革命的起点,今后革命的道路是漫长的,在共产党领导下,我们军民紧密团结,继续进行顽强的斗争,可以预料,总有那么一天,当这两处树皮重新长合的时候,我们全国革命也就成功了。"这并非偶然的巧合,而是刘英同志长期革命实践得出的预见,也是历史发展的必然。

此行时间虽短,但我想得很多很多,经过反复思考酝酿,写了一篇散文《合抱枫》寄给《浙江日报》副刊。随后"文化大革命"开始,接到《浙江日报》寄来的散文《合抱枫》清样,副刊负责人刘耀林先生还附来一信,云:"这篇散文颇有特色,原拟刊用,鉴于种种原因,一时用不上,现寄给你清样,留作纪念。""文化大革命"结束后,刘先生给我来电,叫我对此散文略作修改寄给他。随后,此散文即刊于《浙江日报》1978年7月4日副刊,连插图标题占了对开版大半个版面。后来这篇散文收入《郑立于文选》,我特意在文后附了一篇与刘耀林先生的交往情况,以怀念已故曾任浙江古籍出版社社长,对研究民俗学卓有成就的学者刘耀林先生。

供职于平阳县民兵斗争史办公室期间,领导要求将各地赤卫队、民兵、工人纠察队等配合地下党、红军作战的情况要全面调查一下,形成较为完整的史料,为了可以写成革命斗争故事集。柳家山那场战斗是浙闽边界两省的赤卫队和民兵配合作战的,歼灭的敌人又是从矾山方面去的"平阳民团"。虽然柳家山现属福建省福鼎县前岐镇管辖,深入柳家山、熊岭一带采写柳家山战斗这一重大任务当然就是我去承担了,那天凌晨三时从矾山动身,上午八时到达柳家山。当时是初夏季节,又是全程步行,根本欣赏不到杜牧所吟诗句"停车坐爱枫林晚,霜叶红于二月花"的美景。可漫山遍野都是红,就是杜鹃花,此花是浙江省苍南县的县花。成片红色的杜鹃花,还夹杂着黄色、淡红、紫色的杜鹃花,此时太阳正爬上山峰,映得遍地红通通。这更使作者领悟了"星星之火,可以燎原"的真理。

不必展示民兵斗争史办公室的介绍信或记者证,几位村民就带我看了红军住过的许多平屋和一些被毁后房子的废墟,看了军民共建的红军井,红军与赤卫队、民兵操练的场地,然后在一幢平屋的中央大厅,开了个十几个人的座谈会,大家围着两张方桌坐着,旁边还是不少村民、小孩站着听。

话题记得是从柳家山的命名开始的，一下子就非常热烈了。村里有棵大柳树，根深枝繁叶茂，为了讨个吉利顶辈人就称柳家山，以后就一代代传下来。这个村子大都姓廖，并不姓李。解放初期，浙江有个记者来采访，他不通福建话，也就是闽南话，误把柳家山写成李家山。其实，离这里不远的五凤乡，属浙江管的，倒有个村子都姓李，那里还有李氏宗祠，把柳家山称为李家山，好像是五凤乡的村子。我们这里的人识字不多，音近似也就不计较了。

通向浙江省这条岭，又长又陡，像一把闪光的利剑从两座大山间劈下来，山猪和野狼常在夜间出没，但很少见到野熊。从在熊岭巧施“空城计”，诱敌深入，终于歼灭到柳家山围剿的敌军，到两株高大合抱枫前召开庆祝会，演文明戏，继而为保卫、呵护苏维埃政权，大家谈得很随意，汇集起来就是浙闽边界军民团结的斗争史，也是柳家山人民的创业史。日头已从合抱枫顶往西斜了，有位老年村民抡着水烟筒，既严肃又半开玩笑地说：“毗连这里的黎尾臭地方，有一条短短的街，街道当中那条河就是浙江、福建两省的分界线。当年，不是抓壮丁或是抓赌，凡是浙江方面来的，就躲避到福建那边去，凡是福建方面来的，就躲避到浙江那边去。黎尾臭成为海湾的避风港。”可是围绕这两株合抱枫大大小小的事，两省边界同胞手足就走在一起，团结在一起，战斗在一起，不管什么风云变幻，野兽猖狂。

不久以后，我又一次来到柳家山，仔细地观察镌刻在合抱枫躯干上的两行豪言壮语，再补充一些材料，然后经过福建省福鼎县城回来。

一篇将近两万字的报告写成了。为了彰显柳家山革命斗争伟绩，定名为《柳家山的合抱枫》。此文被辑人浙江省军区编的《斩妖刀》一书，由浙江人民出版社出版。

一晃三十年过去了。2011 年清明节第二天，我与诗人高清、摄影家章少华到苍南县五凤乡品名茶。听说这里到柳家山已经通汽车，于是就驱车前往，车子在山腰盘旋，不到半个钟头，不需要经过险陡的熊岭，就到了柳家山。

啊！这与昔日相比，是另一个境界，天更高了，地更宽了，平坦而整齐的水泥路通向四方。昔日被烧毁的平屋废墟不见了，一长排一长排的二层楼房呈现在眼前。村里的住房都有门牌，在李家山村 13 号住房，我在门口往里面一瞅，一位中年妇女热情地请我过去坐，一问，知道这位妇女名叫陈美芳，她的爹爹是村里识字最多的人，过去介绍村里昔日的战斗情况和当时的生活情况，都是她爹爹讲的，如今已去世好多年了。我问你们这里什么时候挂上“李家山村”的门牌？她说不清楚，自已是外乡嫁到这里来的，我们那边都说这里叫柳家山。随后她抱着白白胖胖的小孩陪我去看红军井。这个井经过多次的修整，比过去深得多了，周围也很干净，游鱼在翠绿的水藻间穿行，映着蓝天白云，显得很有生气。怕耽搁她的家务事，就请这位妇女先回去，我们去瞻望合抱枫了。

几年前，桑美台风过境，两株合抱枫被刮倒一株，村干部和村民群策群力把它扶正。好长时间后枫树上还是长不出枝叶，枯萎了，大家一时想不出用什么办法补救。我想，如果把枯死的枫树切一段躯干，经过科学处理后，写几句说明文字，放在柳家山革命纪念馆里，作为永恒的纪念，在原来这株枫树遗址上补种一株枫树，或许也行。还是把有关情况和建议写封信寄给有关领导，于是，我就拨了刘英烈士的哲嗣刘锡荣同志的电话，把柳家山此行简要情况和上述想法告诉他。他关切地说，以个人的名义写信很好，但表达的语气尽量客气些，福建省各级党委对老革命根据地工作是十分重视的。

柳家山村属福鼎市，先向中共福鼎市委倪政云书记寄去函件，附上《柳家山的合抱枫》(报告文学)，因为此文附记中曾提及柳家山应恢复本名一事。两个月后，我应邀参加福鼎市楹联学会成立暨《太姥山楹联》创刊号首发式，获知倪政云书记已经他调，于是又向新任市委陈其春书记递送一信。同时由市委中层干部林天禄将详情转告前岐镇委书记曾庆游同志，曾书记愉快地接受任务并保证完成。

2012 年清明节前半个月，曾庆游带领十多位干部村民将已枯萎的枫树挖起来，切了其中一段，准备科学处理后安置在柳家山革命纪念馆里，作为永恒纪念。清理场地时，还发现一个硕大的石臼，据老村民的观察，很可能是红军驻扎在此时捣米用的，也一并作为革命文物保护起来。曾庆游还派人在山上寻找一株补栽在原址的枫树，这株枫树又壮又粗，高约三米，直径 15 公分。柳家山合抱枫复生了，生生不息，终获永生。在此期间，福鼎市委还派常委、宣传部曹清福部长到现场看望大家。曾庆游还叫人拍了六张照片，并请林天禄转寄给笔者。曾庆游还与笔者通了电话，我深表感谢。他还表示，枫树已经补栽完成，恢复柳家山本名一事，将按程序进行，很快也会解决的。我随即将这些喜讯电告在京的刘锡荣、詹黛薇贤伉俪，他俩都感到极欣慰，叫我要向福建省福鼎市领导以及柳家山方园百里的村民表示感谢。我说，浙闽边界山区口头信息传递较为缓慢，拟写一短文，借报刊一角，以表达浙闽边界人民的革命传统情谊和我们的深切谢意。

红枫补栽在深厚的红色土地上，很快就会成长、壮大，枝繁叶茂，霜风吹来，所有枫叶皆胜似二月花，红艳艳，金灿灿，正如柳家山民谣所吟：

合抱枫，年年红，
火烧山头遍地红！

（幻邨郑立于撰，刊于《红色平阳》1912 年第 4 期）

第四部分

戏剧曲艺

浩气长存

（现代京剧）

端午风波

时间：　一九三九年端午节早晨

地点：　福建福鼎前岐海边

人物：　陈百弓、陈格非、刘老伯、蔡芝凤、谢婉，群众若干，游击队员甲、乙，划龙舟者若干

布景：　前岐海边已经涨潮，波浪滔滔。远处山峦叠叠，海边横一堤坝。

幕启：　（音乐声中，百弓偕其女格非同上）

弓：　（唱）（吹腔）端午节，划龙船，千载流传吊屈原。
我这里携非儿江边游玩……（龙舟锣鼓声）
耳听得龙舟闹声喧！

非：　爸！到那边看龙舟去吧！你瞧！多热闹呀！

弓：　别忙，等一会儿就会划过来的。

非：　爸！为什么每年端午都要划龙舟呢？这是什么意思呀？

弓：　非儿！你只晓得看龙舟，不知道划龙舟的故事。

非：　爸！请你讲给我听好吗？

弓：　好！我就讲给你听吧！在很早的时候，有一位爱国诗人，名叫屈原，他在楚国做官，官居三闾大夫，他对楚国的河山十分爱护，为了抗秦之事，被楚怀王流放！

非：　流放?！什么叫流放？

弓：　官不给他做，将他赶出去，后来楚国将要灭亡的时候，屈原就自杀在汨罗江中，后代人为了纪念他，都吃粽子、划龙舟！

非：　唔！原来是这样！

弓：　非儿！你觉得屈原这个人怎么样？

非：　这个人真忠真爱国！

弓：　是呀！做人应该要有骨气，应该爱祖国、爱人民，那他的一生就有意义了，但是有些人，为了升官发财去当汉奸，出卖祖国，这是多么可耻呀！非儿！我希望你长大以后，爱祖国，做一个有骨气的人呀！

非：　是！我知道！

（唱）听父言一句句铭记在心，

长大后，要做个有骨气的人。

（刘老伯手提鸭子上）

刘：　（唱）可怜姣儿染重病，

怎奈无钱请医生。

（刘见陈招手）

刘：　百弓先生，你父女二人在此看龙舟吗？

弓：　刘老伯，你为何这样愁眉不展，莫非有什么心事吗？

刘：　呀！这几年家运不好，自从大根儿被镇里拉去当兵以后，几年来音信全无，家中越发困难，一家全靠十五岁的小金儿摆渡过活，有谁知祸从天上来，前日小金突得一病，人事昏迷，十分严重，怎奈无钱请医，只得把这只养了五年多的老鸭子卖了给小金儿请医治病……

弓：　唉！原来如此。病魔都缠在穷人身上，真是贫病交迫，别伤心吧！（掏钱）我这里有两块钱你先拿去请医生吧！

刘：　那怎么使得呢？……

弓：　不要紧，大家是自己人，老伯！我完全了解穷人的痛苦！你拿去吧！

刘：　……（接钱）（弓和非在堤眺望，龙舟上群众若干，游击队员二人亦上，白兵拥上与刘撞着）

白兵：　他妈的，乱撞干什么，（发现刘手中鸭）这鸭卖给我。

刘：　老总，你要买吗？

白兵：　要买，多少钱？

刘：　三元。

白兵：　三元，他妈的，不到两斤半卖三元。

刘：　老总，我这只老鸭子已养了五年多了。

白兵：　要是养十年不是要十元了，给你五毛钱平价算了。

刘：　五毛钱我不卖。

白兵：　你这些穷鬼，见钱不要命，抬高物价（欲抢）

刘：　（求）老总呀！（唱）我儿染病神志昏，
无奈卖鸭请医生。
求求老总发善（哭头）……心……老总呀！
（“三拉”百弓与群众若干，游击队员二人上，百弓拦）

弓：　且慢！（唱）拦路打人为何因？（问白兵）你为什么要拷打这位老伯呢？

白兵：　我向他买鸭子，他死不肯卖呀！

弓：　（向刘）老伯！他要买你的鸭子，你为什么不卖呢？

刘：　家中小儿得病，十分严重，无钱请医。只得将这只老鸭子卖掉请医，以救小儿生命，这位老总，只给五毛钱，小老怎舍得卖去，他就要抢我的鸭子。

弓：　哦！（向兵）有道是买卖公平，他不愿意卖，你为什么一定要硬抢人家东西，真是岂有此理。

白兵：　这是上司规定要平价！百弓先生！他们不懂呀！喂！老东西，你敢违抗法令吗？

弓：　他有权利不卖鸭子，他没错，你为何动手打人，这是什么道理？

白兵：　我买鸭子给钱，我也没错呀！

弓：　你不能强迫人家卖平价，你可知道老百姓的痛苦吗？

白兵：　这是上司命令，我不管，当兵的为地方治安，难道平价来优待一下，这不是应该的吗？

弓：　治安，你这样强买老百姓的东西，到处打人，这就称治安吗？
（众上前夺回白兵手中鸭子还刘）

白兵：　他妈的，你们简直是想造反了。（欲拉刘）走！到镇里去！

魏：　什么事？这样吵吵嚷嚷的。

向兵：　（见是魏队长）报告镇长！这些穷鬼，见了钱不要命，一只鸭子要卖三元，我要他平阶，竟敢反抗，因此我要把他带到镇里去。

魏：　（险恶地环视群众）（见了陈百弓）哈哈哈，百弓兄，你也在这儿吗？（奸笑握手）

弓：　老魏，忙吗？

魏：　没有什么，你带格非来看龙舟吗？

弓：　是！（向刘）老伯，你先回去吧！（刘下）（群众散一部分走）（向魏）老魏，刚才你的部下在这儿与这位老伯为了平阶买鸭子之事吵了一场，多么难听，我来劝解他非但不理，反而大发脾气，打骂这位老伯，多么难看。

魏：（转向兵）谁叫你出来，为难老百姓？百弓兄！适才弟兄得罪于老兄，看在小弟的份上，请休见怪！

弓：哪里，哪里，只要他下次不要胡作非为也就是了。

魏：（指桑骂槐地，向兵）你整天在外边耀武扬威，下次再若如此，决不饶你，定按军纪严处。

（便衣）（内叫）走！走！

魏：啊！（便衣队二人拥蔡芝凤上，遇魏、弓等一暗示）

便衣：报告镇长！抓到一个女的嫌疑份子。

魏：怎么抓到的？

便衣：在山边，我看她形迹可疑，即进行搜查，身边有一封信。

魏：信呢？

便衣：已径被她撕掉，抛到溪里被水冲走了。

魏：好！不错，有两下，（向陈）百弓兄！我有公事了，有空请到镇里玩。

弓：好！有空就来。

魏：再见！（向兵）来！带回去！

便衣：是！（魏、便、白兵带凤下，群众纷纷跟下，场上只留百弓父女，游击队员二人）

游击队员：（欲冲下）

弓：（阻之）不可轻举妄动，以免暴露身份，此事要三思而行！

非：爸，这不是芝凤阿姨吗？为什么被他们抓去呀！？

弓：是！国民党反动派是我们穷人的死对头。

游击队员乙：老百同志，你总要想一下办法来营救芝凤同志呀！

弓：不要焦急，你们去江边等我。

游击队员甲、乙：是。（下，谢婉急忙赶上）

婉：格非！

非：妈！

弓：你来做什么？

婉：刚才芝……

弓：（四面回顾）我知道，非儿你先跟你妈回去，（与婉耳语）这是政治任务，你要好好地完成！

婉：是！

星夜劫狱

时间：当天傍晚

地点：前岐镇公所的炮台边，一座小房子（临时监狱）

布景：监狱、有围墙、炮台、海边

（音乐声中幕启，看守兵二人，持长枪监视周围，蔡芝凤在监内悲歌）

芝：（唱）可怜我幼年时失去双亲，
家叔父抚养我长大成人，
为人民求解放参加革命，
遭不幸落陷阱受尽苦刑，……
魏必干狠心的狼天良丧尽，
总有日这血海深仇要还清。

婉：（唱）一一切工作安排定，为送消息到监门。

看守兵甲：喂！你是来干什么的？

婉：我来送饭。

看守兵甲：检查。

婉：送了一碗饭，有什么好检查呢？

看守兵甲：（凶恶地）拿来！

婉：你查吧！（看守兵检查饭盒，婉与芝凤目光相触，示其意）（婉递饭给凤）

看守兵甲：下次不准送饭！

婉：（自若地）知道！（下）

（凤接饭后，背着兵用饭，机警地把饭碗底下的一张纸条取出看）

看守兵甲：鬼鬼祟祟，东看西瞧，不要弄鬼！（凤吞下纸条）（灯光渐暗淡下来）

看守兵乙：今天街上唱京戏，“欧阳德”真好看，妈的，干这一行，连戏也捞不着看，真受罪。

看守兵甲：谁不想去看，今天晚上要不是有犯人在此，我早就去看了。

看守兵乙：我有一个办法。

看守兵甲：什么办法？

看守兵乙：现在时间还早，刚刚要开锣，我们俩轮个班，我先去看一半，回来再让你去看，这样两个人都能看到戏，怎么样？

看守兵甲：　行吗？

看守兵乙：　先让我去看（乙把枪交给甲，兴致勃勃地下）

看守兵甲：　好！你去吧！

（起鼓，甲打呵欠，二更声，潮水声）到这个时候，怎么还不回来？潮水涨得很高了。

芝：　（唱）老百弓他与我已经约定，

今夜晚潮水时来救我身，

耳听海潮声时机已近，……

我这里装腹疼诓出监门。

哎呀！哎呀！我肚子痛得要命，我要上厕所去。

看守兵甲：　你不要在我的面前耍花样，你想逃跑吗？没有那么便当的。

芝：　哎呀！我受了重刑，遍体鳞伤，连走路也闲难，怎能逃跑呢？快！快！快把牢门开了，我就要……

看守兵甲：　他妈的！（边开锁边念）真倒霉，不但没有戏看，还要带女人上厕所（这时，百弓，呈朋，游击队员上）（越墙进并埋伏，芝凤出监门，踉踉跄跄，没走几步，突然游击队抓住白兵，塞其口，绑兵甲，背芝凤乘船逃走。）（午台上静寂片刻，看守兵乙，醉沉沉上，一脚绊倒。）

看守兵乙：　哎呀！（一看）你怎么啦？怎么啦！（去甲口中布，解绑）什么事？

看守兵甲：　老王呀！不好了，犯人给人劫走了！

看守兵乙：　啊！（一惊）怎么劫走的？

看守兵甲：　这个土匪婆说肚子痛，要上厕所，我看她是个女人，遍体鳞伤，总逃不掉的，就开了门，让她出来，哪儿晓得突然来了一群土匪，把我绑在这儿，把她抢去了！

看守兵乙：　枪呢？

看守兵甲：　枪，被他们带走了。

看守兵乙：　哪还有命，你怎么不小心呀！

看守兵甲：　你怎么不早一点儿来呀！（二人正在惊慌不定）（魏必千带一勤务兵上）

魏：　（一看）你们搞什么鬼？

甲、乙：　（哭丧着脸）队长！不好了！

魏：　怎么？

看守兵甲：　土匪婆跑了。

魏：　啊！（用毛电筒一照）枪呢？

甲、乙：　也跑了。

魏：　他妈的。（打了甲、乙一耳光，踢一足）混帐！混帐！还不快点拿枪追呀！（甲、乙下）（勤务兵一吹哨子）（众白兵纷纷上）

魏：　土匪跑了，你们知道不知道？

众：　不知道。

魏：　（向看守兵甲）往哪儿跑的？

看守兵甲：　刚刚往街后走的！

魏：　还不给我追呀！

（众下）（落幕）

失足负伤

时间：　当夜，紧接上场

地点：　闽浙交界处，鼎平地区，一片丘陵，连接着重重叠叠高山，一座狭窄硐桥，桥下无水

人物：　陈百弓、呈朋、芝凤、游击队员、魏必干、众白兵

（先二道幕外）

弓：　（内倒板）前岐劫狱闯龙潭，

（百弓、引芝凤、呈朋、游击队员等上）

（唱）救出芝凤出牢房，

身后又听人喧嚷……（内枪声）

同志们即速上山岗。

（率众下）（众白兵，魏必干上）

魏：　他妈的！（踢白兵甲）

（唱）上战场不大胆向前猛冲！

你这班简直是吃饭的饭桶！

魏斥：　他妈的，勇敢地追呀！（众冲下）

（二道幕开）

（呈朋引游击队员、芝凤、百弓等上，上桥，芝凤滑了一脚，百弓去了救护芝凤，跌下硐桥昏去）

众即下桥围视

众：　百弓同志，醒来！百弓同志醒来！

弓：　（唱）霎时间跌得我昏迷不醒……

众：　百弓同志！

弓：　哎呀！（唱）只觉得浑身上下痛煞人。（内枪声）

呈：　老百同志，魏贼紧紧追赶，我们与他拼了罢！

弓：　慢来，不许莽干，我们即速分散隐蔽，不要暴露目标，等敌兵到此，见机行事！（与呈朋耳语）隐蔽！

魏：　（忙喊）站住！（众白兵站住）

白兵乙：　队长！你说我们不勇敢，现在我们勇敢起来了。怎么又叫我们站住呀！

魏：　（站在大桥上，严肃地说）他妈的，你们剿土匪的经验哪有我那么丰富呀！共产党的手段有一套，特别是在高山丛中，一不当心，就会羊入虎口，性命难保，何况这里的山路，我们不大熟悉。（魏用手电棒，照视地形，直至直视到桥下时，情势危急，呈朋开了一枪，一白兵吓得掉下大桥昏过去！百弓等即出按住白兵）

魏：　啊！（当时一惊）冲呀！众冲过桥至山外路下。

（百弓同志手一挥率众，亦冲山凹到小路一侧）

（魏必干率众复上，至桥上，桥下白兵哼声）

白兵：　（闻声即下令）包嗣！（众即冲至桥下，一看，魏抓住白兵）

魏：　他妈的。

（幕急下）

探病密议

时间：　离前场两天后，夜间

地点：　鼎平县深山，山腰独立草房，刘老伯家

布景：　室内、床、桌、木凳，左首小门通内室房间、厨房

（音乐声中幕徐后）

弓：　（唱）在前岐监狱救出芝凤，

魏必干率特务猛扑一空，

不小心跌桥下身受伤重，

就误了党工作牵挂心中。（刘大妈端芋头上）

刘妈：　（唱）百弓同志身受伤，

烧些芋头充饥肠。

（白）百弓同志，我这儿没有好东西，这碗芋头给你当点心！

弓：　刘大娘，我腹中不饿，这样麻烦你，我心中感到不安呢！你自己吃吧！

刘妈：　百弓同志，这芋头是我们自己种的，不大好吃，不要客气吧！

弓：　多谢大娘了。（接芋头在吃）

刘妈：　老头儿到矾山买药，怎么到这个时候，还不回来？！真叫人等着心急呀！（下）（游击队员甲上）

游击队员甲：　老百同志，朱善醉、张传卓等同志前来看你。

弓：　好，我正要找他们谈话，请他们进来吧！

游击队员甲：　是！（下）（朱善醉、张传卓、蔡芝凤同上）

朱、张：　（唱）听说老百身受重伤，
今日再来看端详。

芝：　我们进去吧！

众：　老百同志！（热烈握手）

弓：　请大家坐吧！别客气，这儿就当我们家，今天我当主人了。

众：　伤势怎样么了？

弓：　没有什么，不小心跌了一脚呀。

朱、张：　详细情况怎么样？

弓：　魏必干抓去芝凤，我们去把芝凤要回来，魏必干不同意，派大队人马追赶，结果还是白费心机。

芝：　是呀！那天晚上要不是百弓同志定计搭救我出来，我的性命一定断送在魏必干手里。

朱：　魏贼不除，对我们革命工作大有妨碍。

弓：　我也正为此事反复考虑，既然你们来了，机会很好，大家商量对策。

张：　老百同志，你身体受伤，要好好休养一段时间，多多保重身体要紧呀！

弓：　我现在不是在休息着吗？！不过工作很多等着我们去干，时间对于我们来说，是非常宝贵的！

章：　走！（这时妈捧茶上敬客）
（章志中上唱）
（唱）公开拿国民党薪金，
暗地做共产党事情。
（进门与刘大娘打个照面，妈吓得掉下茶盘）

刘妈：　啊！（一惊）

章：　大娘，都是自己人，别怕？

张：　志中来啦！

章：　你们也在这儿呀！（与众打招呼）老百同志，听说你受伤了，怎么样了？

弓：　没有什么，老章呀！你当起巡官，可真威风呀！

章：　老百，（唱）老百休把笑话谈，我原是个冒充巡官。

众：　（同笑）哈哈哈……

弓：　志中，近来你区里有什么消息吗？

章：　近来这批坏蛋，积极组织清乡工作队，到处抓人、杀人。

众：　哼！（唱）敌人一天不除尽，人民一天不安宁。

弓：　同志们！我前次北上，在汉口碰到了周恩来、曾山两位同志，他叫我仍旧回到鼎平地区，坚持地下斗争，同志们，现在国共已经分裂，我们的红军在陕北建立了抗日根据地，进行抗日，现在浙南只留下刘英同志掌握全盘工作，借此分散反动派的兵力，敌人十分猖狂，平阳张韶舞、福鼎林德明、前岐魏必干、矾山周永年都是我们的对头，目前斗争的环境不是那么有利的，要我们坚定立场，克服一切困难，鼓足勇气与敌人斗争到底。

从：　对！坚持斗争到底！

（唱）脱离家庭投奔革命，

挺身而出与贼拼。

弓：　同志们：（唱）各位同志休激动，

且商讨今革命具体分工。

（白）今后鼎平地区的工作，要作一个具体的分工，并且该采用何种斗争方式也须周密讨论！

众：　请老百你先发表意见吧！

弓：　以我个人的意见，当前的工作，仍要继续打入敌人内部，掌握政权和武装，你们不要急于脱离家庭，现在马上脱离，对我们的工作未必有利。

朱：　关于脱离问题，以后看情况的变化，再作研究。

弓：　关于分工问题，矾山一带工作由朱善醉同志负责，矾山矿区工作方面多做些工作。

章：　为了掌握政权和武装，可分头活动，买通矾山周永年，由他张传卓同志去霞关任镇长。

弓：你可以要求周永年把你调到霞关任事务员，深入自卫队做些工作，与传卓同志取得密切的联系，对我们工作更有利。

章：矾山、蒲门一带的妇女工作，可由芝凤同志负责。

芝：党交给我的任务，一定把它完成。

弓：这样一来，政权和武装都操控在我们手里，事情就好办了。

众：对！（唱）工作布置商讨定，
革命任务保证完成。

弓：既已决定，就请你们即刻回去，以免暴露目标！

众：你要好好保重身体，多多休养。

弓：个人身体事小，党的事业得大，请你们走吧！

众：是！（正欲走，呈朋急上报）

呈：百弓同志，事情不好！

弓：何事？（众一惊）

呈：山下发现敌兵前围剿。

弓：呀！（唱）怒听呈朋报一声，
山下敌兵将来临，
切莫惊慌要镇定……

（刘老伯手拿药急上）

刘：敌兵上山。

弓：呀！（接唱）想一良策好脱身。

众：百弓同志，我们掩护你，快退吧！

弓：不！请大家不要激动，事到临头，须要冷静，不能粗心，敌兵虽来，尚未发现我们，我们马上出去反而暴露了自己。

弓：（思索）好！同志们！（拿枪交传卓）没有我的命令，谁也不准乱动，附耳上来（与众耳语）照计行事。

（众陆续下，只剩传卓、志中、刘大伯三人在场）

（魏必干率众白兵分上）

章：老头儿！你家里多少人？

刘：老总，我家里只有两口。（魏必干进门）

（魏与张，章互相打量）

魏：你们是哪里来的？

章：你们是哪里来的？

魏：　我们是前岐来的便衣队，你们来干什么？
章：　我们奉周区长之命，来清查户口，你来干什么？
魏：　来搜山。
章：　哪一位带班的？
魏：　（一笑）哈哈，就是本人。（机警地注视传卓、志中）
章：　哦！我来介绍，这位是我们矾山区清乡队张队长！
魏：　喔！久仰久仰。（与张握手）
张：　不敢，不敢！请教！
魏：　我魏必干！
张：　喔，我来介绍，这位是矾山区章巡官。
魏：　章巡官，哈哈，真是大水冲倒龙王庙，自家人不认识自家人啦！
（三人同笑）
魏：　这里查过了吗？我们来协助一下吧！
章：　已经有清乡队弟兄在检查了。
（呈朋上手拿一只鸡）（见魏故意放身后）
呈：　报告！队长，巡官，里面都查过了，只有一个半死不活的老太婆，没有其他人？
章：　你后边什么？
呈：　是鸡。
章：　干什么？
呈：　我想带来给队长，巡官下酒的。
章：　他妈的，快还给人家，连规矩都没有。
魏：　（难为情）弟兄们，回去！好，我先走啦！
章：　好，别见笑！
（魏等出门外，众兵下，只剩魏一人）
魏：　笑语！（下）
（百弓等众上，一看一笑）
（幕急落）

突变定策

时间：　两三个月后
地点：　鼎平县南鹤区，鹤顶山上
布景：　高山矗立云霄，山前，一独立草房前的空地上

人物：　陈百弓、蔡芝凤、呈朋、张传卓

幕启：　（陈百弓、芝凤、呈朋先后上，自草屋出）

弓：　（唱）可恨星希无骨气，出卖同志泄密机。

芝：　（唱）倘若抓到邓星希，抽他的筋来剥他的皮。

（白）百弓同志，前岐邓星希叛变革命，出卖同志，苏定课同志被捕到矾山，怎样设法搭救呢？

弓：　唉！真是预料不到，星希经不起恶劣环境的考验，就叛变了革命，使党受到损失，苏定课同志既已扣押矾山，估计朱善醉同志总有消息。（呈朋上）

呈：　有！

弓：　你即到矾山探听消息，与朱善醉同志取得联系设法搭救苏定课同志并即速回报！

呈：　是！（下）

弓：　（唱）苏定课不幸落魔掌，

但愿他脱险早回还。

芝：　呀！（唱）那傍一人山岗上……（扫头）（传卓上）

弓：　传卓同志。

张：　老百同志，事情不好了！

弓：　又出什么事呀？

张：　志中同志在马站澄海乡被福鼎魏必干抓到前岐去了。

芝：　啊！

弓：　别忙，镇定些，要想一个良策来营救才是！

芝：　赶快想办法吧！

弓：　（寻思）传卓！周永年与魏必乾二人早有成见，可有此事？

张：　有。特别是去年魏必乾无故扣押矾南乡保长一事，引起周永年不满，矾山区众士绅对此事已很公愤，认为魏必干欺侮平阳。

弓：　好！传卓，我们现在就利用敌人内部矛盾，借越区捕人之口，地区捕人之口，超地区职权之嫌，把周、魏的矛盾加深，并发动以引起周永年的响应矾山下关：吕禅乡镇长士绅联名告魏。士绅见机而行，要倍加谨慎。

张：　好！我一定能完成任务。

弓：　那么，你就去吧！我们等待着胜利的消息。

张：　是！（分下）

志中脱险

时间：　紧接上场第二天

地点：　矾山区区署，区长办公室

布景：　舞台中置一公事桌、桌后椅，右边椅把子，左置一小桌，桌上电话机

人物：　周永年、张传卓、勤务兵、二前岐便衣队、章志中

幕启：　（矾山区长周永年手拿公文，自内室出）

周：　（唱）前岐镇魏必干来了公函，
他说道章志中是共产党员，
我这里暗思忖真假难辨……（小拉子）
真奇怪，章志中是共产党嫌疑分子，我怎么都没有发觉他的可疑之处？不！不会的，志中是我多年同窗老友，素来为人忠实，哪里会有此事，（看公文）唉！这又明明是魏必干的公函，难道冤枉他吗？唉，真是画龙画虎难画骨，知人知面不知心呀！
（接唱）这桩事叫我好不心寒。
（勤务兵上）

勤：　报告！

周：　什么事？

勤：　霞关镇镇长来见！

周：　请进！

勤：　是！（下）（传卓上）

张：　区长！

周：　老张坐吧！（张坐下）什么事呀？

张：　听说志中被福鼎魏必干扣押起来！真有此事吗？

周：　实有此事！这就是魏必干的公函。（拿公函给张）

张：　（略一看公文）真奇怪，周区长，你看这到底是怎么一回事？

周：　很难讲呀！有道是无风不起浪啊！

张：　那当然，有浪总有风，不知是什么风。

周：　（透了一口大气）唉！

张：　我看志中平日倒很老实，料不到有这么一回事呢！他是你多年的老友，你总了解他的行为呀！

周：　老实倒是老实，可是人心难料呀！老张！

张：　区长，话虽然如此，但是我们不能粗心，要再三冷静，对待此事，根据近日来某些土绅们议论，其中可能另有文章。

周：　（站起）士绅们讲些什么？

张：　区长！（唱）士绅们近日议论纷纷，
都说必干傲慢欺人，
他在闽浙边界任坐镇，
各乡镇长是越权。
地区职权起公愤，
不该是逞强越区捕人，
这一次扣志中又来挑衅，
分明是欺侮矾山软弱无能。
若不力争再容忍，
矾山区众士绅愤怒难平！

周：　话虽有理，办事须要慎重，魏必干虽然素来傲慢我们，但是剿共的目的是一致的，章志中被扣，当然有其原因，难道魏必干真的拿志中来欺侮我们吗？

张：　志中是不是共产党分子，我们一时很难下断论，就说志中有可怀疑之处，何必一定扣押前岐，难道说我们就无权办理此案吗？

周：　关于志中扣押前岐之事，我也不大满意，本即派兵前去押还，姑念邻区之面情，只得再三容忍，已经去电，叫他立即送回，让矾山办理。

张：　区长虽已去电前岐，送还志中，但是魏必干这样一再越区捕人，侵夺矾山职权，目无平阳，很难容忍。

周：　喔！老张！听说有一次志中深夜至前岐碰过陈百弓，可有此事？

张：　（略一沉思）……在前岐，……喔……有，志中与我已经谈过，事情是这样的。
（唱）他有日到前岐舅父家往，
半路上遇便衣查问紧张。

周：　（唱）是亲戚又何必定在夜晚？

张：　（唱）他舅母患急病因此慌忙。
魏必干拘捕百弓恰在此山上，
他这样行色匆匆理应查一番。

章志中把自己身份来讲，
便衣队查问后放他回还。

周：喔！原来有这么一回事，怪不得魏必干……

勤：（上）报告，章志中带到。

周：带进！（二前岐白兵解志中上，公文给周签字，二兵、勤务员下）（志中很气愤似地）

周：志中，事情已经到了这个地步了，不要心急吧。

章：完全冤枉的，可是我真金不怕火炼。

周：问题总会弄清楚的，别忙，到底是为了什么事？

章：区长，就是为了上半年魏必干的便衣队在矾南乡抓赌的时候，我那几句话……

周：什么话冒犯了他呀？

章：上半年魏必干部下到我们矾南乡抓赌，赌徒无钱罚款，定要带回前岐办理，当时我因公路过，问明情由，就说，此乃矾山区违禁案件，应送矾山办理，他们非但不肯，反而说，魏镇长命令如山，谁敢违抗，当时我就发火说：这里是平阳地区，就是魏必干的祖宗来也不卖帐，这样一来，便衣队就气匆匆地去了，事后我越想越不对头。区长，再加上，有一次夜里，经过前岐山脚碰上了魏必干便衣队，就在此山捉拿陈百弓。后来，魏必干就根据这件事，捕风捉影地加上我这个共产党分子的罪名，并诬说我与陈百弓有关系，你想陈百弓这个人我连影子也不知道，分明是公报私仇，怎不气人。

张：区长！魏必干真是欺人太甚，非发动众士绅联名告他不行，区长上告之事马上进行，先打他一个下马威，才能消我们矾山区乡镇长和众士绅之气。

周：魏必干一再侵犯矾山职权，难怪乡镇长和众士绅如此愤怒，关于志中之案有关政治问题，不能轻举妄动呀！（沉思）（摇电话）喂，平阳县政府，张县长接电话。（张、章同时一惊）（张马上写字条塞火柴匣里递给章）喂，张县长吗？我是周永年，有件事情请示县长作主，福鼎魏必干，前天扣押我区事务员章志中，说他是共产党嫌疑份子，今天已经送到矾山，但我区乡镇长和众士绅一致认为此事是魏必干继前次无故扣押矾南乡林保长一事后第二次欺侮平阳，各乡士绅纷纷要求联名上告，看来情势难

挡，请县长定夺，……喔！……是，一方面送志中到平阳，……唔，一方面马上联名上告……好……好……就这样办……（放下话筒）

章：老周，我们是多年老友，可算是鱼水相亲，粒米同分的知交，我受冤，没有关系，但做人应以朋友情义为重，我为了对得起你，有一句话，不得不讲，否则有失大义，死不瞑目。

周：老章，多年老友，何必出此不利之言，有话尽管讲吧！

章：你看魏必干这个人怎么样？

周：仅一面之交，未知轻重。

章：此人就如当年奸雄曹操。

周：怎见得？

章：当我此次将被送回之时，他说：周永年之辈，只能渡方步于斗室，之乎者也，懦弱无能之书生，游玩之徒，何能担此重任，他说此言，非但轻蔑我们平阳，欺侮我们无能，而且权势超越邻省邻县邻区。我当时敢怒而不敢言，真气死人也。

（唱）我志中身虽死决无遗恨，
大丈夫绝不能受人欺凌，
魏必干目中无人欺人太甚。
不打他下马威死不甘心。

周：他妈的，魏必干真是目空一切！

张：区长，魏必干这样欺侮我们，非发动全区士绅联名上告难平此恨。

周：对！县长也主张马上上告，可是各乡要有人去发动呀！

张：霞关镇士绅由我发动，可是蒲门、马站、矾南、昌禅、沿浦这一带志中最熟悉，非他去不可，同时把魏必干欺侮我们的话，亲口告诉他们，更好发动。

章：给我三天期限，跑遍各乡镇长和士绅家，保证马上发动起来，况且上级要求清查户籍，章志中是管户籍的，也应该让他回下关一趟然后上告。

周：这……不能呀！县长要我送你一起到县呀！

张：上告之事呢？

周：马上要告呀！

张：志中假若一到县里，下面就会误会此事已经定夺，联名上告之事就很难发动，他去发动两天，事情成功后，再与你一起到县不是两全其美吗？

周：(狠命的抽一口烟，沉思一下)好！去吧！(章正欲走)回来！

章：还有什么吩咐吗？

周：你就这样一走，我负责不了呀！

章：那请传卓、庄琴、黄涛三个人保我出去怎么样？

周：也好！传卓你看怎么样？

张：这是手续问题，应该可行。

周：他是你镇事务员，你保行吗？

张：我保，行是行，志中你不要让我们三个担保人为难，要按时回来呀！

章：你放心，我保证在一天中后马上回来！

周：好！就这样办。

张：你先去吧！

章：是！(急下)

(幕急落)

霞关起义

时间：紧接上场第二天

地点：鼎平地区鹤顶山

布景：山峰高耸，森林茂盛，有一游击队员站岗眺望

人物：陈百弓、蔡芝凤、呈朋、章志中、游击队员三人
自卫队起义共5人，白兵8名，朱善醉

幕启：(一游击队员站岗眺望)(志中上)

章：(唱)可笑那周永年坠入计中，
离虎口到鹤顶寻找百弓。

游击队员：谁？

章：是我。

游击队员：是志中同志吗？你回来了，好极了！(向内)志中同志回来了。

(陈百弓、朱善醉、蔡芝凤上)(游击队员一人)

众：志中回来了。

弓：你受惊了，哈哈哈！

章：要不是百弓同志策划英明，我可要遭敌人毒手了。

弓：　好！传卓呢？

章：　还在矾山。

弓：　同志脱险已归，不知苏定课同志消息如何，令人担心。

芝：　呈朋同志怎么还不回来？

游击队员：　下面有一个人上山，不知是谁？（众争看下望）

章：　那个不是呈朋是谁？

众：　呈朋，呈朋！（呈朋气喘喘上）

弓：　呈朋，定课同志消息怎么样？

呈：　他……他……

众：　（急性地）他怎么样？

呈：　他被捕到沿浦严刑拷打两天两夜，没有招出半句口供，昨天他……光荣牺牲……了。

众：　（唱）听说定课已牺牲，好似钢刀刺在心。
含悲忍泪悼念你，报仇雪恨杀敌人。

弓：　（悲愤地）好一个英勇顽强的苏定课，真是优秀的共产党员，死得有骨气。同志们！据当前情况，我们的组织已暴露，进行半公开斗争是不可能了，现在上级已经批准，在霞关进行武装起义，并立即把霞关到矾山的电话线割断，马上行动。

众：　对！就是这个主意！

弓：　小邱（游击队员应）你到矾山通知张传卓，连夜到霞关拖枪。

游击队员乙：　是！（下）

章：　我们大家要踏着苏烈士的血迹前进，与反动派拼命，为死难的同志申冤报仇。

众：　对！（同唱）同志们决心大意志坚强，
星夜里到霞关准时起义缴枪。
让革命大红旗到处飘扬，
大红旗到处飘扬！
（众同下，呈朋重上大红旗高举，引众上加五个自卫队起义兵）

弓：　同志们，我们霞关起义成功了，胜利了，希望大家坚定信心，为人民解放事业奋斗到底，走！

众：　（全唱）霞关起义缴来大量枪枝呀！
使敌人心惊胆破魂魄飞呀！
建立了武装杀白匪呀！

为革命坚持斗争志不移。
（游击队员乙报上）

游击队员乙：报！传卓同志和庄琴、黄涛三人被扣押在矾山。

呈：百弓同志，前岐方面敌兵上山围剿了。

弓：同志们，各人检查武器，携带文件，奋勇杀敌，为死难同志报仇，杀！
（与魏必干部下激战，敌兵死伤不少）

弓：同志们，我们胜利了，敌人决不甘心，定会增加兵力围剿，为保有游击队新生力量，暂时分散隐蔽，离开鼎平地区，到北港山门风林会合。
（百弓同志率众扬长而去）
（幕落）

相逢别母

时间：一九四一年五月

地点：平阳马站山上

人物：谢婉、格非、尼姑、呈朋、陈百弓、魏必干、众白兵

幕启：

谢婉：（内倒板）反动派把我家洗劫已尽（上唱）（携格非）
（唱）害得我逃在外到处飘零，
老百弓自离家一年正，
到如今无音信好不担心，
格非儿忍饥寒跟随我身，
年幼小受苦难无限酸辛。

非：妈！天天这样东跑西跑，跑到什么时候才了呀！

婉：我们是逃难的，等到不要跑的时候，才得不跑。

非：（停下）妈！我再也跑不动了。

婉：好孩子！你看前面不是庵堂吗？再忍耐几步就要到了，可以休息一下再走吧！
（唱）教我儿在外奔风吹雨淋！
愿早日乌云散才得安宁。（同场，二道幕开）

尼：你们哪里来的，干什么的？

婉：我们是讨饭的。

尼：　喔！讨饭的哪里人呀？

婉：　我们是江南人。

非：　妈！我肚子饿了。

婉：　好孩子，忍耐一下，我们去到前面村庄要一碗冷饭给你充饥吧。

尼：　这几天外面很不安宁，乡里到处拉壮丁，闹得山脚村附近村庄鸡飞狗跳，你俩还是不要去的好，我厨房里还有一碗饭，我热一下，拿来给你这孩子吃吧！

婉：　多谢师父了！（尼姑下）

（与格非梳头发）（唱）格非儿头发乱我更心伤，

可怜他年幼小飘零外乡，

愿革命大红旗全国飘扬，

扫尽了反动派才得安康。

（尼姑捧饭上给格非吃，陈百弓、呈朋上）

弓：　（唱）二人渡过飞云江，一路迂回到平阳。

呈：　老百同志，我们已到马站，不知朱善醉等同志现在何处？

弓：　我们先到前面庵堂歇息片刻，再作道理。

呈：　是！（园场，呈先进门见婉，非在，即出）老百同志，谢婉同志母女在此。

弓：　你先去前面眺望等我。

呈：　是（下右）（百弓同志进门）

非：　（见父一惊）妈？

婉：　（机警地）客人来为什么这样害怕？

尼：　客人！你是哪里来的？

弓：　我是北港水头人，这位大嫂是哪里人？

非：　（抢着说）我们是江南人。

尼：　她母女是江南的。

弓：　你们到此干什么的？

婉：　我们是讨饭的。

弓：　讨饭为什么在这里讨，前面不是有大户人家吗？

婉：　不！听说这几天到处乱拉壮丁，人家日子过得不平安，讨饭的也就有困难了。

尼：　是呀！前村个个都提心吊胆，哪有心事打饭给你呢？

弓：　那么，还是讨饭倒还可以过平安日子。

婉：　我们也但愿平平安安地过日子就好，可是……

尼：　（抢着说）真的！讨饭么总是东一天西一天，饱一顿，饿一顿的。

非：　（哭了）连讨饭也不能过平安日子呢？

弓：　怎么不能过平安日子呢？

婉：　客人呀！

（唱）提起了家中事心酸难忍，
被贼抢一家人四散离分，
带领着这女儿到处飘零，
东家讨西家要寻找亲人。

尼：　亲人有没有找着呀！

婉：　一年来全无音信，直至今日……

尼：　今天怎么样？（陈示婉不要说）

婉：　尚未碰面！

弓：　穷人们东奔西跑受些苦楚，没有关系，为了生活，应当这样，可是只怕被“狗”咬。

尼：　对！以后你们母女要带棍子，碰到狗就打！

弓：　对！特别是“疯狗”更要小心提防！不然的话就会被咬的。

婉：　客人，你是干什么来的？

弓：　我说来话长。

（唱）跟伙计在这边做些买卖，
遇强盗被劫抢痛恨心怀，
没奈何避横祸经历半载，
今日里找伙计特地又来。

婉：　外边到处不平安，总要小心才是。

非：　（天真地）你前次生意亏本了，为什么又要做呀！

婉：　小孩子，你不懂事，这关系到我一家人，我家里人很多，我为了他们大家的生活，我怎能不坚持下去做呢！

非：　妈！我一定跟你一起讨饭，不怕苦！

弓：　应该如此，（看天）你看我这个人说起话来很多，尚未说完，不要叫我们伙计久等，赶路要紧，师父打扰了，我要走了！（下）

尼：　没有关系，太客气了，走好！

婉：　时间不早，还要赶路，师父我也要走了！

尼：　走好些。（下）

婉：　多谢了，(唱)辞师父带我儿急步出门。(同场落中幕)

(陈上相见)

非：　爸爸！(悲苦地而又天真地，紧握父手)(谢陈抱头)

婉：　(接唱)见百弓再告诉别后衷情。

弓：　孩子、谢婉，你们受苦了。

(接唱)离家至今一年整，今日相逢不敢相认，

革命意志要坚定，任何难关不能变心。

非：　爸爸！你不在家，我们东奔西跑，你经常说，叫我多念书，我在外边跑来跑去，都没有念书，你几时回家给我念书呀！

弓：　等革命成功，我就回家给你念书，谢婉，不必难过，孩子带在身边，对你的工作，定有影响，还是将她安置大伯百舟家中，好专心工作。

婉：　是！

弓：　朱、章等同志的最近情况，你可知道？

婉：　我都经常和他们间接取得联系，最近倒好。

弓：　那好！就由你马上前去，与朱、章等几位同志取得联系，通知他们明日在笔架山老地方碰头，召开紧急会议，这是政治任务，你要马上完成！我还有事，不能耽搁就要走了。

婉：　好！再见！

弓：　再见！(弓下)(顿一望)

婉：　呀！(唱)老百弓临别吩咐我记心间，

她叫我安置非儿免受挂牵，

眼见得母女俩顷刻分别……

非：　妈！

婉：　(接唱)可怜她遭欺凌逃离身边！

(忍痛)非儿，爸爸言语，你听清楚了没有，你年纪幼小跟在为娘身边甚是不便，只有你安置在乡亲们家里，使我无有牵挂，才不耽误革命工作，妈与你送去吧！

非：　妈！我要跟着你走，那些乡亲大叔们家里我不去，他们看见我都很怕，不肯给我住。

婉：　非儿！乡亲们看见你怕，因为你是陈百弓的女儿，他们都爱护你，恐怕你住在他家，被敌人发觉，出了事情，怎么对得起你爸爸呢！

非：　不！妈！我不走！我要跟着你。

婉：　非儿！爸和妈参加革命，被反动派魏必干这批贼子害得家破人亡，连累着你小小年纪受苦，妈是知道的，你要明白，革命就是为了你们下一代不再受苦，目前暂时受苦受难是免不了的，你要好好听话，就先到外婆家里，住一段时间，等妈找个安全去处，就来带你回去，这里到外婆家的路你总认识的，你先去吧！（欲走）

非：　妈！

婉：　（回身）怎么！

非：　我怕！

婉：　孩子！你别怕，要坚强些，要像你爸一样，走吧！

非：　（大哭）妈！……

婉：　咳！（唱）非儿痛苦我伤心，
可怜她小小年纪要离娘亲，
有道是生离要比死别苦，
铁石心肠也酸辛，
有道是儿是娘的心头肉，
万般痛苦心连心，
我难忍悲痛心麻乱……（思想剧烈斗争）
呀！（唱）为革命我且能只顾私情，
含悲忍泪非儿叫，
为娘嘱咐你且听，
休怪为娘心肠狠，
这都是反动派罪恶来造成，
今日痛苦为革命，
这刻骨的深仇你记在心。
（白）非儿！时间不早了，妈有紧急任务在身，不能送你，走吧！（依依不舍，谢一挥泪忍痛下）

非：　妈！（唱）母女深山两离分，
抛下我格非孤身一人，
回头再把母亲叫……
妈！（拉唱）连叫数遍无应声，
移步过桥回首看，

桥小水深胆战心惊，
一溪清泉照人影，
两行热泪如雨淋，
满腹苦楚向谁诉，
只有对水中影儿说衷情，
来至悬崖绝路径，
没奈何攀藤登高再把路寻。
（爬山）
（唱）巨雷声声山谷震，
狂风阵阵翻乌云，
倾盆暴雨眼难睁，
心慌路滑跌倒埃尘，
今日里苦难我受尽。
刻骨深仇我记在心，
浑身湿透冷如冰……（躲雨于岩下）
山崖之下且藏身。

（众便衣队引魏必干避雨上）

魏：慢来，雨有些静下来了，他妈的，都这么跑还跑得动吗？

众：是！

特甲：队长，那边小山岩下面是什么？

魏：（一惊）啊！

特甲：好像一个小姑娘！

魏：哪儿？（特甲以手指示）唔！真的是一个小姑娘，过去看看。

（非见魏掉头回避）

魏：喔！原来是格非姑娘，怪可怜的全身都淋湿了，你爸爸呢？

非：……

魏：格非，你快叫爸爸和妈妈来，先把你的衣服换一换呀！

非：你走开，你走开，我衣服湿了，自己会干的。

魏：格非，你爸爸和妈妈到哪里去啦，怎么把你一个人丢在这儿呢？

非：我一家人都被你们害得东奔西跑，你还不知道吗？

魏：你不要怕，我跟你爸爸是朋友，我只想你爸爸回来，我和他有事商量，在哪儿你晓得吗？你讲，我买糖给你吃。

非：不知道。

魏：你妈呢？

非：不知道。

魏：总有人给你说的，你乖乖地说，在哪儿？我把你带我家里换换衣服，吃饭去。

非：谁要到你家里去，我家里被你害得这么苦啦！还要到你家里去，你走开，你走开，我都不知道！

魏：（知软的不行，用硬的）哼哼哼他妈的，不知道？那么调皮，不说就把你吊起来活活打死！

非：（惊叫）妈！

魏：（误会）怎么，你妈也在这儿呀？来！

众：有！

魏：搜！

众：是！（四下分头搜索，回上）报告队长，一个人影都没有。

魏：他妈的，小鬼真调皮，来，带回去！

众：（拉格非）

非：妈！妈！（被拉下）

魏：哼！有了你这个小鬼，还怕问不出陈百弓的行踪吗？

暴露受困

时间：紧接上场第二天

地点：鼎平地区深山岭头去笔架山必经之路

人物：呈朋、游击队员乙、陈百弓、魏必干、伪兵、陈国聪、勤务兵、众伪兵、朱善醉、章志中、游击队员

幕启：（呈朋小走边上）

呈：（唱）召集开会笔架山，一路警卫保安全。

（白）昨日百弓同志已命谢婉同志联系通知朱善醉、章志中等同志今日齐至笔架山召开紧急会议，我一路保卫百弓同志前往，看前面并无情况，正好赶路。

（呈一举手，通知百同志）

（游击队员乙，引百弓同志上）

弓：（唱）笔架山召开会忙把路赶，

路崎岖难跋涉心中不安。

呈：百弓同志，你自飞云江边到此，连日奔走，一步未停，甚是疲倦，

恐怕累坏身体，须要保重呀！

弓： 呈朋，我的身体挺得住，不要紧，累坏身体我倒不怕，只怕行路太慢，有劳同志们久等，影响工作的开展。

呈： 百弓同志，工作要紧，可是你的身体也是要紧呀！我看先到前面路亭暂时休息片刻再走吧！

弓： 也好！呈朋，党的利益是最高的利益，个人这一点点还值得提什么，红军二万五千里长征的困难，那才是真正的困难呀！

呈： 呀！（唱）前面来了三个人，鬼鬼祟祟为何因？

（白）百弓同志，那边三个人形迹可疑，好像是“狗”，赶快上山隐蔽吧！

弓： （沉思一下）不行，敌人已经发现我们，如果马上隐蔽到山上，敌人到此不见人影，定会搜山，我们就有很大的危险，还是留我在此应付，你们去吧！

呈： 不！我们避走，且不眼看你遭受敌人毒手不成！

游击队乙： 乘其不备，冲下山去与他们拼了吧！

弓： 不可，后面可能还有大队敌兵，不能激动，你们隐蔽后竹林，见机行事！

呈、游击队乙： 是！（欲走）

弓： 回来！

呈、游击队乙： 何事？

弓： 在不得已的时候才能动手！

二人： 是！（同下竹林后隐蔽，百弓同志坐于亭前，非常镇定，若无其事地）（三便衣队鬼鬼祟祟上）

便衣丙： 老马！老周！我们这两天，天天在山上跑，我跑不动了，先找个地方坐坐吧！

便衣乙： 好！先找个地方坐坐。

便衣甲： 哎，这个人干什么的？

便衣乙： 大概是讨饭的。

便衣甲： 不管他讨饭不讨饭，问一问，喂！你是干什么的？

弓： 我是讨饭的。

便衣甲： 讨饭的，为什么坐在这儿？

弓： 我走不动了，坐这里休息一会儿。

便衣甲： 就是你一个人吗？

弓：　就是一个人。

便衣甲：　你可曾看见有人经过这儿没有？

弓：　没有，我生病跑不动了，坐这里，已有好几个钟头了。

便衣乙：　讨饭的，不要管他，走开吧，给我们坐吧！

便衣丙：　（打量陈好久）哎！有问题，讨饭的怎么没有袋子和饭碗呢？

便衣乙：　对的，一定有奥妙，搜查！

弓：　这不是袋子吗？

便衣丙：　碗呢？

弓：　（摸枪）这不是碗吗？（打了一枪便衣丙应声而倒，林后哨子声、枪声）（便衣甲、乙逃跑掉）（游击队乙、呈朋出）

弓：　走！（手一挥）（缴了便衣队的枪与呈朋等同下）

（便衣队甲、乙引魏必干带二白兵上）

便衣甲：　跑不了，跑不了。

魏：　老周呢？

便衣甲：　打死在这儿。

魏：　他妈的，这土匪到底是什么样子的。

便衣甲：　个子高高的，满脸生胡的。

魏：　啊！这就是我们的对头人陈百弓！呀！他妈的，陈百弓又来活动，定是这一带穷鬼给他隐藏，非给他一个“三光”政策不可，不把这一带扫为平地，不晓得老子的厉害，我马上打电话给平阳县、福鼎，平阳两县一齐出兵围剿，这次定要一网打尽，斩草除根，来！先回去！马上派兵围剿！

（众同下）

遭遇被捕

（二道幕外）

时间：　平阳宜山区

聪：　（唱）我县长在平阳来了指令，
他叫我剿共匪马上出兵，
到括山去围剿配合福鼎，
将共军两面包围一扫平。
（向勤）全中队集合操场，点名……（聪园场，勤下吹哨子）

（众白兵上）

(接唱)不杀尽共产党决不收兵。

勤：立正！(众兵立正，勤向聪敬礼后)稍息！(众稍息)

聪：弟兄们！(众立正)稍息，今天张县长来了指示，叫我们配合福鼎县清乡队，到括山笔架山一带围剿共军，大家要勇敢向前，效忠党国，得胜回来，定有重赏，倘有畏缩不前，剿匪不力，定按军法惩办，切切要记住张县长的口谕，抢光、杀光、烧光的“三光政策”，马上出发！(众同下)

(内枪声、喊杀声)

弓：(内高泼子倒拔)忽听得喊杀声震天格响。

(二道幕开，高山重叠，陈百弓、朱善醉、章志中、呈朋、游击队员等站高山上)

(唱回龙)站山岗，朝下望，大队敌兵来围剿，叫声同志紧提防……

(唱原板)贼人残暴逞疯狂，

乡亲纷纷逃慌忙，

白匪烧杀天良丧，

漫山遍野起火光，

敌兵势众难抵挡，

再与大家细商量。

(白)同志们！敌众我寡，难以作战，为了保存我们武装力量，避免被贼包同，造成损失，乘此离开鼎平地区，连夜冲下山去，向平阳括山望洲山转移，冲呀！

众：冲呀！(众冲下)

(关灯，灯光复亮换景为括山望洲山)

(陈百弓同志等与平阳陈国聪等敌兵大开打，结果百弓同志弹尽被捕)

英勇就义

时间：一九四一年五月十八日

地点：平阳县宜山区钱库镇

布景：镇办公室，桌椅等

幕启：(宜山区区长陈国聪，一勤务兵上)

聪：(唱流水)在宜山当区长我威名远扬！

剿共军捧上司我是内行，
乡保长他对我十分敬仰，
每日里请客送礼应酬忙，
昨日里捉到了一个共产党，
为党国立功劳我喜气洋洋，
今日里审土匪我软硬手段都使上，
我才能斩草除根一扫而光。
(白)(笑)哈哈哈！昨天捉到一个共产党，假使给我问出口供，一来可以效忠党国，二来我国聪就可以升官发财，名利兼收，可是审问共产党分子，我是过来人，想共产党人一句口供，真比登天还难，唉！今天我为了地位、金钱，我要下些苦工！倘若侥幸成功，就能将共产党一网打尽，功劳非小，来呀！

勤：有！

聪：带犯人！

勤：是！

弓：(内倒板)被围括山遭贼擒，(四白兵两边上，二白兵押陈百弓上)
(唱快板)不由百弓咬牙根，
反动派卖国不抗日，
反而残杀我共军，
拼着一命作斗争。(凛立堂前)

聪：(面向白兵)混帐！快与这位先生打开手镣！(开镣后)哈哈哈，这位先生请坐吧！

弓：共产党人死都不怕，小小刀伤，何劳操心！

聪：有伤当然要请医调治。

弓：你们自己病人膏肓，命在旦夕，已经无药可治，还想医我吗？

聪：来呀！

勤：有！

聪：快请医生！

勤：是！(下)

弓：哼！(喁)任凭你花样千万套，
钢铁的意志怎动摇。

勤：(带医生上)报告区长，医生请到！

聪：　李医师，这位先生身有刀伤请你用心医治。

医：　陈区长，请放心，我一定尽心医治。

（到了百弓面前，打开药包欲诊病）

弓：　医师老兄！我这刀伤，是无药医治的，请你不必费心。

医：　不要灰心，完全可以医治，我这里有医刀伤的特效药呀！

弓：　我们中国在蒋介石的统治下，穷人受尽欺压、剥削，无法生存，在这“朱门酒肉臭，路有冻死骨”的社会里，满天阴霾，千疮百孔，只有用革命的鲜血，才能医好祖国的创伤，陈国聪乃“狼外婆笑里藏刀”，阴险恶毒，惨无人道，杀人放火之辈休要听他，好医师，行医为了救人而不是为了金钱，你应当多为广大劳苦大众医好疾病，才算是名副其实的好医生，请回去吧！谢谢你的好意！

医：　（大为感动）……

聪：　（气极、强忍下，装笑）哈哈！既然伤势不重，李医师就请先回去吧！（医下，转向弓）你要了解我们的好意，我们当官的，善于体恤民间疾苦，倘有丝毫挽救的希望，总要想尽办法抢救人，你不要太固执了！做人总是为了能活下去，请你回心转意，权衡利弊，只要把共产党情况讲出来，你非但能活下去，而且活得比你上半世好得多，何必要当共产党，多苦呀！

弓：　（冷笑）哼！苦！正是为了千千万万劳苦大众不再受苦，我们才闹革命，老实告诉你，共产党员，是用特殊材料做成的，你用任何手段也是枉费心机，想我吐露半句机密，你休梦想！

（唱）可笑你陈国聪诡计施尽，
怎能够说动我烈火红心。

聪：　他妈的，真是不识抬举的东西，喂！我再问你到底是哪里人？

弓：　中国人！

聪：　你回答得太奇怪了，中国人谁不知道？

弓：　既然知道，何必再问。

聪：　你这捣乱社会秩序的土匪，不要在我面前耍花样？！

弓：　呸！（唱）骂声贼子陈国聪，
残害人民比狼凶，
有朝全国得解放，
恶贯盈满你的命送终。（打聪一耳光）

聪： 呵！他妈的，不用重刑总是不招，来呀！拉下去用刑，(拉弓下，内用刑声)用火烧他的胡子。

弓： (上唱)国聪手段甚残暴，
钢铁哪怕烈火烧，
任凭毒计千万条，
粉身碎骨也不招。
(白)国聪，谢谢你与我剃光胡子！

聪： 你不感到痛吗？

弓： 我不知道痛，只知道恨。

聪： 恨……

弓： 恨你这残害人民的陈国聪。

聪： 来呀！来烫烙！(白兵拉弓下用刑)

弓： (被用刑后拉上，昏倒)(唱)贼子罪行绝古今，
烫得我热血洒衣襟，
共产党人骨头硬，
不怕刀山与毒刑。

聪： 再让你考虑三分钟，再不招，马上枪毙你！

弓： 你有什么资格叫我招，你算什么东西?!

聪： 招不招？

弓： 陈国聪！你这班强盗血债累累，总有一天会受到人民的制裁！死无葬身之地，在我面前任你使尽卑鄙无耻的手段是枉费心机的，想我招供，除非天崩地塌，海枯石烂。

聪： 立即枪决！

(陈百弓听到枪决二字，仰天大笑，笑得非常自然、爽朗、豪迈，弄得国聪莫明其妙)

弓： 哈哈哈！

聪： 你为什么发笑？

弓： 我胜利了，你失败了，我为胜利而笑。

聪： (更加摸不着头脑)你马上就要枪毙了，怎么还说自己胜利呢？

弓： 你们用尽残暴的刑法，想我说出共产党的情况，让你们好围剿，现在你们得不到我一句口供，只得把我枪毙，你们这班强盗的目的没有达到，而我的决心，却已经完成了，这不是你们失败了，我胜利了，不是么!?

聪：　枪毙！枪毙！

弓：　不要动，我自己走，（踢开桌椅，走向台口）为了祖国自由解放！我献出我的性命！我一个人倒下去，千千万万个人会站起来，世界上没有什么力量能阻挡我们前进！国民党将会灭亡！解放的日子不远，愿大家继续奋斗！

打倒帝国主义！

打倒蒋介石！

中国共产党万岁！

毛主席万岁！

（从容的就义枪声）（聪被这种威武不屈的精神，吓倒在椅上）

（变景）

“浩气长存”纪念碑，满台五光十色，雨花缤纷。

（幕徐落）

（这是现代京剧，是在提倡演现代戏的热潮中诞生的。温州地区各剧种都在编演现代戏。素有影响的平阳京剧团亦不示弱，要求县主管领导给一个现代京剧让他们排演，县委宣传部领导把这一任务交给我。我对革命烈士陈百弓与谢婉的事迹较为熟悉，于是就编了这个现代京剧《浩气长存》。因为1950年安葬陈百弓烈士的遗骨时，地委送了《浩气长存》的挽章。当时扮演陈百弓是胡春雷（时任团长），导演是鲍超和周方明。鲍超京胡拉得很好，就拿他重新设计此剧的重要唱段。该剧本曾在温州、台州、福安、宁德、乐清、永嘉、瑞安、平阳、福鼎、柘阳等地县演出，演出三百多场，博得广大观众的喜爱，有不少老区群众从数十里外步行赶来观看，有的看到激动处涌出热泪，台下泣不成声。《浙南大众报》、《温州日报》、《闽东报》和温州、福安人民广播电台等都反复报道，对剧本和演出都作了很好评论。

附：

《浩气长存》
陈百弓烈士革命组画(木刻)前言

陈百弓烈士是原浙南鼎平县人(浙江省平阳县和福建省福鼎县边界,新中国成立前曾置鼎平县,1949 年 8 月撤销),曾任中共鼎平县委书记。

陈百弓烈士出身贫苦,具有刚强、坚毅、豪爽、坚持正义的性格,他在中学时便对当时腐朽的社会极其不满,搞过学生运动。离校后,在前岐、矾山两地担任学校老师。就在那时他入了党,参加半公开的革命斗争。尤其是在前岐领导群众与反动头子魏必干等展开抗粮反抓丁的斗争,使敌人又怕又恨。

1938 年后,陈百弓同志在浙南为了营救革命同志,虽身受重伤,还一直坚持鼎平地区的斗争,并积极在矾矿工人和矾山教育界中宣扬革命道理,扩大党的组织。当时为了分化敌人内部,操纵武装力量,党派张传卓同志深入到霞关任伪镇长以便联系工作。但党内机会分子邓圣希判变投敌,为了争取主动,保存革命力量,陈百弓同志在 1940 年 3 月 15 日领导了霞关起义,从政治斗争转入武装斗争。1941 年旧厝五月十七日陈百弓同志不幸在项桥被捕,受尽敌人严刑拷打,始终不屈,最后献出了宝贵的生命。

在庆祝浙江解放十周年之际,我们怀着无限敬佩的心情,纪念为人民解放事业光荣牺牲的革命烈士,学习他们的优秀品质,继承他们的革命传统,在社会主义的革命道路上飞跃前进!

这套组画的完成,首先应当归功于平阳县委宣传部和郑立于等同志各方面的帮助,特此致谢。

《跃进》画报编辑部

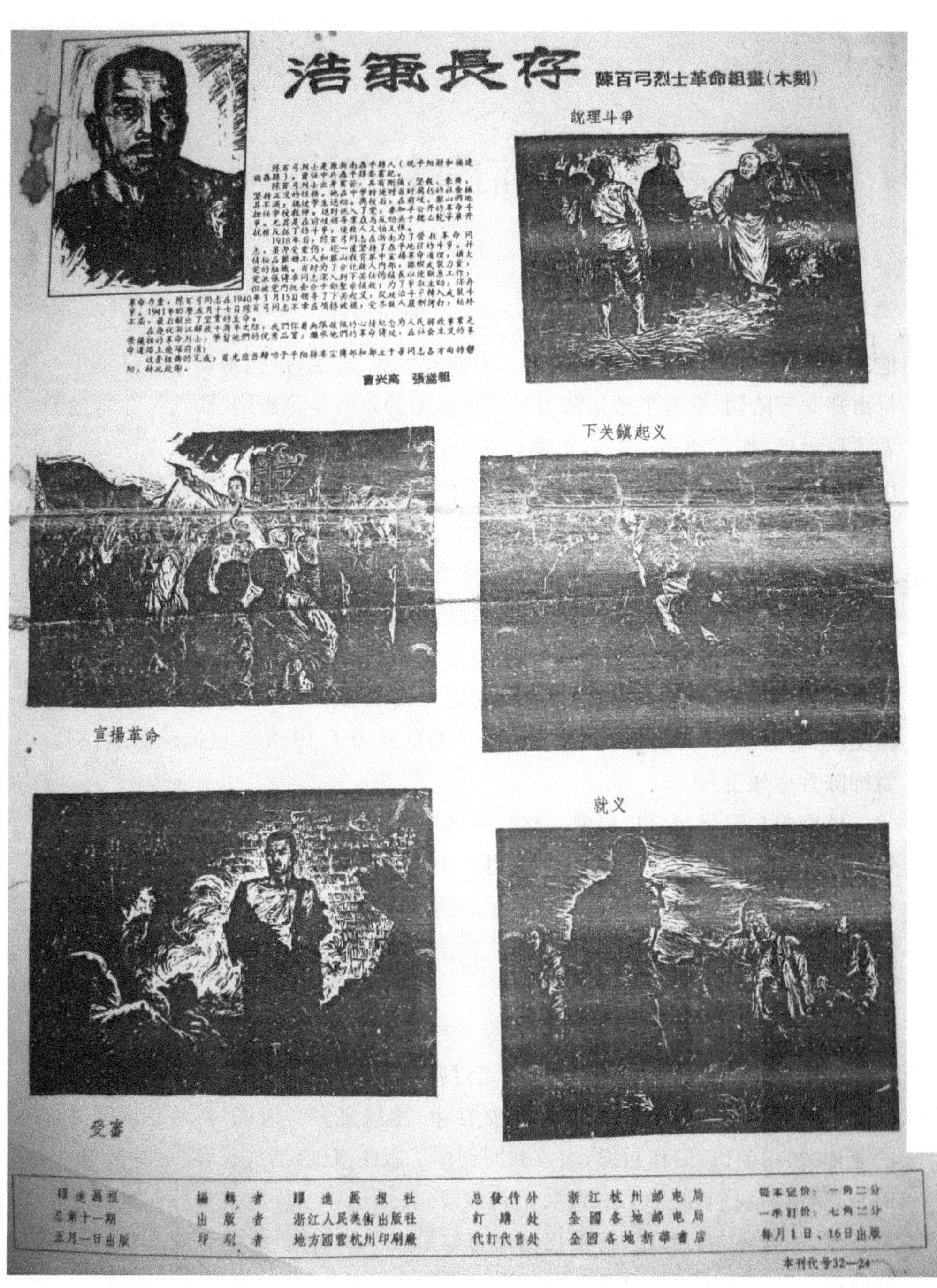

浩氣長存

陳百弓烈士革命組畫（木刻）

陈百弓烈士是浙南泰平县人（现平阳县和福建福鼎县）。曾任中共泰平县委书记。

陈百弓烈士出身贫苦，具有刚强、坚毅、豪爽、坚持正义的性格。他在中学时便对当时腐朽的社会极其不满，积极参加学生运动。离校后，在前岐、鼓山两地担任学校教师。这时他入了党，参加半公开的革命斗争。尤其是在前岐领导党在当与反动头子魏岳乾等展开机智灵活的斗争，使敌人又怕又恨。

1938年后，陈百弓同志在浙南为了营救革命同志，虽身受重伤，还一直坚持了泰平地区的斗争。并积极在鼓峰工人和鼓山教育界中宣扬革命道理，扩大党的组织。同时为了分化敌人内部，组织武装力量，党派张传声同志深入到下关任伪镇长以便联系工作，但被党内机会分子[illegible]告密；为了争取主动，保存革命力量，陈百弓同志在1940年3月15日领导了下关起义，从政治斗争转入武装斗争。1941年旧历五月十七日陈百弓同志不幸在项桥被捕，受尽敌人严刑拷打，始终不屈，最后献出了宝贵的生命。

在庆祝浙江解放十周年之际，我們怀着无限敬仰的心情纪念为人民解放事業光荣牺牲的革命烈士，学習他們的优秀品質，继承他們的革命傳統，在社会主义的革命道路上飛躍前進！

这套組画的完成，首先应当归功于平阳县委宣傳部和鄭立于等同志各方面的帮助，特此致謝。

曹兴高　張益祖

說理斗爭

宣揚革命

下关鎮起义

受審

就义

躍進画报	編輯者	躍進画报社	总發行处	浙江杭州邮电局	每本定价：一角二分
总第十一期	出版者	浙江人民美術出版社	訂購处	全國各地邮电局	一季訂价：七角二分
五月一日出版	印刷者	地方國营杭州印刷廠	代訂代售处	全國各地新華書店	每月1日、16日出版

本刊代号32—24

赵延年与《浩气长存》版画

1959年4月下旬，在中国近代版画史上有相当地位的著名版画家赵延年和他的学生陸放、曹兴高、张嵩组来到平阳体验生活、写生、搞艺术创作。赵延年一行由郑立于陪同，观看了塑造陈百弓英雄形象的革命斗争史剧《浩气长存》，他们看了很激动，作了速写。赵延年邀郑立于到他寓所，说要创作《浩气长存》组画，由郑立于提供画脚本。郑立于按《浩气长存》十一场写了脚本。赵延年一行访问了陈百弓烈士的女儿陈格非和其他老区同志。这组画从构構到刻版，赵延年都亲自指导动手。实际上，这组画是赵延年和他的学生共同完成的。发表时署名却让给他的学生。如今陸放、曹兴高、张嵩祖都是有名的版画家、教授了。

《浩气长存》是塑造陈百弓烈士英雄形象的现代革命斗争史剧，计有端午风波，星夜劫狱、失足负伤、探病密议、突变定策、志中脱险、下关起义、相逢别母、暴露受围、遭遇被捕、英勇就义十一场，由平阳京剧团于1958年秋排练演出，胡春雷饰陈百弓烈士。

该剧曾在温州、台州、福鼎、宁德、乐清、永嘉、瑞安、平阳、福鼎、柘垟、福安等地、县各地演出，约演出三百多场，博得广大观众的喜爱，有不少老区群众从数十里外赶来观看，有的看到激动处都流了眼泪，泣不成声。《浙南报》、《温州日报》、《闽东报》和温州人民广播电话、福安广播电台都反复报道，对剧本和演出都作了很好的评论。

由于我是从事文学创作的，虽有缘与赵延年等版画家往来，但不久就中断。直到四十多年后的一天，在杭州偶然走过陆放彩色版画展，承工作人员的帮助，找到了闻名海内外版画界的陆放，回忆往事，感慨良多。他说：当时赵老师为你的著作《祖国的矾都》作封面，大家共同创作了版画组画《浩气长存》等等以外，当时正遇台风，我们到了马站、霞关抗台前线，我还创作了反映抗台壮阔场面的版画长卷，如今还在。我说，将来我们那边如果有了博物馆，这抗台版画很值得很好收藏。陆放先生还将自己已出版为版画作品集赠送给我，还特地为我的《百鸟诗集》创作了一幅彩色木刻，让我日后将此《百鸟诗集》收入《郑立于文集》时使用。

见到将近50年才见面的赵延年先生，他虽然进入晚年，但气质与风度还不减当年。他说，在下乡体验生活那些岁月，你给我们留下深刻的印象。快50年了，我们再相见，这也是缘份。几次闲聊，他谈了许多有关文与艺的创作与理论问题。春节快到了，他说，我准备送给你一幅版画，我高兴极了。春节前三天，我接到赵先生的电话，说给我的版画找到了，叫我去拿。我立即驱车到他住处。他拉着我的手深情地说："这幅版画是我那个时期的代表作，20多年前在北京拍卖值三万三千元，今天我无偿送给你，分文不收。"这幅版画的标题是"起来，不愿做奴隶的人们"，还在版画下面用铅笔作了赠送题签。

拿到家里，女儿霜枝对我说，这不比其他画，要用版画的木框，于是，她送到一书画院，书画院的专家说：这版画你怎么么能拿到，太有收藏价值了。女儿讲了有关情况，书画院专家翘起大姆指讲：真是万分难得！

此文前几年已刊予报章，为了表达对赵延年、陆放诸先生之深厚情谊，收入这个文选时加了这一大段文字，该不会有画蛇添足之嫌吧！

（此文曾刊《福鼎县文史资料》）

著名版画家赵延年与《浩气长存》组画

五年前，中共福鼎县委一位领导要我复印以塑造陈百弓烈士英雄形象为主线的现代革命斗争史剧《浩气长存》手稿，一直没有找到。最近苍南烈士纪念馆向我征集有关陈百弓烈士的史料，我在藏书的言志楼楼角的旧报刊中找到了它，同时还发现了1959年刊于《跃进画报》总第十一期《浩气长存·陈百弓烈士革命组画(木刻)》。这四开通版的组画是赵延年先生当时邮寄来的。

四十多年前的春天，在中国近代版画史上有相当地位的著名版画家赵延年先生和他的学生陆放、曹兴高、张嵩祖来到平阳。赵先生穿着一件深褐色的西裤，白衬衫，外加一件浅灰色的羊色背心，看上去只有三十五六岁，风度翩翩。赵先生一行的使命，是深入基层体验生活，写生，搞艺术创作。他们得到县委领导的热情接待。那时所谓热情接待，并没有专车接送，也没大请其客，只是让他们下榻于县委招待所一处有东南窗的楼房里，详细地介绍了本县各方面情况，为体验生活提供方便，还请他们看看本县剧团的演出。

一天晚上，由县委领导陪同观看了平阳京剧团演出的反映陈百弓烈士革命斗争历程的《浩气长存》，我是该剧编剧，也应邀陪同了。他们看了演出后很是激动，作了许多速写。演出结束后，赵先生邀我到他寓所，问我能否为他们写一个版画脚本，让他们创作一组版画。我当然不好推辞，随以该剧端午风波、星夜劫狱、失足负伤、探病密议、突变定策、机智脱险、霞关起义、相逢别母、暴露受围、不幸被捕、英勇就义等十一场戏，写了简明梗概，就权当版画脚本，第二天下午交给他。他还叫我找一张陈百弓烈士的遗像。因为在战争年代，长期遭国民党当局的通缉，亲属没有留下照片，档案里也找不到。在选择陈百弓烈士这个角色时已花了不少时间。陈百弓烈士很魁梧、威武，讲话又洪亮，是个文武双全的地下党领导人，于是就商定由胡春雷来扮演，大家都认为胡春雷扮得较像，演得很好。赵先生一行又由我陪同访问了陈百弓烈士的女儿陈格非，谈得很多很多，作了速写，还拿去陈格非的照片，人物形象就这样创造出来了。

这组画从体验生活、构图到刻版，赵先生都亲自指导、动手。实际上，这组画是赵先生和他的学生共同完成的，发表时署名却让给学生陆放、曹兴高、张嵩祖。

因为这三位学生快毕业了，这组木刻作品连同他们在《跃进》画报上刊发的《矾都》作为拙作《祖国的矾都》一书修订本的封面，以及陆放在马站抗台前线创作有关抗台的版画作品便成为他们的毕业答卷。如今陆放、曹兴高、张嵩祖已成为当今著名的版画家了。

（此文原载《福鼎文史》第十九期）

城西公社学大寨(鼓词)

（唱）

唱起鼓词赞城西，
城西公社好名气，
自气更生穷变富，
奋发图强树红旗。
城西地形像只锅，
四面高山，中间低。
过去是，
半月无雨稻田干，
一场暴雨水灾起，
一半以上田靠天，
十年三收产量低。
如今城西大变样，
高山低山披绿衣；
水库蓄水灌庄稼，
垟心开河通外地；
河头闸门开又关，
田头守着抽水机；
不怕涝来不怕旱，
不怕台风发脾气。
科学实验养绿萍，
越夏过冬都可以，
外加大养猪和羊，
田里庄稼吃饱肥。
粮食产量年年增，
嘿！去年亩产一千几！
社办企业也不少，

造砖制茶又碾米；
建起小型水电站，
电灯亮进心头里；
还有油坊、农具厂……
集体有个好家底。
大河涨水小河满，
社员更加爱集体。
这真是，
人民公社威力强，
翻天覆地大胜利！

（白）　这城西公社在平阳县，他们在党的领导下，高举毛泽东思想伟大红旗，奋发图强，自力更生，发展农业生产，成了全省农业战线上的一面红旗。《全国农业发展纲要》规定的主要指标，在他们那里，差不多都已经实现了。那么，他们是不是就自满起来呢？不，不！——

（唱）　他们是，
不断革命不松气，
毛主席教导牢牢记，
有所前进理应当，
无所作为不可以！
平均产量虽然高，
分开来看有高低，
八百多亩低产田，
还须花上大力气。
况且是，
几年高产莫骄傲，
年年高产勿容易，
天外有天看大寨，
城西人，
追赶先进有志气。

（白）　城西人学大寨，赶大寨，决计新生产更上一层楼。去年冬天以来，他们除了争取到春花和早稻的丰收以外，又在生产上打了三个胜仗：头一仗是抽干龙河取乌泥，改造低产田；第二仗是在九凰山上平整土地，开辟“大寨田”；第三仗是在官山大队等地的山顶上建筑避风寨，挡住台风，保持水肥土。

（唱）　先唱那，
大闹龙河取乌泥，
抽干河水不容易。
隆冬时节天气冷，
北风阵阵刺身体，
城西人，
数九严寒全不怕，
干劲冲天人心齐，
筑堤拦河便抽水，
要学愚公把山移，
白浪滚滚向外翻，
里面河水渐渐低。
大家看着正高兴，
忽然哗啦决了堤，
水如潮涌往回流，
里外拉平一式齐。

（白）　这一来，大家虽然很着急，但是他们并不灰心丧气。

（唱）　他们是，
决战龙河志不移，
接受教训再筑堤，
为使堤坝不再塌，
决心把，
堤基落实到河底。
公社干部带头干，
要把情况摸仔细，
北风呼啸河水深，
他们是，
抖擞精神脱棉衣，
说时迟来那时快，——

（白）　扑通！扑通！

（接唱）　——早已跳进深水里。

社员们，
接二连三往下跟，
英雄大闹龙河底！
岸上众上都称赞，
又怕他们冻不起：

（白） “快上来！快上来”
“冻坏了！冻坏了！”

（唱） 水里英雄热血沸，
口喊杭唷笑嘻嘻，
革命烈火胸中藏，
冷气透骨不在意，
真是铁打英雄汉，
一片丹心为集体！
堤基打好心欢畅，
抽干河水取乌泥，
千担万担往上挑，
乌金铺满低产地，
这就是，迎接春耕夺丰收，
奋战龙河得胜利！

（唱） 唱罢了，
大战龙河劲冲天，
再来唱，
英雄开辟“大寨田”。
城西山上不少地，
乱石成窝紧相连，
野草丛生难耕种，
城西人，
敢教日月换新天，
九凰山上搞试验，
平整土地造梯田。

（白） 提起城西人在乱石窝上造梯田的事，还得从阿龙说起。阿龙是什么人？姓廖名锡龙，城西公社党委书记，大家都亲切地叫他阿龙，是有名的“种田干部”。去年，阿龙当选为全国人民代表

大会代表。今年年初，他从北京开会回来——（唱）廖锡龙，
把毛主席教导记心间，
心雄志壮劲更添；
想起了，
大寨支书陈永贵，
典型发言动心弦，
城西条件胜大寨，
理应该，
学它赶它勇向前。
阿龙他，
回社以后忙传达，
社员一听志更坚；
决定在，
乱石窝上造田地，
取名就叫“大寨田”。
他们是，
红旗飘飘银锄舞，
龙腾虎跃齐争先，
开山劈石大地动——
（白）　“轰隆隆，轰隆隆！”
（接唱）　——声如霹雳惊了天。
霹雳声中人一个，
手抡大锤笑开颜，
年过半百身魁梧，
思想红来劲冲天，
名字叫做周朝本——
（白）　“圈吉”周，“抗美援朝”的朝，“不忘本”的本，是个贫农社员。
（接唱）　——新中国成立前，
生活苦得象黄连。
练得一身功夫硬，
不怕山险石头坚，
打石名声传远近。
新中国成立后，

筑路修桥闯在前。
他是年老不服老，
一年到头不肯闲，
听说造田就来劲，
决心把，
开石任务挑在肩。
他说道：
“大寨有个贾进才，
金石坡上锤震天；
如今我要向他学，
劈开岩石造梯田！”
从此他，
手抢大锤前面走，
一群青年带身边，
又传思想又传技，
挥锤开岩响连天。
整个山谷回声起，
社员心齐斗志坚，
男女老少上山来，
接连干了廿来天，
搬掉石头无其数，
出现了，
一片风光好新鲜，
乱石杂草无踪迹，
层层梯田叠上天。
这真是，
人的因素为第一，
乱石窝变“大寨田”，
（唱）　唱过了，
层层梯田好风光，
下面唱，
官山大队筑寨忙。
官山本有两小寨，

古人屯兵据山岗；
如今寨内种庄稼，
一片山园四面墙，
墙内墙外大不同，
产量高低全两样。
原来是，
古寨挡风作用大，
保持水肥和土壤；
倘若是，
山顶多筑避风寨，
产量更加有保障。
官山人，
找到窍门就动工，
男女老少上山岗。
也曾有人失信心，
泄气的话连声讲，
说什么，
筑寨赛过筑长城，
蛤蟆别把天鹅想。
党支部，
启发大家比今昔，
突出政治抓思想，
叫大家，
放眼要望全天下，
只看鼻尖不应当。
贫下中农骨头硬，
当场走出许忠光，
五十八岁老贫农，
言语出口响当当；
公社社员敢斗天，
再大困难也承当；
革命哪怕花力气，
大寨精神要发扬！

他们是，
不怕山高风似刀，
汗水浇融脚下霜，
斩除荆棘垦山同，
抬石如飞砌墙忙。
一个多月寨造好，
七百多米避风墙，
墙边处处种桉树，
墙内新园好风光。
一处地方造好寨，
带动多处建寨忙，
不少山头人声闹，
汗珠如雨心欢畅。
这就是，英雄兴建避风寨，
挡住台风增产量。
（唱）　上面唱罢事三桩，
城西事迹唱不光。
他们是，
皮绩很大不自满，
困难面前斗志旺，
一分为二看问题，
不断革命往前闯，
新的规划已订好，
眼望全球胸宽敞，
立足当前看长远，
脚踏实地生产忙。
全省各地学大寨，
城西是个好榜样。
我们要，
自力更生创大业，
追赶先进信心强；
坚决把，
“农业纲要”来实现，

不骄不躁志气昂，
力争稳产与高产，
林牧副渔都兴旺，
建设好，
社会主义新农村，
欣欣向荣百花放，
集体经济大发展，
祖国越来越富强，
反帝斗争力量大，
狠狠打击美国狼！
鼓词到此要结束，
再唱两句作牧场；
学大寨，创大业，
革命精神永发扬。

（此鼓词刊于1965年9月19日《浙江日报》文艺副刊《钱塘江》，与鲍超、郑旭华合作。后来收入《斗天斗地英雄汉》一书，由浙江人民出版社编辑出版。1965年初版发印四万册。）

美国强盗滚出去(活报剧)

(幕后响起雄壮的歌声)
滚滚滚！滚滚滚！
美国强盗滚出台湾去！
不准侵略！
不准干涉中国内政！
解放金门、马祖和台湾，
维护祖国主权领土完整，
六亿人民万众一心！
(美国强盗狼狈不堪地上)

美国强盗： (数板)
黎巴嫩，碰了壁，
想起来，够人气，
台湾海峡来挑衅，
再弄一把鬼把戏！
自从在黎巴嫩挨了一棍，心想易地为安，再到台湾海峡来兴风作浪。不料全世界人民群起反对，真是四面楚歌，陷入危境！(强作镇静)呸，中国人有什么了不起，老蒋早就把台湾送给我了。哈哈哈！
(蒋介石脸色苍白，拄着拐杖上)

蒋介石： (念)如今是日暮途穷，
我这条老命快要送终！
美国爷爷，不得了。大陆上的人民都动员起来了，解放台湾的吼声震天，吓得我浑身颤抖，你看怎么办？

美国强盗： 哈哈！你怕什么。我们有的是炮弹、飞机、军舰！

蒋介石： 我这次派出的四只军舰都被他们炸得粉碎了，好几个司令官也丧了命。

美国强盗： 真是混蛋！

蒋介石： 美国爷爷，不要生气吧。你，你不是在朝鲜打了三年仗，十四万军队都完蛋了吗？

美国强盗： （勃然大怒）混蛋！倘若没有我美国爷爷保护你，你早就要完蛋了！这次我要把势力扩展到金门、马祖这几个接近大陆的岛屿。我要把中国、亚洲全部霸占了！（命令）下午三时，你派飞机一架，到福州、厦门一带侦察，看看他们有多大的本领！

蒋介石： （立正）奉命！

（幕后响起雄壮的歌声）

消灭蒋匪帮，
赶走美国狼！
痛击侵略者，
祖国的领土一定要解放！
中国人民吓不倒，
解放台湾的决心坚如钢！
（呼口号）人不犯我我不犯人，人若犯我我必犯人！
美国强盗滚出去！

（一个匪兵慌慌忙忙地跑上）

匪兵： 美国爷爷，蒋总统。
（数板）大陆兵强马壮，
来势难以阻挡，
要想反攻大陆，
好比鸡蛋把石头撞！

蒋介石： （唱）混蛋，我们有美国爷爷保佑，军火、炮弹你们尽可使用。
（命令）下午三时，驾驶飞机到福州、厦门一带侦察……

美国强盗： 轰炸！轰炸！

蒋介石： 对，轰炸！

匪兵： 是。（下）

蒋介石： （唱）天下局势大转变，
我的末日快来临，
美国爷爷救救我，
反攻大陆难出兵！

（忽然炸弹轰的一响，震得美国强盗和蒋介石趴在地上）

(匪兵垂丧地跑上)

匪兵: 不得了,不得了!我们的飞机被炸了。(说罢就匆匆逃跑)

(这时,锣鼓大作,中国人民背着枪,挥着大红旗,浩浩荡荡而上)

中国人民: (指着美国强盗、蒋介石)台湾、金门、马祖等岛屿是我们中国的领土,这是我国的内政问题,不许你美国强盗干涉!中国人民不会忘记日本帝国主义侵略台湾和东北作为它侵略中国的跳板的历史教训,中国人民决不容许美国帝国主义重演日本帝国主义的老手段。如果你们胆敢玩弄战火,强大的中国人民随时准备给你迎头痛击!

(合唱)滚滚滚!滚滚滚!
美国强盗滚出台湾去!
不准侵略!
不准干涉中国内政!
解放金门、马祖和台湾,
维护祖国主权领土完整,
六亿人民万众一心!

(呼口号)

拥护陈外长声明!反对美国帝国主义干涉我国内政!
人不犯我我不犯人,人若犯我我必犯人!
提高警惕,随时准备痛击侵略者!
一定要解放金门、马祖!
一定要解放台湾!
美国强盗滚出台湾去!

(美国强盗狼狈而逃。蒋介石趴在地下听候中国人民裁判。)

(这个活报剧刊于《浙江日报》231期文艺副刊。1957冬平阳县筹备建立出版社,附设在平阳报社里,笔者参与筹备,编辑出版了《平阳在跃进》、《春花大丰收》等书,陈友军君抽来协助工作,就在此时两人合作创作了《美国强盗滚出去》这个活报剧。不久,出版社停止筹备,笔者调入平阳报社,陈友军君仍回学校。)

话丰收(说书)

处处歌声悠扬,人人喜气满面,正是一片丰收景象。

话说宜山今天张灯结彩,大摆酒宴,庆祝今年大丰收。李老伯一家人宴罢领了工资回来,精神焕发,心情舒畅。李老伯家里有一个老伴和三个儿子,大的是炼铁工人,第二个是生产队长,第三个还在中学读书。今天一家人团聚在一起,其乐无穷。李老伯说:“今年公社获得大丰收,我们要分析分析原因。现在诗歌最时兴,大家就用诗歌作答吧!”

静默片刻,大的儿子先开口:

“日子越过越香甜,
今年又过丰收年,
丰收原因有一条,
坚决执行总路线。”

第二个儿子经过一番思索后也念了四句:

“今年年成好无比,
社员个个心欢喜,
丰收原因另一条,
‘八字宪法’显威力!”

第三个儿子早已构思好,不等二哥话落音,接着也念了四句:

“敢想敢干破迷信,
事事都要争先进;
人人搞起试验田,
企业技术大革新。”

李老伯听了三个儿子的诗句,都一一点头微笑。他用感激的语调也念了四句:

“全体社员干劲高,
生产掀起大高潮;
饮水不忘掘井人,

丰收全靠党领导。”

李大妈素来爱讲故事，不大喜欢诗歌，可是遇到今天这样子的场面，也不得还应付四句：

“农业生产无止境，

明年更加要跃进……”

突然，外边传来叫喊声：“李大妈，李大妈，老人跳舞队要登台了，你赶快去化妆呀！”李大妈来不及念完下边诗句，就闯出门去。一家人也跟着去看热闹。